新説 狼と香辛料

狼と羊皮紙

「ねえ、聞いてるの？」
狼と行商人の娘
ミューリ

教会改革を進める〝薄明の枢機卿〟
トート・コル

「聞いてません。
もう遅いですから、寝ますよ」

賢者の狼
ルティア
「学問で金儲けを企むしか能のない
街の寄生虫どもめ。
我が主君の名誉にかけて、
汝らの罪に裁きを与えよう！」

「公会議です、コル様」

教皇庁の書庫管理手習い
カナン・ヨハイエム

「……悪い話では、なさそうですね」

Contents

Designed by Hirokazu Watanabe(2725 inc.)

新説　狼と香辛料

狼と羊皮紙 Ⅷ

MAPイラスト／出光秀匡

序

幕

手元に広げている聖典の翻訳が、どうにも頭に入ってこなかった。

いくらかは、盛大な催しとなった馬上槍試合の余韻のせいかもしれないし、あるいはその後の後片付けに続いた、聖典を印刷するための準備によるものかもしれない。

ただ、少なくともひとつだけ、明らかな原因がある。

それは隣でぱったぱったと尻尾を振りながら、らんらんと目を輝かせて羽ペンを走らせる少女の存在だ。

「ミューリ、顔が近すぎです」

前のめりに文字を書いている少女の額を指で押し上げても、少し経つとまた紙との距離が近くなっている。ついこないだ終わったばかりの馬上槍試合は、理想の騎士物語を書くことに夢中なおてんば娘にとって、またとない素材の山だった。書いても書いても追いつかないし、早く書かないとあんなに楽しかった記憶が薄れてしまうと言わんばかりののめり込みようだ。

なにせ試合で最も盛り上がった瞬間など、聖女の格好をしていたのも完全に忘れ、主賓席から飛び出すやいなや、目の前の柵に飛び乗って両手を振り回すような大騒ぎだった。せっかくおしとやかな女の子の振りができていたのに、と呆れて天を仰いだその時に、土埃で煙った空の色をよく覚えている。

ただ、そのミューリが理想の騎士物語を書くのに夢中、というだけならばまだよかった。

紙の中に飛び込む勢いで文字を記すミューリの銀髪が、まだ乾いていないインクに当たりそうになるのを手で避けてやりながら大きなため息をつくのは、そのたびに自分の手首に巻きつけてある紐が目に入るから。この紐はだらりと垂れ下がって、目で追っていくとミューリの腰帯に続いている。

最初はミューリがこちらの首に縄を巻こうとしたのを、どうにか手首に変えさせた。

食事中も、寝る時も、水浴びの時でさえ外してもらえない。

それどころか、ミューリの利き手が羽ペンや小麦のパンを握っていない時は、ずっとこちらの服の袖を摑んでいる。

一心不乱に、荒唐無稽な騎士物語を書いているミューリの横顔を見て、この紐をつけられた時のことを思い出す。

――兄様は目を離したら、また悪い奴らに攫われちゃうじゃない。

本来なら幼い妹に対して兄が言うべき台詞なのだが、反論できなかった。行き違いや悪い偶然の結果だったとはいえ、確かに自分は宿屋から攫われてしまい、ミューリにとても心配をかけたのだから。

ミューリがどれほど動転していたかは誰も教えてくれず、それは誰もが曖昧に誤魔化すくらいのものだった、ということだろう。

その償いの意味もあって、ミューリの好きにさせていたが、やっぱりどうにも落ち着かない。

結ばれた二人、なんていう言い回しがあるし、旅を始めた当初は、ミューリはお嫁さんにしてとうるさかった。それが、まさか文字どおり結ばれることになるとは。

この紐を自身の帯に結びつける時のミューリの様子も、なにか妙に嬉しそうだった。

「まったく……」

つい口をついて出たその言葉は、ミューリに向けてのものか、それとも迂闊だった自分に向けてのものか。

わかりはしないが、ミューリの額がまた紙に近づきすぎていたので、それを指で持ち上げてやったのだった。

第

一

幕

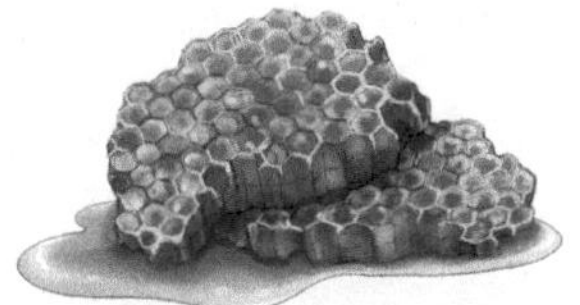

金属の鋳造と聞くと、見上げるばかりの石の竈に大量の木材と炭を入れて、屈強な男たちがふいごを動かしている印象があったが、そういうのは鉄とか硝子とかで、鉛はそこまで大変ではないらしい。仮設の工房に急ごしらえで造られた炉も、想像していたようなパン窯様式ではなく、豚の丸焼きを作る時のような、蓋を開けた石棺のようなものだった。

なにごとにつけ興味津々なミューリは、炉にかけられた坩堝や、炉の送風口に繋がってい る牛の膀胱で作られたふいごなどを熱心に見て回り、職人たちに使い方を教わったりしていた。

この時ばかりは紐を外してくれたが、臨時の工房を見て回る際は必ず目の届く範囲にいること、ときつく命じられていた。

そのくせ、炉にかけられた坩堝の中で溶けていく鉛を見たり、ふいごの風にあおられた火の粉が盛大に吹き上がるたびにこちらを振り向いては、ねえねえ見た見た⁉　とばかりに顔を輝かせていたので、見張らないといけないから近くにいろという理由がどこまで本気かは、実に怪しかった。

そんなミューリをよそに、教会に追われていた元職人のジャンと、そのジャンの采配で働く職人たちによって作業は順調に進み、ほどなく印刷に使われる文字の判子の試験的な鋳造が行われた。普段は金銀を扱う細工職人が彫った金型に溶けた鉛を注ぎ込み、鋳出されたものの形をさらに整える。その一文字目は聖典にもある始まりの文字であり、ジャンが確認した後、おもむろにインクがつけられた。

工房中の視線を集める中、判子が紙に押し当てられると、不格好な文字が捺されていた。そこに魔術的なものは一切存在しなかったが、新しい時代を思わせるなにかだ、ということだけははっきりと理解できた。

「ねえねえ兄様、私の字のほうが綺麗じゃない？」

物怖じしないミューリだけが、こっそりとこちらに耳打ちしてきたのだった。

こうして印刷の準備が具体的に始まると、翻訳した聖典の確認にも今まで以上に緊張感が感じられた。なにせ間違いをしでかしていたら、それが繰り返し、正確に複製されてしまうのだから。

さらにはミューリにとっても、字の見た目にはやや文句をつけていたものの、これまでこの世に存在していなかった技術が生まれる瞬間、というのはずいぶんな刺激だったようだ。せんだって目の当たりにした馬上槍試合の光景や、交流した騎士たちから聞いた話に、神をも畏れぬ謎の技術のようなものを足して、なにやら壮大な冒険譚を編み上げていた。

こうして兄妹そろって机にかじりついていたので、作業にはしっかりと身が入ったものの、夢中な様子を注意する者が誰もいなかったのは迂闊だった。というか馬上槍試合の後、主だった面々が用事のためにラウズボーンに向かう中、自分とミューリで修道院の留守番を頼まれていたことをすっかり忘れていた。

ハイランドは、これまでいがみ合いが周知の事実だった二人の王子が、ついに和解にいたったことを国内外に周知するための公的な宴を開くにあたってラウズボーンに出かけていた。未来の修道院長である青年クラークも、立場上そこについていっている。

聖典印刷の計画を携えて教皇庁からやってきた少年のカナンは、ジャンが熱意をたぎらせて封印された印刷技術の復活に取りかかる様を見届けると、不可能だと思われていた計画の実現を仲間に知らせるため、いったん古巣の教皇庁図書館に戻ることとなり、今頃は船の上にいるはずだった。

書籍商のル・ロワは、馬上槍試合を観覧しにきた貴族たちがまだラウズボーンにいるうちに、自身の商いついでに新大陸の情報を集めてくれている。

鷲の化身であるシャロンは試合の後片付けをさっさと終えると、修道院の敷地に構える臨時の工房の準備や、建物の補修に必要な様々な資材と人の手配、それに職人たちの寝食の世話を含む山ほどの物資の調達をするため、やはりラウズボーンに出かけて、資材購入を引き受けているエーブのところに注文を出しにいっていた。

結果、実務ではあまり役に立てない神学の徒と、たまに外で剣を振り回しては思いついた物語を楽しげに記してご満悦な少女が、臨時の工房兼修道院予定地の建物に残されていた。

そして自分たちは思っている以上に、留守番役に適していなかったらしいということを、久しぶりに戻ってきたシャロンの顔を見て理解した。

「……とりあえず、お前ら水浴びをしろ」

　荷物を満載にした荷馬車の行列を率いて、自身も行商人のように山ほど荷物を背負っていたシャロンは、出迎えたこちらを見るなりそう言った。

　隣のミューリを見やると、確かに顔のあちこちがインクで汚れている。対するミューリは小首を傾げてこちらの脇腹に鼻をつけ、すんすん匂いを嗅いでから、失礼なことに鼻をつまんでいた。自分が匂うとしたら、寝る時にしがみついて離れないミューリにも、半分くらいは責任があるはずだ。

「飯はきちんと食っていたのか？」

　一目散に井戸に向かって走っていくミューリを見送り、やれやれと自分も向かおうとしたところ、呆れた様子のシャロンにそう言われた。

「……お、そらく……？」

　しばし考えたものの、あまりなにかを食べた記憶がない。

　シャロンはため息をついて、井戸の方角に向けて顎をしゃくる。

「工房を覗いてきたら、職人たちも夢中な様子で似たり寄ったりだったな……。ついでに声をかけてこい。私は飯を用意しておく」

　しっかり者のシャロンに叱られ、平身低頭、言われたとおりにしたのだった。

一見不愛想なシャロンだが、孤児の世話を焼いている時はずいぶん優しげだし、なんだかんだ面倒見がいい。こんな場面を予想していたのかどうか、ラウズボーンの孤児院から子供たちを何人か連れてきていて、大がかりな食事の準備を采配していた。その手慣れた様子は、それこそ修道院で働く中堅修道女のようでもある。

自分とミューリが、職人たちの手で掘られたばかりの井戸で水浴びを終えると、広場はちょっとした炊き出しの様相を呈していた。

「あはは、みんなひげもじゃだね」

ミューリが笑ったのは、工房で聖典印刷のために働いている職人たちもまた、自分やミューリと同じような状況だったから。山賊かと見まがうような格好で、各々久しぶりにまともな食事を前にして、夢中でがっついていた。

「兄様はおひげあんまり生えないよね」

不精をするとそれなりに生えるが、ミューリは昔から、ふさふさになるのを期待しているらしい。さっきもナイフで剃ってしまったら、もっと伸びるかもしれないのにもったいないと騒いでいた。

「確かに、顎髭を撫でながら思索にふけるというのには、ちょっと憧れがありますけど」

自分がそう言うと、「長く伸びたら三つ編みにしてあげるね」と楽しげなので、やはり伸ばすのはやめておこうと思った。

賢明なるシャロンはラウズボーンでパンを大量に購入していたようで、鉛を溶かしていた炉に大きな鍋をかけ、羊肉と大蒜を豪快に炒めたものを挟んで配っていた。味付けの濃いそれで腹を満たし、最後にわずかばかりの葡萄酒で喉を湿らせると、ほっと体から力が抜けてしまった。ずいぶん疲れていたらしいとようやく自覚したし、ミューリは広間の隅でごろんと横になって、職人たちに交じって眠りこけていた。

「うちのクラークも大概だが、お前も放っておいたら骨と皮になって行き倒れる類か」

作業に夢中になって不摂生だったことをシャロンに咎められ、首をすくめるほかない。

「面目ありません……。シャロンさんが戻ってきてくれて助かりました」

そう言うと、炊き出しの後片付けをする子供たちを見やりながら、シャロンは鼻を鳴らしていた。

「世に聞こえし薄明の枢機卿とやらも、実態は手のかかる子供みたいなもんだ」

羊肉を大蒜と一緒に炒めていた大鍋を、子供たちが三人がかりで運んでいくのを見送ってから、シャロンはようやくこちらを向いた。

「ラウズボーンでは、いよいよ救世主じみた噂が立ってたぞ」

それがどこまで本当かは、シャロンが意地悪そうに笑っているので確信を持てなかったが、なんとなく想像はできた。

「いがみ合っていた二人の王子が和解したのは、馬上槍試合を口実に、薄明の枢機卿が神に代わって仲を取り持ったからだと」

シャロンの楽しそうな笑みに、深くため息をつく。

「そんな優雅なものではなかったと、シャロンさんはご存知でしょう……。私が誘拐されたことに怒り狂ったミューリが、犯人のクリーベント王子の喉元に嚙みつかないように、必死に頭を巡らせた結果です」

そして誘拐は勘違いから起きてしまったことであり、クリーベント王子は悪者ではなかった。だから必死に頭を巡らせたのは、自分の身を守るためではなく、誘拐した犯人を八つ裂きにしてやると牙を剝いているミューリから、クリーベント王子を守るためだった。

けれど世の中の人たちには、そんな事情などわからない。世間に示されたのは、王位奪取のためには反乱もいとわないと噂されていた次兄の王子と、次期王の長兄とが、試合を通じて和解することとなったという事実だけ。そして容易なことではそんな奇跡は起こるまいと、皆が思っていた。

もちろん自分の手柄だなどといって公言しなかったし、クリーベント王子たちもそうとは言わなかったが、馬上槍試合の貴賓席には二人の王子を取り持つハイランドの姿があったから、その裏では薄明の枢機卿の働きがあったのだろう、ということになっているらしい。

「ラウズボーンでの、王子たちの和解の宴には参加しないほうがいいと、ハイランドに言われたんだろう？　さすがの慧眼だよ。ラウズボーンにお前がいるのがわかったら、今頃民衆に追いかけ回され、もみくちゃにされていただろう」

シャロンが楽しそうに笑う様に、げんなりする。教会の不正を糺し、乱れた世の中を神の教えの元に取り戻すのだ、と息巻いてニョッヒラを出てきたのは確かだが、日々大きくなり続ける名声とやらの圧力に押し負けそうになる。

カナンからも聖人にならないかなどというとんでもない提案をされたが、現状でさえこれなのだから、聖人などになったら二度と平穏な日はやってこなくなるはずだ。

げっそりしている横で、シャロンがふと言った。

「そうだ、お前らに渡すものがあったんだ」

そう言って広間から外に出ていったシャロンは、表に積み上げられている大量の荷物の中から、ミューリならすっぽり入れそうなほどの大きな革袋を持ってきた。

大きさの割にはずいぶん軽く持ち上げていて、中身を見ればそれも納得できたのだが、やはりよくわからない。

「書簡、ですか？　でも、こんなに？」

心配性のハイランドが自分たちに手紙を書いたにしてもあまりに量が多いし、なにより、それらはずいぶんめかしこんでいる。

「お前が高まる名声を分不相応と思うなら、あの犬っころは輪をかけて買いかぶられている」

シャロンは丸まって眠りこけているミューリを顎で示す。

試しに革袋の中から一通手に取ると、立派な羊皮紙を馬のたてがみかなにかで括り、真っ赤な封蝋に家の紋章が捺された豪勢な書簡だった。

「これ全部、あの犬っころへの結婚申込書だぞ」

「えっ」

驚きと、悪い冗談だと笑いかけたものが喉の奥で、変な呻き声となった。

「太陽のように笑う聖女だと評判だそうだ。試合会場から主賓席を見上げたら、遠目にはそんなふうに見えたんだろうよ」

確かにミューリは修道女風の格好をして、黙っていれば聖女そのものの完璧な見た目だった。けれどと言うべきか、だからと言うべきか、そんな見た目だというのに試合に大興奮し、両腕を振り回して柵に乗り上げ大騒ぎしていたのが、どうやら騎士たちの琴線に触れてしまったらしい。

「……それにしても、こんなに……？」

「ハイランドもお前に渡すべきか悩んだそうだが、勝手に捨てるわけにもいかなかったんだろうな。二人の王子をいかに仲良さそうに見せるかという、王国の運命がかかっているような宴の演出よりも、よほど頭を悩ませているようだった」

ただでさえ忙しそうなハイランドが、余計なことで苦悩に頭を抱えている様が目に浮かぶ。

律義な主人に神の御加護がありますようにと祈ってから、手にしていた書簡を袋に戻す。

「私が薄明の枢機卿と呼ばれるくらいですから、あの子が太陽のように笑う聖女だとか呼ばれることも、まあ、ありましょうとも」

諦念まじりにそう言うと、シャロンは楽しげに笑っていた。

「望むらくは、これで少しは結婚というものを意識して、おしとやかになってくれたらと思うのですが」

「それは無理だろうな」

シャロンがばっさり言うのと、ミューリが寝返りを打って仰向けになり、投げ出した足の下敷きになった職人の呻き声が聞こえてくるのは同時だった。

「あるいは、これだけ候補がいたら、一人くらいはあのおてんば娘と互角に渡り合って幸せにしてくれる人がいるでしょうか」

馬上槍試合からさして時間が経っていないというのにこの数だから、きっとこれから先も次々話が舞い込むに違いない。

「お前が本気でそう思ってるのなら、私に言うことはないが」

鶏、犬っころ、とミューリとやり合うシャロンだが、それゆえにミューリとはなんだかんだ深いところで通じていそうだ。そのシャロンの言葉と笑みの意味は、もちろんわかっている。

いくらかは冗談まじりだったにせよ、ミューリが自分の手首に紐を巻きつけていたのは、ついこの間の誘拐騒ぎでどれだけ心配してくれたかということの表れでもあるのだから。

「ところで、印刷はうまくいきそうなのか？」

羊皮紙に焚き込められた香草の匂いなのだろうが、大量の恋文から立ち上る甘ったるい香りにやや辟易しながら革袋の口を閉じていたら、シャロンにそう尋ねられた。

「実験はうまくいっていましたよ。私も校正が終わったものから順に、聖典の文章を工房の方にお渡ししています。文字の判子がそろい次第、試験的な印刷が始まるかと」

「ふん、そうか……」

シャロンの浮かない顔に、おやと思う。鉛の判子を使って大量に文書を複製する技術というのは、便利である一方、それを封印しようとした教会の考えも理解できる危険なものだ。けれどシャロンとしては中立の立場だったのにと思ったら、元凄腕の徴税人はこう言った。

「ちょっと資材の買いつけで問題があってな」

目で問いかけると、ラウズボーンでの奔走の疲れを垣間見せるような顔をしていた。

「聖典の頁数から、必要になりそうな紙とインクの量を渡されただろ」

ジャンと相談のうえ、粗い見積もりではあったが必要最低限の量を算出し、シャロンにその注文を託していた。

「金額が大きすぎましたか？」

買いつけで問題というと、それが真っ先に念頭に上がった。ここ最近自分たちの前に立ちはだかるのは、ほとんどが資金の問題だったということもある。

神の御言葉が記された聖典であっても、祈るだけでは増えないのだ。

「その点は問題ない。馬上槍試合で、あのあくどい商人エーブはずいぶん儲けていたし、ハイランドもまた寄付金でひと息つけたらしいからな」

馬上槍試合はとにかく賑やかだったので、エーブの手腕ならばさぞ儲けられたことだろう。なにかと自らの身を切りがちなハイランドにも寄付金収入があったと聞いて、そこには素直にほっとする。

「ただ、金貨があってもモノがないんだよ。季節は夏に向かおうかという一番いい時期だ。商人たちの商いもいよいよ盛り上がるから、契約や取引の記録なんかに大量の紙が必要とされる。頼まれた分は、王国中の工房に声をかけても到底賄えないとエーブが言っていた」

元王国の貴族で顔の広いエーブがそう言うのなら、そうなのだろう。それにジャンを捜索する過程で紙屋を何件か訪れた際も、紙の在庫が不足しがちな様子を目の当たりにした。

しかもこの新しい印刷に用いられる紙の量は、これまで存在した手書きの筆写に使われる量とは桁が違う。いきなりそんな需要に応えられるはずもないのだ。

「となると……？」

尋ねると、シャロンはため息をつく。

「大陸側の商会に手を広げて買いつける道はあるそうだが、事情はどこも同じだ。ハイランドはデバウ商会にも声をかけたらしいが、紙の原料は古着なんだろ？　北の地は南の地に比べると人の数がまばらだし、寒いせいか原料のぼろ布がいまいち集まらないようで、紙の生産は地元のためのもので手いっぱいだそうだ。かといって南の地方に手広く買いつけの注文を出せば、なにか妙なことが起こってるぞと勘繰られるだろ」

それは道理だった。しかもここで行われているのは、教会が封印しようとした技術なのだから、世間から注意を引くのは避けなければならない。

「お前たちと行動を共にしていたカナンとやらが、教皇庁に戻ったら紙とインクの手配をしてみるとは言っていた。ル・ロワとかいう書籍商も、なじみの筆写職人の工房で在庫を抱えてないか探してみるらしい」

シャロンの口ぶりから、あんまり期待は持てなさそうだ、とはわかった。

「今から工房に注文を出しても、紙不足は世の中の商いが落ち着く冬まで解消されないだろう。印刷の計画は、ある程度縮小しないとならないかもな」

王国と教会の争いにおいて大きな役割を果たすはずの、俗語版の聖典だ。それを素早く大陸側に広められれば広められるほど、教会の不正を理解した民衆の改革の熱意は高まるはず。なにより、ぐずぐずしていたら教会側がどんな反抗戦術に出るかわかったものではない。

なので、素早く行動に移すべき、というのはそうだった。

けれどそういう戦略的な目論見のほかに、現実的な問題もある。職人たちを工房にとどめておくのはそれだけで費用がかかり、一度解散して再度集め直すのも大変なのだ。

「建物自体の改修の段取りもあるし、まったく頭の痛いことだよ」

自分たちがここを初めて訪れた時は、まさに廃墟といった様子の中、クラークが一人で懸命に草むしりをしていた。そこからするとだいぶましになったものの、修道院として整えられるにはまだまだ大規模な改修を施さないとならない。

シャロンが孤児院から連れてきた子供たちも、たんなる飯炊き要員というわけではなく、ちょっとした内装の手伝いならできる器用な子供たちのようだ。鍋やらの片付けをせっせとしながら、今度は手に工具の類を持って走り回っていた。

「王国と教会の争いもどうなるかわからない。この修道院の未来のためにも、さっさと事態を収拾してくれまいか、薄明の枢機卿殿？」

名声こそ高まり続けているものの、自分にはなにか特別な力があるわけではない。

シャロンの言葉に返せるのは、せいぜいが苦笑いだった。

その後は、職人たちと一緒に眠りこけているおてんば娘を拾い上げ、部屋に戻ってベッドに寝かせておいた。腹をぽりぽり掻きながら無防備に寝ている様には呆れるが、毛布をかけて前髪を整えてやると、王子からの目覚めの口づけを待つばかりのお姫様にも見える。

だからというわけではないが、ミューリを運ぶついでに肩にかけて持ってきた大量の婚姻申込書が詰まった革袋を見やり、なんだか妙な笑みを口元に浮かべてしまう。

ついに世の中がミューリの魅力に気がついたのかという誇らしさと、世の中のほうは準備万端なのだから、早く大人になって欲しいという呆れだ。

ただ、眠りこけるミューリの側に腰掛け、その灰に銀粉を混ぜたような髪の毛を手で梳いてやるかたわら、ニョッヒラにいる湯屋の主人にはどのように伝えるべきか、とやや唸る。

最近は近況を知らせる手紙も滞りがちだったので、その気まずさもある。

ミューリの柔らかな前髪を、指で右に左にともてあそびながら、戦略を考えた。

たとえば、聖典印刷のための紙とインクが足りず、どこかから巧妙に買いつける必要があることなどどうか。これまで対教会という利害の一致で協力してくれていたデバウ商会にも紙の手配は難しいらしいから、こういう話の時に最も頼りになるのは、このおてんば娘の父にして、かつては世に鳴らした行商人であるロレンスだ。北の地で領主に成り代わり貨幣を発行しているようなデバウ商会以上の、計り知れぬ奇妙な伝手をたくさん持っている。

現実的な助言を得る傍ら、そっとものついでのように婚姻申込書の件を伝えれば、衝撃も和らぐのではなかろうか。

そんな算段を立てていると、寝返りを打ったミューリがこちらの手を摑み、しがみついてくる。

こうしていれば、まだ嫁入りなどずいぶん先のことと思わせるあどけなさ。

故郷で一人娘のことを案じている父の頭の中では、きっともっと幼いままだろう。

「……婚姻申込書の件は、黙っておきましょうか」

そんなことを記したら、手紙に書かれているすべての内容が、子煩悩の父の頭から吹き飛んでしまう気がした。

「まったく、罪深い娘ですとも」

その小言が聞こえたのかどうか、いつのまにか狼の耳と尻尾を出していたらしいミューリはぱたぱたと三角の耳を振って、満足そうな寝息を立てたのだった。

「ほらぁ！　私の魅力に気がつかないのは、兄様だけじゃない！」

昼寝から目覚めたミューリが大量の婚姻申込書を見つけると、真っ先に口にしたのがそんな台詞だった。誇らしげに尻尾をぱったぱったと振ったミューリは、革袋から適当に書簡を取り出し、封蠟を解いて中身を読み始める。

「貴女の天真爛漫な振る舞いと、素晴らしき笑顔に心を奪われ候……だってさ！　こっちも。あ、これもそうだね！」

ひょいひょいと次々に書簡を広げてはベッドの上に放り投げていくミューリに、ため息をつく。どの書簡にも必ず、試合に興奮して柵の上に飛び乗って両手を振り回し、屈託なく笑う様が印象的だったとあるのだが、太陽のように笑うその様がという一文に、自分も同意できてしまうところがまた悩ましい。

「私の可愛さを理解できないのは、兄様くらいのものなんだよ」

腰に両手を当てて不満そうなその様子は、自信に満ち溢れた無敵の少女特有のものだ。

「ですが、それらはほとんど誤解でしょう？」

目頭を揉みながらそう言ったのは、聖典の校正作業で疲れていたのと、相変わらずのミューリの様子に眩暈を覚えるからにほかならない。

「あなたがしていた聖女の格好は、本当に格好だけじゃないですか。その胸に信仰の火が灯っていたのなら、殿方たちも見る目がありますね、と賛同するところですが」

羽ペンを置いて、お説教のつもりで、ミューリのほうに体を向けた。

「大体、見た目は聖女のふりをして騙せても、口を開けば正体がすぐに明らかになるんですよ。あなたは本当に、まったく、これっぽっちも信仰を抱いてくれないのですから」

二週間ほど続いていた馬上槍試合の間、ミューリは聖女のふりがまあまあ気に入っていたらしく、よりそれっぽく見せるために、祈りのためのしぐさやおしとやかな歩き方、それに食事の作法についてハイランドから熱心に学んでいた。ミューリに頼られ大喜びのハイランドは夢中で先生役を買って出たし、ミューリのほうもかなり真面目に聞いていた。

なので、これならばと思って信仰の話をした途端、川べりで水に浸かる蛙のような顔をしたミューリに聞き流される、ということを三度繰り返してあきらめた。

よって、いまさらそんなことを指摘されて怯むおてんば娘ではない。

「は～？　賭けてもいいけど、実際に私がこの人たちとお話しなんてしたら、この全員が旅についてきちゃうはずだからね」

　そう言いきれる自信は、若さゆえか、それとも愛されすぎというくらいに愛されて育ったゆえか。

　多分両方だろうが、後者の点にはいくらか加担している自覚があるので、頭が痛い。

「あ、でも、そうか、そうだよね。だとしたら、それもありか」

「……なにがありなんですか？」

　神妙な顔で得心している時、この少女は大抵ろくでもないことを考えている。

　ベッドの上に広げられた山ほどの求婚の申込書を前に、若い狼は不敵に笑っていた。

「ほら、馬上槍試合ではさ、一騎打ちじゃなくて、陣形を組む戦いがあったでしょ？」

「ん……んん？　確かに、ありましたが……」

「すごかったよね！　鉄の直垂をつけた馬がずらりと並んで、専用の巨大な盾、槍、旗竿をそれぞれ持って、完璧な連携で戦う様は、まさに舞台のよう！」

　後半の言い方は、どこかで聞き覚えた詩人の引用だろう。確かに一騎打ちの戦いも素晴らしかったが、集団戦もまた洗練された騎士の歴史を感じられて、心ならずも興奮した。

　しかし、それがいったいなんなのか。

　ついこの間の試合の様子を目を閉じて思い出し、砂糖菓子のように味わっていたミューリの目が、かっと見開かれる。

「だからね、私はね、それもありかなって！」

手に何通もの婚姻申込書を握りしめたミューリは、こう言った。

「この人たち全部にお返事出して、私と兄様の騎士団に山ほどの騎士さんたちを――」

「だめです」

みなまで言わせずに却下した。

まったくこのおてんば娘は、と頭痛をこらえていたら、頬を含まらせたミューリが詰め寄ってくる。

「なんで！　絶対みんな喜んで参加するよ！　ねえ、いいじゃない！　騎士団が大きくなったら兄様も鼻が高いでしょ？　それで毎日みんなで試合して、戦にも参加するんだよ！　新大陸だって探せるかもしれないじゃない！」

胸ぐらを掴まれてグラグラと揺すられる。

これを本気で言っているから呆れるし、実現してしまいそうだから頭が痛いのだ。

剣を手にして戦士を導く戦女神というのは、古くからある戦叙事詩の象徴だ。

しかし剣を楽しそうに振り回すミューリを先頭に、ぞろぞろ行軍する騎士たちの様子を想像すればいい。しかもその騎士たち全員が、先頭を行くミューリに愛の申し込みをしているというのだから、こんな間抜けで破廉恥な騎士団があってなるものか。

というか、そんな騎士団の中で自分の立ち位置はどんなものになるというのか。

たったふたりだけの騎士団、というのも妙に意味深ではなかろうかと気を揉んだのに、求婚者ばかり集めた騎士団など、想像するだけで胃が痛くなる。

「ねえ、にーいーさーまー！」

近頃はずいぶん大人になったと思っていたのに、この銀色の狼はまだまだ子犬のまま。

肺の中の空気を全部吐き出す勢いで椅子から立ち上がり、その細い首根っこを掴む。

「馬鹿なことを言ってないで、ベッドの上に広げた書簡を片付けなさい！」

厳命すると、首を掴まれたミューリは身をよじってこちらを振り向き、舌を出して顔をしかめてみせたのだった。

ぶつくさ文句を言いながら書簡を片付け始めたミューリに向け、深い深いため息をついて、机に向き直る。育て方に問題があったのなら、その少なからぬ責任は自分にある。校正作業のために広げられた聖典の前で神に懺悔の祈りを捧げていると、背中から誰かが覆いかぶさってきた。

「またお祈りしてる。あ、お家への手紙？」

こちらの肩越しに机を覗き込んだミューリだ。

インクを乾かしている最中だった文面を見て、狼の耳をぱたぱたさせていた。

「結婚申込書の話は、確かに書かないほうがいいかもね」

こちらの首に腕を回したミューリの含み笑いが、寝起きの高い体温と一緒に背中に伝わってくる。

「あれ、紙とインクがないの？」

その話をシャロンとしている時、ミューリはパンと羊肉でお腹を満たして眠りこけていた。

「ないわけではないのですが、予想よりも少ないようで。そうなると印刷計画や、この建物を修道院に改装する計画にもずれが出ます。ですから、ちょっとロレンスさんへ——」

「だったら頼りない父様なんかに頼まないで、私たちで直接紙工房に買いに行こうよ！」

あなたから見たら頼りなく見えるかもしれないその父様とやらは、実はとてもすごい人なのですよと言いたかったが、四つも耳があるのに聞く耳だけは持つまいと思い、やめておいた。

「ついでにいろんな町の紙工房でいっぱい物語を借りてこれるからね！」

町から町へとさすらう楽師たちは、行く先々で人気の歌を集めるため、自らの知っている歌を冊子にしたため、町の紙工房で交換するらしい。

ミューリからしたら、あちこちの町にお宝が残されているというのと同じことだ。

「あとね、こないだの馬上槍試合にきてたいろんな土地の騎士さんから話を聞いたけど、やっぱりこの王国と海の向こうの国とかだと、残っている物語はまた全然違うんだって。それにね、王国の古い家柄の人たちに聞いたらね、狼の紋章を今の時代にも使っている家のことも教えてくれたからね。そこを訪ねながら旅したら、一石三鳥の旅になるよ！」

立て板に水の説明はまるで市場の露店商の売り込みだが、得をするのはミューリだけだ。

とはいえ王国内の紙とインクを買い上げてしまえば、商人たちの商いに悪影響が出て、ひいては町の人たちが困るのだから、広く薄く買い集めるには、結局足に頼ったほうがいいのかもしれない。

「それにさ、兄様」

と、それまでの浮ついた雰囲気とはちょっと違った声音のミューリを横目に見た。

「ほら、あの悪戯小僧みたいな王子様ともお話ししてたじゃない」

「悪戯……クリーベント王子様ですか？」

確かにそんな雰囲気がなきにしもあらずだが、ミューリにかかれば王位継承権第二位の王子でさえも、ちょっと大きな悪戯小僧なのだ。

「あの人たちのためにも、新大陸のお話を追いかけなきゃいけないんでしょ？　戦に行きたくてうずうずしてるけど、本当に戦を起こしちゃうのは困るからって」

世の中が平和になり、立身出世の道を断たれた貴族の次男、三男を率いていたクリーベント。

馬上槍試合は彼ら不遇をかこった者たちの不満発散の場所でもあったし、実際に何人かは武功が目に留まって士官が叶ったらしい。けれど多勢は未だ宙ぶらりんで、彼らが華々しい貴族の道をあきらめるには、もう少しなにかが必要なのだ。

その候補のひとつとして、クリーベントは新大陸について強い興味を示していた。

「でも新大陸については、どの騎士さんに聞いても、笑って私のことを子ども扱いするばっかり。イレニアさんやあのノードストンのお爺さんも宮廷で相手にされなくて、お金を出してくれる人を王国の外に探しに出かけてるって話だったでしょ」

西の海の果てにあるという、誰も見たことのない新大陸。

誰も見たことがないのになぜ存在するとわかるのか、というのはこの手のおとぎ話にありがちなものなのだが、今や自分までもがそれを追いかけるのには、いくつか現実的な理由があった。

まず自分にとっては、もう何年も続き、膠着状態に陥っている王国と教会の争いを解決する手段のひとつになるのではないかと思ったため。今は互いに面子があって引き下がれない王国と教会だが、互いの利益になる新大陸という宝物があれば、争いを棚上げにできるのではないかと考えられた。

もうひとつには、目の前で冒険の話に目を輝かせている少女のためだ。狼の血を引くこの少女は人ならざる者であり、世界地図のどこを探したって安住の地はない。けれど誰も住んでいないその土地ならば、まったく新しい、人ならざる者のための国を作れるのではないか。そんな思想を説く、イレニアという名の羊の化身の娘と出会ったのだ。

そして、それに加えてもうひとつだけ、自分は自分だけの理由から新大陸の話で気になっていることがある。それは死者の乗る船と交易していると噂のあった、ノードストンを巡る騒ぎの時に見かけたもののこと。古くから世に出回っている、荒唐無稽な与太話の中でも、最たるものと言えるような話のこと。

ノードストンの前から姿を消したという錬金術師は、新大陸に向けて船出したということになっている。だが、実際のところは、この世界の形を確かめにいったのではないかと、自分は思っていた。

ノードストンの小屋で見た、月を地上に引きずり下ろしてきたかのような、表面に世界地図が描かれた鉄の球体の、その真偽を確かめるために。

「兄様？」

ミューリに声をかけられ、はっと我に返る。

世界の形を巡る問題は、ジャンが隠し持っていた禁断の技術よりも危険な存在だ。

目の前に広げられている聖典の正しさにも関わるそれは、直視するのも怖いが、知らぬふりをするのはもっと怖いもの。

そして自分がミューリに話していない、とても限られた秘密のうちのひとつだった。

「すみません……」

そう言って、強張りかけていた口元で笑う。

「あなたのおてんばぶりに意識を失いかけていました」

目を丸くしたミューリはたちまち頰を膨らませ、尻尾でこちらの膝を叩いてくる。

「ただ……まあ、そう、ですね」

少し前までなら、活動の場を大陸に移す、なんていう発想はとてもできなかった。なぜならウィンフィール王国は教会と戦う一方で、王位継承権を巡る不穏な噂があったからだ。けれど後継者を巡る内乱の心配もなくなった今、王国は教会との争いについて、次の段階に移れるはずであり、ならば自分たちもまた、活動の場を広げる頃合いなのかもしれない。

教会がどっしりと根を下ろしている大陸に赴き、教会に対する戦いを本格化させる。

想像するだけで気後れするが、どんな冒険であろうとも、今は一人ではない。

「あなたがいれば、新しい旅路も拓けましょうからね」

それまで不機嫌そうな顔をしていたミューリが、たちまち勝気に笑い出す。

「それに、インクと紙を求めて大陸を周遊するのなら、印刷した聖典を配り歩くこともできますよね。新大陸のことを調べるのも……まあ、確かに各地の顕学に話を聞けますから、一石三鳥かもしれません」

「そうそう！　それからきょーかいとの戦いに備えて、いろんな場所の王様や騎士さんたちを集めて仲間にできるよ！」

なるほど、最後の部分は聞き流すにせよ、ミューリの思いつきは非常に理に適っているような気がした。なにより目が開かれる思いだったのは、ついに自分たちは教会との戦いにおいて受け身ではなく、攻勢に出るのだという新鮮な感覚があったから。

はっきり言えば、わくわくしてしまった。

「新しい冒険だね、兄様！」

もう何度も聞かされては辟易してきた単語なのに、今回ばかりは心地よい。

困難や辛い目に遭うことも多かったが、いよいよここまでたどり着けたのだから。

「あーでも、そしたらカナン君と一緒に行けばよかったかな」

カナンは南の地にある教皇庁の人間だ。向こうの地理にも明るいだろうから、カナンの案内があれば大陸側の旅では心強い味方となるはずだ。

「ル・ロワさんでしたら連絡が取れるでしょうから、追っかけの手紙を出しましょうか」

「んー……でも、兄様が、どうしても私との二人旅のほうがいいって言うなら、そっちでもいいけど？」

「……」

呆れた顔を見せると、満面の笑みで返される。

ただ、こんな馬鹿なやり取りを神がご覧になっていたのかどうか。

ふとミューリが三角の耳を立てて、近くの窓から外を覗いていた。

「ちょっと、耳と尻尾を隠しなさいっ」

慌てて手近にあった外套を頭から被せると、気にもしていないミューリは遠くを指さした。

「ねえ兄様、あれ」

「なんですか？」

ミューリと一緒に身を乗り出すと、遠くから馬が何頭か走ってくるのが見えた。

目を凝らせば、馬上にあるのは見覚えのある特徴的な輪郭だ。

「これってあれだよね。噂をすれば影？」

理想の騎士物語を記すようになってから、ミューリの語彙が増えた。それはそれで喜ばしいのだが、馬上の人物は、よもや楽しい知らせのために早馬を出したわけであるまい。

ミューリの肩を叩き、自分は文字を書く際の作業用につけていた前掛けを外した。

「ル・ロワさんが慌てるくらいですから、なにかあったのでしょう」

騒ぎの予感に目を輝かせたミューリは、窓枠から身を引っ込めると、手早く身支度を整えていく。

「冒険かな⁉」

腰帯を締めた後の手が、お気に入りの長剣に伸びる。それをやんわりと取り上げれば、そこでひと悶着あったのだった。

馬が数頭見えていたため、ル・ロワのほかにも誰かいるのかと思えば、三頭の馬をル・ロワ一人で操っていた。

しかも出迎えたこちらが戸惑うのをよそに、なにごとかと様子を見にきたシャロンに、今まさに乗ってきた疲労困憊の馬を託し、ル・ロワは新しい馬に飛び乗った。

そして、こちらに向いて言ったのだ。

「詳しくは馬上で」

一頭はル・ロワの替え馬で、もう一頭は自分たちのためだったらしい。やや呆気に取られ、隣のミューリをつい見やる。するとこういう時にはすぐに気持ちを切り替えられるミューリが、こちらの腕を叩くように摑みながら、ル・ロワに向けて言った。

「食べ物と毛布は？」

「大丈夫です。長旅ではありません」

ミューリはうなずき、ラウズボーンからル・ロワを乗せてきたのだろう馬の世話をしていたシャロンに、言葉を向けた。

「鶏、お留守番できる？」

「ノミだらけのお前のベッドを綺麗にしといてやるよ」

ミューリはいーっと歯を見せていたが、腰帯に剣がないことに気がつくと、部屋に取りに行こうかと逡巡していた。悪い輩が現れないとも限らない、というのはこの間の誘拐騒ぎで証明されてしまったこと。その薄い胸の前では麦粒の詰まった袋が揺れているが、それを使って狼になるのは最後の手段だ。

　けれど、ミューリが部屋に駆けていく代わりに、シャロンが腰に提げていた庭仕事用の鉈を、ミューリに向けて鞘ごと放り投げた。

「壊すなよ」

　ミューリはきょとんと目を丸くしてから、くすぐったそうに笑う。

「ありがとう、借りるね！」

　なんだかんだ仲のいい二人なのだ。

　まず自分が馬の背に乗り、ミューリの手を引いて馬上に引っ張り上げ、自分の前に座らせた。

　そして、ル・ロワの先導に従って修道院を後にする。

　ミューリは何度か振り返って、シャロンやシャロンの連れてきた子供たちに手を振っていた。

「それで、一体なにごとですか？」

　馬の尻に鞭をくれるほどではないが、のんびり背に揺られるという感じでもない。しかも馬はラウズボーンに向かっているのではなく、王国の内陸部、北西に向かっていた。

　ル・ロワが一人で血相を変えて自分たちを呼びにくるのだから、楽しい用事なはずはないが、もしかして和解したと思えた王子たちに再び亀裂が走ったのだろうか、などと悪い想像ばかりしてしまう。

そこに、ル・ロワが奇妙なことを言った。

「ラウズボーンの大聖堂に、ちょっとしたお客がありまして」

こんな拓けた田園地帯の真っただ中で、誰かが聞き耳を立てているはずもなかろうに、ル・ロワはやや声を潜めている。

「ラウズボーンほど大きな町の大聖堂だと、時折いるんですな。我は偉大なる大帝国皇帝の生まれ変わりであるとか、神から直接重大な使命を賜った者であるとか言い出す者が」

ぱかぱかと馬の軽快な足音が、自分とミューリの妙な沈黙を強調する。しかもその沈黙は、世間的には奇天烈なことを言い出しかねない人物を幾人も知っているためだ。

「その人は、なんと？」

よもや狼の化身であると言ったのだろうかと身構えていたら、ル・ロワは答えた。

「教皇庁の使いである。王族に面会させろと」

人ならざる者ではなかったようで、その点にはややほっとするものの、不穏さではひけをとらない。自分の前に座り、手綱を握る両腕の間に収まっていたミューリが、身じろぎした。

「カナン君を探しにきた、とか？」

カナンは教皇庁の中枢部で働く人間だから、教会と敵対する王国にいるのは、裏切り行為とも言える。

けれどちょっと妙なのは、その場合にやってくるのは異端審問官だろうから、もっと陰険な手段でカナンを探すに違いないということだ。堂々と大聖堂に現れる、というのは考えにくい。

では、カナンの友人がなんらか緊急の知らせを持ってきたのだろうか、とも考えられたが、やっぱり妙な感じがある。カナンは賢く周到な性格だから、必ず連絡手段を確保していたはずだ。

「異端審問官ではなさそうですし、ご友人という感じでもありませんでした。そもそも、カナン殿とは無関係かもしれず。というのは、その怪しげな来訪者は、懐にただならぬ細工が施された、見事な香炉を持っておりましてな」

「香炉？」

ミューリは不思議そうに聞き返したが、自分はちょっと固唾を呑む。

「身分を証明するものを持ち歩けないような、秘密の任務を託された使者の常套手段ですよ」

ミューリはたちまち興味をひかれたらしく、しまっているはずの耳と尻尾が見えるようだ。

「自分が誰だか敵に知られないようにすると、今度は伝言を託したい相手に本当の使者だと証明するのが難しくなります。そこで、みすぼらしい旅装姿には不釣り合いな貴重品を隠し持っておくことで、信用してもらうというわけです。ニョッヒラの湯に入りにくる高貴なお客さんに会いにくるそういう人を、何度か見たことがあります」

冒険譚好きのミューリが、鼻の穴を膨らませて背筋を伸ばしていた。

「まさにそんな感じですな。大聖堂の司教であるヤギネ様から、ハイランド様にすぐに相談がいきました。その間、大聖堂で香炉を調べたそうですが、おそらく教皇庁に出入りしている高名な工房で作られたものであろうと。鑑定に呼ばれたエーブさんも同じ意見でした」

信用はしきれないが、教皇庁からの使いである可能性は十分にある、というところだろう。

「金髪はその人とお話したの？」

「一応は」

歯切れの悪さが気になった。可能性としては、道端でたまたま高価な香炉を拾ったことを、神からの使命だと思い込んだ類の人物という線も捨てきれないのだろうか。

「まあ、とにかく怪しいことこの上ない人物ですから、大聖堂の地下牢に入れられていたわけですが、格子越しにとんでもない与太話を口にしたらしいのです」

神の御託宣か、それとも、大魔術師ばりの呪いの言葉だろうか。

ミューリが期待に胸を膨らませているのがはっきりとわかる。

そして、ル・ロワは言った。

「公会議に、薄明の枢機卿をお呼びしたいと。それだけ言って、以降はなにを聞いても口を閉ざしているのだとか」

「……」

馬が路傍の石を避けたのか、急にぐらついて危うく落ちかけた。

いや、意識が飛んで息すらしていなかったのだと、いつの間にか自分の代わりにミューリが手綱を握っていたことで、気がついた。

「公、会議？」

ようやく絞り出した単語で聞き返すと、いつも飄々としたル・ロワが、重々しくうなずいた。

牢屋越しに、ハイランドをもっとも短い言葉で驚かせろと言われたら、どうすべきか。

その意味で、旅人は懐に忍ばせていた香炉以上の金言を、ひねり出したことになる。

「ねえ、兄様っ」

肘でわき腹をこづかれる。肩越しにこちらを振り向いたミューリが不機嫌そうなのは、公会議と言われてもなんのことかわからないからだろう。

しかしだからこそ、事情がわかる者には戦慄の走る単語なのだ。

地下牢に入れられた人物の発した言葉は、悪戯や錯乱の結果にしては、教会組織のことに精通しすぎていた。

「ハイランド様は、誰とも知れぬ敵による謀略かもと思い、平静を装う必要がありました。そんなわけで」

と、ル・ロワが言う頃には、話しに入れず不服そうだったミューリが、前方に見えてきた建物に気付いていた。

「人の目があるラウズボーンに呼び立てるのではなく、ハイランド様たちが王宮に帰る道すがら、皆様と会ったほうがよろしかろうと」

馬が向かう先は、広々とした田園地帯の真ん中にぽつんと建つ、一軒の田舎風の邸宅だった。ラウズボーンにも、もちろんニョッヒラにもない独特の大きな建物で、大量の農産物や家畜をしまう倉庫と、大人数の家族が暮らせる住居を兼ねているものだ。

小さな村や町では、かえって多数の従者と共に入れる建物がないので、王たちの旅ではこの手の建物が選ばれるとよく聞く。ついでに牧草地のど真ん中にぽつんと建つこういう建物なら、怪しげな人物が近寄ることも難しい。

軒先には何頭も馬が止まり、王族を示す羊の紋章を染め抜いた旗が何基か立っていた。自分たちの馬に気がついた槍持ちの兵が誰何してきて、ル・ロワがそつなく答えている。軒先に立てられた旗は、よく見れば三種類あり、現王家と、王家に連なるものだ。ひとつはハイランド家で、もうひとつはおそらくクリーベントの旗印だろう。長兄のものはないのかと思えば、次期王の長兄はラウズボーンでの宴を終えると、一足先に街を後にしたらしいとル・ロワが教えてくれた。身内の敵であった弟と和解したとなれば、それを面白く思わない勢力との調整もしなければならないなど、上に立つ者ならではの仕事が山積みなのだそうだ。

「ル・ロワ様がおつきです」

両開きの大きな木製の扉を開けると、天上が吹き抜けただだっ広い大広間になっている。炊事場と居間の区別はなく、調理用の竈がそのまま暖炉代わりになり、居酒屋にありそうな長テーブルがいくつかある。壁には農具が立てかけられ、空気には家畜の匂いが混じっている。

どうやら同じ屋根の下の仕切りの向こうが、羊や馬を入れる畜舎らしい。

普段は作物や牧草の生い茂り具合や、作付けのことを話し合うはずの長テーブルの周りには、旅のための略式の鎧を身に着けた兵や、誘拐騒ぎの時に見かけた貴族の子弟たちが詰めている。その中心に、クリーベントとハイランドがいた。

「きたか」

クリーベントが立ち上がって周囲にうなずくと、詰めていた者たちが建物から出ていく。天井も梁がむき出しの解放的な造りなので、共回りの者たちが出ていくと、広すぎてちょっと心細くなる。

「話のほうは？」

「概要はすでに」

ハイランドの問いにル・ロワが答えれば、クリーベントが後を引き継いだ。

「とはいえ概要がすべてだ。大聖堂に現れた来訪者は、たった一言呟いて、それ以降は貝のように口をつぐんでいる。まるで災いの言葉だけを呟いて死ぬ、呪われた渡り鳥の伝説のようじゃないか」

忌々しそうに言うクリーベントに、ハイランドがため息をついていた。

「まあ、枢機卿殿もル・ロワ殿も座ってくれ。もちろん、聖女様も」

ハイランドがミューリに向けた笑顔は、その存在が唯一の癒しだったからかもしれない。

ル・ロワは椅子を勧められつつ、如才なく大きな体を機敏に動かし、クリーベント、ハイランドに酒を注ぎ、ミューリと自分には酒精の入っていない果汁を用意してから、席についていた。

「とりあえず、君たちのおかげで王国内はひとつにまとまることができたと思う。その礼を改めて言おう」

ハイランドがそう切り出すと、クリーベントがジョッキを手に取って言う。

「もちろん我が妹がラウズボーンにて盛大な催しを開いてくれた手腕もあるが、やはり決定打は馬上槍試合だ。敵味方入り乱れて槍と盾の応酬の後、仲が悪いと目されていた兄弟が剣を捨てて子供みたいに殴り合ったんだからな！　挙句、鼻血と土埃でぼろぼろになって出てきて、健闘を称え合ったんだ。一体、これ以上に和解を示せる演出があっただろうか？」

生まれによって王位を継げない者がいれば、生まれによって王位を継げるだけだろうと言われて不服な者もいる。次期王の第一王子はすらりとした美丈夫だったが、クリーベントに負けず劣らず、言いたいことがあったらしい。

けれど見た目も性格も異なる二人の王子は、それこそ水と油のようであり、他のどんな場であったとしても、気質の異なる両人が手を握る場面は不自然なものになったろう。

それが唯一、身分もなにも関係なく、力の限りに殴り合う子供時代の延長みたいな喧嘩の場ならば、その限りにない。

ミューリが柵に飛び乗って大喜びしていたのも、いい歳をした二人の王子が、恥も外聞もなくこれまで言うに言えなかった互いの不満をぶつけ合い、本気で取っ組み合いをしていたからだ。そこには権力を巡る宮廷の、陰険な策謀の入る余地などない。

ハイランドが疲れを滲ませつつもやつれた感じではないのは、そういうことなのだろう。

「聖女様が腕を振り回して応援してくれたのもよかった。これは笑っていい喧嘩なのだと、その場にいた誰もが理解できたからな」

クリーベントはミューリに向けてそう言った。おそらくこのおてんば娘にそんな深慮遠謀はなかったろうが、確かに深刻な争いになりうる可能性もあったのかと思った。

もちろん褒められてご満悦のミューリは、堂々と胸を張っていた。

「だからこそ俺は、あの試合の噂を聞きつけた教会の者たちが、いよいよ焦りを覚えたというのは十分にありえることだと思っている」

話が、自分たちの呼ばれた理由へと繋がった。

「公会議、とお聞きしましたが」

人払いをしていてもなお、声を潜めたくなる。

ハイランドは大きくため息をついて、どうしたものかという顔をしていた。

「私は今でも懐疑的なんだ。王国内に争いがあったほうが都合のよい貴族たちの、悪あがきではないかと思う。王国の良心たりうる薄明の枢機卿がいては邪魔だから、大陸のほうに厄介払いさせようとしているのではないかと」

　そういう考えもあるかとうなずくと、クリーベントが言う。

「俺は素直に受け取るべきだと思うがね」

　ハイランドとクリーベントはひとしきり意見を戦わせた後のようだが、依然として話題の中心、つまり公会議というものがなんなのかわからないミューリが、隣でふてくされている。確認の意味も含め、自分から改めて問うた。

「その人物は、公会議、とはっきり言ったのですね？」

　考えを異にしているらしい二人の王族が、そろってこちらを見る。

　自分は小さく咳払いをしてから、ミューリへの説明とともに、認識の間違いがあっては困ると思って、言葉を組み立てた。

「ご存じだとは思いますが、公会議というのはそこで下された決定には教皇様でも従わなければならないという、教会内でも最高の権威を持つ会議です。前回に開かれたのは、およそ八十年前だったと記憶しています。主な議題は、異教徒との戦についてだったかと」

　教会組織は教皇を頂点にした階層構造だが、世に聞こえし大神学者や、一国に匹敵するような巨大な所領を持つ大修道院や、俗世の権力者と不可分な血縁関係にある有力な大司教などが多数存在し、継ぎ目のない一枚岩というわけでは決してない。

　考えを異にする者や、利害の対立する者が大勢いて、その調整をしなければならないのは俗世と同じこと。

けれど信仰を巡る大問題などは、戦でもして勝ち残った者の言うことが正しいとするわけにはいかず、なにが教会において正しいのかと、あくまで聖典に則って決定する必要がある。

それを平和裏に執り行う仕組みが公会議なのだが、世界中に散らばる教会組織の方向性を決めるという影響力の大きさと、最も偉いはずの教皇でさえ公会議の決定には逆らえないという理由から、滅多なことでは開かれない。

怪しげな旅人は、その公会議に薄明の枢機卿を呼びたい、と口にしたらしい。

だからそこには、いくつかの巨大な問題点がある。

「まず、本当に公会議が行われるのかどうか」

「俺はあると思っている」

胸の前で太い腕を組んだクリーベントが、不服そうに言う。

「なぜなら俺と兄貴が手を組んだ。王国は盤石だ。となればいよいよ教会との争いにおいて、教会側は劣勢に回る。そう思ったはずだ。だから公会議で教会側も一致を図る。そういうことだろう」

まさに自分も王国内の内憂が去ったと考え、ミューリの案に従って大陸への周遊を企図していたので、クリーベントの言い分はわかる。

「私は懐疑的だ。公会議を開けば、教会は王国との争いを、教会の歴史を左右するほどの大問題だと公式に認めることになる。しかも公会議は、文字どおりに会議なのだから、世界中に散らばる聖職者たちに正式な発言の機会を与えることになる。まさに百家争鳴の大音声になって、収拾がつかなくなるだろう」

ハイランドの口調は滑らかで、散々考え抜いたことが窺えるし、それをいったん区切ったうえでこうも言い添える。

「そんな恐ろしい箱のふたを、教皇たちが開けるとは思えない」

ハイランドは慎重な為政者的な考えのようだ。

問題を問題と認めなければ、それは問題ではないというのは、権力者の常套手段。

王国との争いで教会内部の意見が一致することなどありえそうにないのだから、公会議のようなものを開けば自滅の道に繋がるだけだと、教会の暗部にも十分通じている教皇たち首脳部は考えるはず。

これはこれで理解できた。

「お二方の考えに付け加えさせてもらえるなら、私のような者を公会議に呼ぶ、というのも意図がわかりません」

自分にはいくらか名声らしきものがあるといっても、聖職者ですらない。

千年続く教会の、さらに千年先まで影響するであろう公会議に呼ばれるなど、ちょっと想像ができない。

しかも、自分はいわば、明確な教会の敵でもあるのだから。

「俺はそこには、良い可能性と悪い可能性を思いつけるがね」

クリーベントが言う。

「ちなみにお前は、悪い可能性しかないって言いたいんだろ？」

クリーベントがハイランドに話を向けると、ややほつれた金色の前髪を手で押さえながら、ハイランドがうなずいた。

「私は誰かの描いた罠だと思っている。神の御意志で仮に公会議が開かれるのだとしても、そうだ。百の言葉で説得するよりも、おびき出して道の途中で切り伏せれば話が早い。切り伏せられなければ、万の言葉で押し潰せばいい。武功を挙げたがっているのは、貴族だけではないのだからね」

なにが正しいかより、どう出世するかという理由によって、大司教たちが功を争って、教会の敵である薄明の枢機卿を論難する。そして教会の敵を討ち取った功績を手に、大出世する。

非嫡出子として苦労してきたらしいハイランドは、権力の回廊とはそういうものだという認識なのだろう。

ただ、クリーベントはその考えに与しないらしい。陰気すぎると不満そうだ。

もちろんミューリも、自分の牙にかけて絶対にそんなことはさせないと口を引き結んでいる。

口を開いたのは、クリーベントのほうだ。

「確かに、罠という可能性は十分あるだろう。なんなら、実際に教皇たちが罠のつもりだとしても、それでも引き受けるべき意義があると、俺は思っている」

数多の貴族の子弟を引き連れていたクリーベントは、演説に慣れた様子でたっぷりと聞き手の注意を集めてから、続けた。

「教会内部にも、改革を願う者たちがいるはずだ。教皇たちが公会議を開催する腹積もりらしいと聞きつけた彼らが、薄明の枢機卿の力を借りたいと、知恵を絞った可能性だってあるだろう？　教皇たちは不意打ちのつもりで準備を進めているとしても、情報が漏れていたら我々には準備ができる」

それはちょっと前までなら、ありえない希望的観測だと思ったこと。

しかし実際にカナンという人物が、まさに同じように教会内部を浄化したいと望み、裏切りのように見えても構わないと、ここにやってきた。だからほかにも同じ希望を抱いている者たちがいると考えるのは、決して夢物語とは言えないはず。

そうなると、この機会を袖にするのは、教会内部の自浄の芽を潰すことにもなる。

とはいえ二人の王族の言葉には、どちらにも同じくらい説得力があって、どちらに肩入れするというのも難しかった。

「結局、公会議開催についての確信が得られなければ、話は前に進みませんな」

ひとしきり意見が出たと見計らったのか、ル・ロワが言った。

「カナン殿を急ぎ呼び戻している最中です。彼の協力があれば、いくらか確からしい情報を得ることもできましょう。地下牢に入れられているあの怪しげな旅人が、果たして本物の使者なのかの面通しをしてもらい、あとは教皇庁のお仲間に連絡を取ってもらうこともできましょう。しかも話は公会議なのですから、今日、明日に開催されるものではありますまい。焦って結論を出す必要はないと思います」

ハイランドは公会議と聞いて、差し迫った脅威のような面持ちだったが、自分も確かにル・ロワの意見に賛成だった。

「私も公会議の話には面食らいましたが、公会議とは、教会の歴史上でも百年に一度行われるかどうか、といったものです。そう考えると……」

話しながら自分なりに考えをまとめて、ハイランドやクリーベント、それにル・ロワと、最後にミューリに視線を向けて、言った。

「王国はひとつにまとまりました。守るにせよ、攻めるにせよ、私たちが手を止め、足を止める理由はないということです。聖典の翻訳版配布の件も、いくらか問題はありつつ進んでいます。公会議の話を、恐れる必要はありません。なにより神は、我々の味方のはずですから」

ミューリを除く面々が、ゆっくりとうなずいた。

そしていまいち話に入りきれずにずっと不服そうだったミューリが、喉の奥で呻く代わりに、腹の虫を大きく鳴かせていた。

「あなたは……」

呆れて言うと、ミューリはぷいっとそっぽを向く。

それを見て緊張が解けたように笑ったハイランドは、椅子から立ち上がった。

「久しぶりに会えたんだ。美味しいものでも食べようか」

ハイランドへと満面の笑顔を向けるミューリの隣で、ため息をついたのだった。

豪華な昼食を楽しんでいる最中も、王族が王宮への帰り道に立ち寄っていると聞いた近隣の有力者たちが、ひっきりなしに面会にやってきていた。

村長や荘園の管理人といった、土地の揉めごとを持ち込んでくる者たちもいたし、大きな街とは切り離されて孤立している、小さな教会の人間も幾人か、恐る恐るといった感じで訪れていた。

そのたびごとにハイランドは中座して、対応に当たっていた。

「まったく、殊勝なことだ」

ナイフで手ずから細く削った木の枝で、歯に挟まった肉の筋を取っていたクリーベントは、そんなハイランドを見て半ば呆れた様子だった。

「おじさんは働かないの？」

まさに謁見にきた村長が土産として携えてきた、蜂蜜たっぷりの蜂の巣を食べていたミューリの言葉に、クリーベントが引きつった笑みを見せる。

「お前の兄貴を間違えて誘拐した件は、いい加減許してくれないか」

髪に白いものが交じるル・ロワはもちろん気にしていないが、クリーベントはおじさんと呼ばれることに抵抗があるらしい。

立場のある人間は年上と見られたがり、わざと太って髭を蓄えるくらいなので、クリーベントはやはり王族というよりも、ミューリの言ったように悪戯小僧がそのまま大人になったような人物なのだろう。

「俺は一匹狼と見なされてるからな。ああいう相談は顔が広くて交渉のうまい奴らの下に集まるんだよ。代わりに俺は、行く場所のない連中からやたら頼られる」

地位の高さがそのまま民の信望に繋がるわけではないということだ。

もっとも、クリーベントの悪評については、周囲からの誤解もずいぶんありそうな気はしたのだが。

そのたとえに、ミューリはけたけた笑っていた。

「まあ、善し悪しだな。俺が王の座に座ってたら、賑やかだが冬は越せない王国の出来上がりだろう」

「代わりに俺は、真面目だが根の暗いところのある我が妹や、真面目臭った顔を維持しないとならない兄貴より、お前たちの与太話に付き合える」

クリーベントがそう言ってにやりと笑ったところで、昼食後はしばらく外に出ていたル・ロワが戻ってきた。手には豚の脂の塩漬けと酒があるので、地元の人間から仕入れてきたのだろう。昼食がちょっと足りなかったというより、与太話に相応しいつまみを探していたようだ。

「ル・ロワ殿にも協力してもらって、兄貴に新大陸の話をしておいた。ここにあんたらを呼んだのは、公会議の件だけでなく、そのことも早めに話しておきたくてな」

甘いものに目がないが、塩と脂も大好きなミューリは、豚の脂の塩漬けにさっそく手を伸ばす。

「でも、ノードストンのお爺さんは、王様に話をしにいったけどけんもほろろだったたって聞いたよね、兄様？」

独自に新大陸を追いかけている奇矯な老貴族のノードストンは、新大陸に向かう船団建造のための資金を王宮にかけ合いにいっていた。

結果がどうだったかは、同行していた羊の化身イレニアから、エーブを介して伝わっていた。

「次期王が馬鹿げた話を真面目に聞いてたら、沽券にかかわるだろ。追い払うしかないんだよ」

クリーベントは酒を啜り、指についた豚の脂を舐める。

「ただまあ、兄貴も意義は理解している。俺たち不満分子の関心を向ける先としても、教会との手打ちに使えるかもしれない可能性としても、きちんと新大陸を評価している」

「おかげさまでラウズボーンでは、私も話を集めやすくありましたな」

豚の脂で口の滑りを良くしたル・ロワが、こちらを見た。

「ただまあ、結果は芳しくありませんでしたし、新大陸の話を知っている奇矯な方々も、古代帝国時代の物語の中で見たことがある、という程度でした」

「となると自然と、古代帝国の話を掘り返そうかって話になったわけだが」

「海の向こうに誰も見たことのない大陸が存在するかもしれないというのは、ほとんど神話の類です。そしてどんな神話も教会にとっては異教の話であり、帝国崩壊に伴って、教会はその手の話を異端とみなしました」

その結果、酒飲みたちが時折口に上らせるだけの、途方もない与太話となった。

それを信じるのは一部の物好きな変人か、帝国時代の知識に触れることのできる錬金術師などに限られる。

「コル様の見立てどおり、新大陸の話を追うならば教会の権力が及ばない地域にて、古代帝国時代の本を探すしかなさそうです。つまりは、砂漠の国ですな」

宝探しの冒険譚を聞いているつもりなのか、ミューリは目を輝かせて鼻息を荒くしている。

「その話をル・ロワ殿から聞いて、いいじゃないか、冒険に出たがってる連中ならうちにいくらでもいるぞと思ったわけだ」

戦のない平穏な時代では、剣と馬の扱いに長けていても、出世の道は開けない。

クリーベントの下にはそういう貴族の子弟がひしめいているわけだが、隣でうんうんとうなずくミューリに対しては、ため息しか出ない。

「そこにいきなり降って湧いた、公会議なんていう妙な話だ」

雨に降られたことを嘆くかのように、両の掌を天井に向けたクリーベントの言葉を、ル・ロワが引き継いだ。

「砂漠の土地に残る、古代帝国の知識。私たちには大変心躍る話題ですが、人をやって見つけてもらえるような代物ではありません。専門知識と情熱とを持ち合わせた者が、実際に赴く必要がありましょう」

「このル・ロワ殿と俺と、仲間たちとで、その役目を負おうかと話していたんだがね。公会議の話が出てきて、宙に浮いてしまった」

それをほったらかしにして砂漠の国に旅立つには、公会議というのはあまりに得体のしれない話だ。

「公会議については、我が妹の言うように、王国内に揉めごとがあったほうが都合のいい貴族たちの陰険な計画という可能性も、なくはない。だとしたら、俺みたいなのは王国にいたほうがお前たちの役に立てる」

貴族たちの微妙な権力の釣り合いなど一顧だにせず、気に食わなければ剣を手に駆けつけかねないと思われているクリーベントが味方にいれば、繊細な陰謀は張り巡らしにくくなるだろう。

クリーベントのがさつな印象も、使い方次第のようだ。

「そして仮に会議の話が本物なら、私もコル様の側にいたほうがお役に立てるはずです」

ル・ロワは貴重な書籍を取り扱う商人で、顧客は当然、金持ちが多い。

大貴族や、中には広大な所領を持つ聖職者もいるのだろうから、公会議をめぐる嵐に巻き込まれた際は、心強い味方を見つけてきてくれるだろう。

「当然、あんた自身が砂漠に行くなんてのは、言語道断だ」

クリーベントがこちらを見ながらそう付け加えたのは、自分の隣で冒険の話にもじもじ膝頭を擦り合わせているミューリへの当てつけだろう。おじさんと呼ばれていることを、案外根に持っているのかもしれない。

「いえ、私としても、砂漠の国に直接赴くというのはちょっと突飛すぎる話ですが」

その発言に目を剝くミューリからやや顔を背けつつ、続けた。

「ただ、王国内の混乱が解決した今、私たちは教会との戦いにおいて新たな一歩を踏み出すべく、大陸側へ向かうべきなのではとは、思っていました」

そこに我慢の限界だったらしいミューリが口を挟む。

「大陸でいっぱい用事をこなしながら、そのまま砂漠の国に向かえばいいでしょ！」

そうなれば倍の冒険ができるとばかりだ。

「ミューリ、いいですか。砂漠の国がどれくらい遠いのか、私たちにはそれさえわかりません。なにより現状は不透明すぎます。砂漠の国どころか、大陸に向かう案だって、いったん考え直さなければなりませんよ」

がうがうと唸るミューリの顔を手で押さえながら言うと、その様子に楽しそうにしていたル・ロワが答える。

「焦らずとも、カナンさんが戻れば、いくらか状況が見えてきましょうとも」

「いつ戻ってくるの⁉」

噛みつくようなミューリの物言いに、ル・ロワは腹を揺すって笑っている。それから秘密の呪文を教えるように、ミューリに顔を近づけた。

「砂漠の国を目指すのは並大抵のことではありません。事前の準備だけでもたんとありますから、のんびり待っている暇などありませんとも」

ミューリはたちまち口をつぐんで、次の言葉を待っている。ル・ロワが子供の扱いに慣れているように見えるのは、彼自身が子供の心を忘れていないからかもしれない。

「糧食、装備、地図はもちろん、砂漠に赴いたことのある人から旅路の情報を集めたりしませんと。中でも最大のものは、砂漠の国の言語に通じた人間の確保です」

「そっか……そうだね。でも、全部エーブお姉さんのところの人たちで解決しない？」

エーブが協力してくれることを微塵も疑っていないのは、人に愛されることに慣れきっている少女の特権だろう。

「ル・ロワさんがおっしゃるのは、砂漠の国の言語で専門的な本を読める人のことか、あるいは古代帝国時代の文字にも通じた人。ですよね？」

なにを言われているのかわからない、といったふうに顔をしかめるミューリの前で、自分はル・ロワに同意を求める。

「いかにも。探しているのは古代帝国時代のおとぎ話ですからな」

砂漠の国まで出かける勇気を持ち、現地の言葉のみならず、古代の帝国の文字にまで精通し、さらには新大陸のような与太話の記された本を探し出せる専門知識を兼ね備えた人間が、いったいこの世に何人いるのだろうか。

「もちろん、必要な技能をひとつずつ分解して、それぞれを担当する人を個別に雇う手もありますが……」

「大部隊になるし、人の耳から耳への伝言遊びだ」

クリーベントの言葉に、ル・ロワはうなずく。

「ただまあ、その辺の人材についてもまた、カナンさんに心当たりがあるやもしれません」

教皇庁にある迷宮のような書庫に勤める人々になら、そういう奇矯な知識を持っている存在がいるかもしれない。

しかし文字の読める人間はそもそも少なく、専門的な知識となるとさらに少なくなり、新大陸に関係するものとなるともっと限られ、ましてや砂漠の国の言語や古代帝国のものとなるとどうなのか。

「なあに。求めよ、さらば与えられん、ですよコル様」

表情から胸中を読まれたのだろう。

聖典の引用に顔を上げ、ル・ロワに向けて苦笑いした。

「もう！　それで、砂漠の国に行くにはどうしたらいいの!?」

長机に身を乗り出さんばかりのミューリの声が、ひときわ大きく響いたのだった。

次期王の長兄と問題児の次男の和解は、王国の貴族社会に少なからぬ衝撃を与えているらしい。ハイランドもクリーベントも、それぞれの旅路を急ぐため、地元の人間の謁見が落ち着いたのを見計らって、出立の命を下していた。

邸宅の中ががらんとした印象だったのは、そこが田舎独特の広々としたつくりだからではなく、いつでも出発できるように準備していたからのようだ。

「愛しき人よ。またしばらく会えないかと思うと、心に穴が開いたようだよ」

ハイランドはそんなことを言って、ミューリを抱擁していた。どうも宮廷詩人の言い回し

を教えていたらしく、ミューリはくすぐったそうに笑いながら、台詞を暗唱していた。

ただ、抱擁を解くハイランドの顔が至極残念そうだったので、台詞に感情が籠もっていたのは演技が巧いからではないようだ。それでもあまり構いすぎるとミューリの機嫌を損ねると理解しているのか、ハイランドは未練を断ち切るようにこちらに視線を向けてきた。

「カナン殿については、大聖堂に残っているクラーク殿が仲介してくれることになっている。船はエーブ商会の手配だから、カナン殿の安全面は心配しなくても大丈夫なはずだ。また私への連絡は、エーブ商会に繋ぐよう頼んである」

「わかりました。カナンさんと合流できましたら、こちらでも相談して、結果をご連絡します」

「頼んだよ」

部下の兵から出立の準備完了を受け、ハイランドはそちらに返事をして、改めてこちらを見る。まだなにか相談し忘れていたことがあったかと思えば、生真面目な王族の青い瞳が、自分とミューリを見やる。

「結婚申込書は、焼いて捨ててしまって構わないからね」

どこまで本気かわからないが、ハイランドにしては目が据わっていた。

隣を見やると、ミューリがおしゃまな様子で胸を張っている。

「兄様のやきもちでよく焼けるだろうから、ちょうどいいかも」

そんな素振りがどこにあったかと言いたくなるが、無駄なので黙っておく。

「それなら安心だ」

ハイランドは笑い、先に出立したクリーベントたち一行を振り向いてから、もう一度こちらを見た。

「君の言葉には勇気をもらったよ。そう、なにがあろうと、我々は足を止めてはならない」

真摯にこちらを見るハイランドにうなずき返すと、ハイランドは微笑み、外套を翻して出立の合図を出す。馬に乗り、軽く手を振るだけで、別れ際はあっさりとしたものだった。

そんなハイランド一行の出立を見送っていると、腕を叩かれた。

「……なんですか」

「べーっつーにー」

やきもち焼きはどちらかと証明され、ひとまず溜飲が下がる。

「私たちも帰りましょう。今ならまだ、明るいうちに修道院に戻れましょうから」

「えー！　街じゃないの？　ル・ロワのおじさんは街に戻るって」

「それにしたってシャロンさんに一言伝えてからじゃないとだめでしょう。あなたが借りている鉈も返しませんと」

ミューリは腰元を見て、苦々しい顔をした。

「これ、修道院に帰らないといけないようにして、荷物の片付けとかを私たちに手伝わせるための罠だったと思う」

「まさか」

と苦笑いするが、シャロンの機転ならあり得るかもと思ってしまう。

ミューリはしょっちゅうシャロンにつっかかるが、シャロンはいつも一枚上手なのだ。

「私たちは砂漠の国に向かう準備をしたいのに～……」

自分と一緒に馬に乗ったミューリは、ぶつくさそんなことを言っている。

「工房で作業しているジャンさんなら、少なくとも教皇庁のある南の国までの旅路は詳しいはずですよ」

人目が少なくなって油断したのか、ミューリの狼の耳がぴんと出ていた。

「ミューリ、耳」

小突くと猫が顔を洗うように耳を撫でて引っ込めていたが、むずむずした様子が窺えるのは、砂漠の国への旅が今から待ちきれないからだろう。

「新しい旅……新しい旅！」

「はいはい」

「足を止めちゃだめなんだもんね？　なにがあっても！」

手綱を握る腕の間に座るミューリは、気を抜いたらそのまま駆けていってしまいそうだ。

自分たちを先導してくれているル・ロワの耳にもミューリのたわごとが届いていたのか、後ろ姿からでも笑っているのが見て取れた。

「砂漠の国かあ。ねえねえ兄様、私の持ってる地図の中にも描かれてる？」

「どうでしたかね」

「父様と母様も行ったことないよね？」

「それは、多分」

「ねえねえ、それじゃあさ」

と、尽きることのない質問にどうにかこうにか答えながら馬を進め、草原の向こうに太陽が沈みかける頃。ラウズボーンに向かう道と、修道院に向かう道に差し掛かり、ル・ロワとはそこで別れた。

質問をするのにも疲れたのか、どこか上の空で馬のたてがみをいじっているミューリと馬に乗っていると、なんだかずいぶん久しぶりに、二人きりになったような気がする。

兄様が、どうしても私との二人旅のほうがいいって言うなら、という昼間の言葉が不意に思い返される。

「確かに、悪くはありませんね」

思わず呟くと、ミューリが「？」と肩越しに振り向いていた。

沈みゆく夕日の光を背に受けながら、藍色に染まる空に向かって進んでいく。

ミューリとの大陸周遊の旅が遠のいて、少し残念に感じたことは、今度こそ胸にしまったまま口にすることはなかったのだった。

第

二

幕

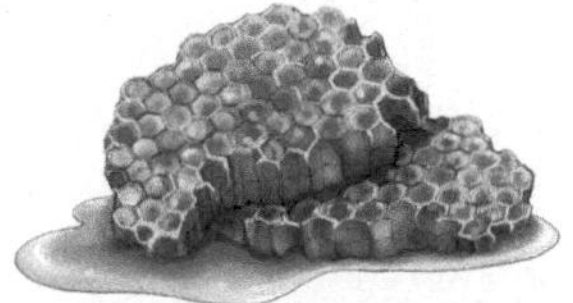

結局、あまり役に立てていなかった修道院の留守番役をシャロンに引き継いで、ラウズボーンに向かうことになった。ハイランドの借りていた貴族の屋敷に戻るのは人目につきそうだったので、エーブの拠点に間借りをした二日目、カナンを乗せた船が港に到着した。まずは噂の訪問者と大聖堂で秘密裏に面通しをした後、若き聖職者とようやく合流できた。

「本物です」

緊張に青ざめた顔、というのはなかなか見られるものではない。

ミューリでさえ緊張に呑まれ、こちらとエーブを見て、次の言葉を待っていた。

「手にしていた香炉に、隠し紋様がいくつもありました。間違いなく本物の密使です」

その言葉が意味するのは、公会議の話は王国内の誰かの策謀ではない、ということだ。教会の中で、なんらかの大きなものが動き出そうとしていることになる。

「つまり、教会はこいつを異端と宣告しようってことか？」

会話に立ち会っているエーブが、こちらを指さしてそう言った。

「クラーク様、それにヤギネ様も、そのようにお考えでした。しかし私は、私たちのように教会内部で立ち上がろうとしている人たちがいるのだと、強く確信しています。そうでなければ、公会議の情報を事前に漏らす理由がありませんから」

クリーベントと同じ考えのカナンの頬に、興奮の赤みが戻ってくる。

「おそらく教皇様をはじめとした枢機卿団は、馬上槍試合を経た後の王国内部の一致を見て、いよいよ危機感を募らせたのでしょう。それこそ公会議開催を俎上に載せるくらいに」

百年に一度開かれるかどうかの、教会の行動指針を決めるといわれる大会議。

前回の八十年前の会議では、異教徒を殺すのは教会の博愛の精神においてどのような意味を持つのか、という深遠な話し合いが行われたと記録にある。それは神の教えと現実をすり合わせるためのものである一方、勝利が危ぶまれていた異教徒との戦を前にして、敵との融和を説く弱気の一派など、足並みを乱す者たちを統率する役目も持っていたはずだ。公会議の決定にて異論を封じ込め、一丸となって最後まで戦い抜けるように。

そして今、教会は再び大きな困難に直面している。

「ですがこれは好機です！」

カナンが長テーブルを叩くように、両手を置いた。

「これはむしろ、好機なのですよ」

公会議という伝家の宝刀に手をかけている教会と、その情報を王国に知らせてくる誰かが教会の内部にいるという事実。彼らの足並みはこちら側が思う以上に乱れており、盤石ではないのかもしれない。

しかし、カナンの熱気に当てられて鼻息荒くしているミューリの横で、自分はその熱気を共有できなかった。もちろん理由は、ひとつではない。

「カナンさんのお考えを、否定するわけではありませんが」

前置きしてから、言葉を編む。

「密使の手にしていた香炉が本物だとしても、その思惑までもが本物とは限りません」

隣のミューリは冷や水を浴びせるような物言いに不満げな顔を隠しもしないが、カナンはさすがに冷静だ。

「もちろんです。そのあたりの確認はお任せください」

カナンは教皇庁の中を血液のように流れる書類を、一手に担う部署で働いている。

「もうひとつ、私にはカナンさんの意見に与することができない理由があります。それは……」

言い淀みつつ、言っておかねばなるまいと思った。

「私が公会議に呼ばれる姿というのが、想像できません」

いくら名声が高まったとはいえ、世の中にはほかにも名高い人物がいくらでもいる。なんなら王国の宮廷にて、王族たちの霊的生活一切の面倒を見るような、高位聖職者がいる。

なんといっても、自分はほんの数か月前までニョッヒラという山奥の湯屋でせっせと薪を割ったり、蠟燭を作ったり、おてんば娘の世話を焼くのに忙しかっただけの人間なのだ。危機に際して機転を利かせたり、運に恵まれたり、またミューリや他の出会った人たちの協力によって、たまたまちょっと有名になったにすぎない。

正式な会議の場に担ぎ出されれば、そこで試されるのは実力だ。

しかもその実力とは、決して信仰の深さだけではない。

会議に居並ぶのは、巨大な教会組織を率いている面々であり、現実の世界を生き抜いてきた者たちなのだから。

「もう、また兄様は〜……」

しかし世の中に怖いものなどないミューリは、兄の発言を冷静な状況分析ではなく、ただの弱気の現れだと呆れている。それでも自分は今度こそ正当な懸念だと確信していたところ、こちらを見つめるカナンの顔は、ミューリ以上にぶれていなかった。

「コル様、私からもあなた様に、言うべきことがあるようです」

「え？」

「この世に神は一人だけ。その他のすべては、地上の人の子なのですよ」

意味を摑みかねていると、エーブは肩を揺らして笑っていた。

「コル様の謙遜の徳は、確かに素晴らしい特質のひとつです。しかしコル様は今少し、自身の評価が低すぎます。ですから私は、今こそ、コル様がご自身のお力をいくらか正確に把握すべき時なのだと思います！」

「……」

どういうことかまったく見当もつかず、思わずミューリとエーブに助けを乞う視線を向けてしまうが、二頭の狼は楽しそうなことが起こりそうだぞと目を輝かせるばかり。

諦めてカナンに向き直ると、神の忠実な羊は、狼に負けない力強さでこう言った。

「コル様、私と共に修学の旅に出ませんか」

「……は？」

「公会議については、もしコル様が参加されるならばどうすべきか、私なりに船の上で考えておりました。そしてひとつ案があったのですが、今、ここにもうひとつ重大な理由が生まれました」

信仰の中心地で働く、神童とさえ称される少年。大きな目的のためならば、教会が危険すぎると判断して封印した技術を復活させることもいとわず、無謀な計画を王国に持ち込んでくるような冒険心をも持ち合わせている少年。

しかもこの少年は、自分に聖人にならないかと持ち掛けたような前科まである。

そのカナンが、ミューリみたいな顔で言った。

「ご自身の能力を信じられないというのなら、実際に確かめてみればよいのです。たとえばそう、世の顕学が集いし大学都市になど赴くのはいかがでしょう。そこに居並ぶ博士たちと実際に論戦し、実力を測ってみればよいのです！」

黙っていればそれこそ偉大な聖職者の卵としか見えないカナンは、どうやら真の姿はどちらかというとミューリに近いらしい。

「私は確信しておりますよ！　コル様の磨き抜かれた論理の槍ならば、並み居る博士たちをばったばったとなぎ倒せるはずです！　そうして降した彼らを味方につけたうえで、そのまま教皇庁へと進軍して公会議に臨めばよいのです！　コル様一人では理不尽な攻撃に立ち向かえずとも、神学者が大勢味方にいれば、いくら教皇様が手ぐすね引いて待つ公会議といえど、そう簡単にはやられません。戦には数もまた、重要なのですからね！」

高らかに語るカナンの言葉遣いから、このおとなしそうな少年でさえ、あの馬上槍試合は大きな興奮をもたらしたらしいことが窺える。

無責任に笑うエーブに、なんであれ戦いの話は大好きなミューリ。

ついていけていないのは自分ばかりだ。

「兄様！　戦いだって！」

論戦、とは確かに言うが。

群れの中で最も好奇心に満ちた狼を見やり、自分は苦い顔をするほかなかったのだった。

無謀な計画を胸に海を渡ってくるだけのことはあり、カナンの無垢な顔の皮をちょっとめくれば、たちまち熱い血潮が噴き出してきた。

持ちかけられた話について、検討しますという一言でどうにかかわしきったその日の夜。ミューリとカナンは晩ご飯の後、エーブの借り上げている元倉庫だった屋敷の一階で、エーブの部下たちを交えながら世界地図を広げていた。公会議に向けた薄明の枢機卿の武者修行と、仲間探しの旅の話に夢中になっているのだろう。

到底自分はそこに参加する気になれず、ちょうど用事を終えたル・ロワが戻ってきたので、公平な意見を聞きたいとその話をすれば、書籍商までもが手を打って賛成した。

「それは名案」

「ル・ロワさんっ」

非難をたっぷりこめてそう言ったのだが、書籍商はまあまあとなだめてくる。

「いやいやコル様、カナン殿は決して軽率に、ましてや面白がってその提案をしたわけではありますまい。むしろ至極合理的な提案でございましょうとも」

一体どこが、と反論したいのをぐっとこらえ、ル・ロワの言葉の続きを待った。

「聖典の翻訳の質は、私が見てももちろんですが、王国内に残る神学者からも太鼓判が捺されているはずです。コル様はご自身が思うほど、能力が低いわけではありません」

褒められるとたちまち反論したくなるのだが、今度もどうにか飲み込んだ。

「我々の評価がいまいち信じられないとあれば、実際に世の顕学と立ち会うのは道理です。敵を知り、己を知れば百戦危うからずとも申します。過大な自信は禁物ですが、過小な自己評価もまた、害をなすものです。コル様が今少し自らの能力を正しく把握できれば、成し遂げられることも増えましょう。自らの力を見誤っていれば、せっかくの機会を失うやも」

「……」

なにか言いたくてたまらない、というのが顔に出ていたのだろう。ル・ロワは腹を揺すって笑い、自分が子供の時に一緒に旅をしていた頃を思い出させるような顔で、言った。

「では難しい話は別として。少なくとも博士たちと知見を交換できれば、良い学びの機会となるのでは？」

学びの機会と言われると、それは確かにそうだ。喉からせり出そうとしていた反論が、押し戻される。

「それに大学都市と聞いて、私はぴんときましたよ。ここ数日の霧が晴れたと申しましょうか」

まだ半信半疑ではあったが、ひとまず続きを目で問うた。

「新大陸についての話ですよ。古代帝国の知識を追いかけるには、私たちだけでは兵力不足だとお話ししましたが、知の巨人たちが集うのもまた、大学都市です」

それは確かに、とうなずくと、ル・ロワもまたうなずく。

「それからほら、聖典の印刷に関わる紙の話です」

「紙……買いつけの話ですか？」

「いかにも。港から手紙を出し、私の伝手にもあたってみましたが、どこも紙の在庫は芳しくないようです。けれども大学都市とは学問の都であり、学問には紙がつきものです」

「……大学都市ならば、紙の在庫があると？」

「私とはちょっと毛色が違いますが、書籍商があれほど集う都市はほかになく、石を投げれば筆写職人に当たるほど多く、文字を読み書きできる人間のほうが多い町というのは、大学都市をおいてほかにありますまい」

「それは……確かに」

「ついでに大学都市はどこも大陸側です。あの元気なお嬢様の冒険心も満たせるはずです」

ル・ロワをもってして、元気なお嬢様と言わしめるミューリ。今頃は階下で骨を見せられた犬のように地図とにらめっこのはずで、カナンの提案を断るというのは、ミューリの冒険心を押しとどめるということでもある。

それはうんざりするような困難を伴うだろう。

「それに、確かコル様は」

というル・ロワの言葉で、意識が床下の夢見がちな少年少女たちから引き揚げられる。

「かつて大学都市アケントにて、神学を学ばれていたとか？」

その言葉に顔が強張ったのは、扉が開いて蠟燭の灯りが揺れたからではない。

酒を手に部屋に入ってきたエーブをちらりと見やり、ため息と共に言った。

「実を言えば……私がカナンさんの話に苦いものを感じるのは、その過去の経験も一役買っているのです」

「ほう」

ル・ロワはエーブから酒を受け取り、こちらにもジョッキを勧めてから、一口すする。

珍しく自分も酒を口にしたのは、子供の頃の辛い思い出が喉を通過するのに、少しでも痛み止めが必要だったから。

自分は子供の頃、教会法学を学ぶため、確かに大学都市を目指して旅をした。

しかし。

「大学都市と呼ばれる場所が、知と信仰の湧き出る泉などと呼ばれているのは嘘八百……とまではいかずとも、美化された風説なのは、ル・ロワさんもご存知でしょう?」

禁書であろうとも平気な顔して売りさばく書籍商は、商人らしい無表情で、こちらを見る。

「否定はしませんな」

「カナンさんは、実情を知らないのではと思います」

世に聞こえた神学博士たちと共に議論を交わし、互いの教養を高め合って、薄明の枢機卿としての自覚をより強くする。また交流を通じて友誼を交わした神学者たちと共に、薄明の枢機卿を陥れようと教皇たちが待ち構える公会議に出席する。カナンはそんな流れを想像しているのだろうが、自分はどうしたってそんな予想を受け入れられない。

それは博士たちを相手に論陣を張れるかどうかということ以上に、あの場所にそんな牧歌的な場面は似つかわしくないからだ。

あそこにいるのは、ただ賢いだけの顕学ではない。

「しかし紙の買いつけ先としては悪くありませんし、砂漠の国の知識や、古代帝国の知識に通じた人を探すにはうってつけの場所です。それから、カナン殿の語った話も、半分くらいは受け入れてよろしいのでは？」

「……」

苦い顔をすると、ル・ロワは再び笑った。

「んっふふふ。コル様とは相いれない人たちが多そうだというのは、わかりますとも。しかし機を見るに敏な、世知に長けた学問の冒険者たちがいるのもまた、大学都市です。公会議がもしも本当に開催されるのならば、権力とか政治力とかに敏感で、口八丁の彼らを味方につけておくのは悪いことではありません」

真実の追求ではなく、合理的な理由として、彼らと渡りをつけておく。

そう言われると、毀誉褒貶の激しいクリーベント王子という存在ですら、ある場面では味方としてとても相応しい者であることを学んだばかりだった。

ならば大学都市を根城にしている、野生の賢者たちも、また……。

「それに、旅に出るのはなんであれ良い案だと思いますよ。教会との戦い、あるいは新大陸の話を追うことにしても、いずれにせよ王国内でできることはもうあまりないでしょうからね」

新しい景色を見たければ、新しい道を歩かねばならない。

そんな詩人の歌を聞いたことがあるような気がする。

いかにもミューリが好きそうだが、真理ではある。

そしてそれまでおとなしく話を聞いていたエーブが、衣擦れの音と共に言った。

「悪い奴らが怖ければ、私がお守りについていってやろうか？」

蠟燭の灯りに照らされたエーブの顔は、その背後に狼の形の影が映りそうなものだった。教会が百年に一度開くかどうかの公会議に、なにか商機を見出したのだろう。

「……送り狼という言葉なら、私でも知っていますよ」

エーブはくつくつと笑い、酒を啜る。

それに悪い奴らが怖いと言えば、頼りになる狼が自分の側にはすでにいるのだから。

「ま、こういうのはな、案ずるより産むがやすしってやつだ。行くだけ行ってみればいいし、行けば思いがけない掘り出し物がある」

いくつもの海を股に掛ける商人らしく、エーブが言う。

「薄明の枢機卿の行く先に、神の御加護があらんことを」

エーブはル・ロワと共にジョッキを掲げ、当事者そっちのけで乾杯している。

大きなため息をつき、世を拗ねるように自分もジョッキに口をつけてから、立ち上がる。

「この件は、ハイランド様にもお伺いを立ててみます」

ル・ロワもエーブも、結論は見えているがご自由に、とばかりに大人の笑顔を見せていた。

なんだかどっと疲れてうす暗い廊下を歩き、階段を下りて借りている部屋に向かうと、ちょうどミューリも階下から上がってくるところだった。

「兄様っ」

行き会ったのは偶然ではなく、足音を聞きつけてわざわざ上がってきたのかもしれないと思ったのは、頬やら指やらにインクの筋をつけたミューリが、まだ乾ききっていない手製の地図を広げて見せてきたからだ。

「ねえねえ、どこに行く？」

地図にはカナンやエーブの部下たちから聞いたのだろう、大陸側にいくつかある大学都市の位置と名前が記されている。人目もないので狼の耳と尻尾を出しているミューリは、それこそ宝の地図かなにかを見つけたかのように尻尾を振っていた。

「カナン君はね、このアケントっていうところが一番近いし、大学都市としても有名だから、いいんじゃないかって」

地図を手に早口で話すミューリをよそに、自分は部屋の扉を開けて、夢中な少女の背中を押すようにして部屋に導き入れる。

宿の客室ではなく、エーブが商いの在庫をしまっている部屋なので、自分たちが横になったらもういっぱいだ。それは興奮が体温に現れているくらいに暑苦しいミューリから、距離を空けられないことをも意味していた。

積み上げられた木箱の上に蠟燭の燭台を置いて、体を伸ばして木窓に手をかけ、少し外の空気を入れるとちょっとだけほっとした。

「ねえ、聞いてるの⁉」

わずかに空いた隙間に腰を落ち着けると、膝がぶつかるくらいの距離に座っているミューリが非難がましく聞いてくる。

「聞いてません。もう遅いですから、寝ますよ」

蠟燭の火を消すと、木窓の隙間からわずかに月明かりが入ってくる。それを頼りに畳んでおいた毛布を広げ、一枚は床に敷いて、もう一枚を足元にかける。

ミューリはむうっと口を引き結んでいたが、靴を脱ぐと同じ毛布の下に足を突っ込んでくる。けれどそのまま横になろうとするこちらを、その視線だけで縫い留めてきた。

「……なんですか？」

大陸への周遊から、砂漠の国への冒険、そして大学都市と、ミューリの前には立て続けに新しい旅の可能性が舞い降りた。

その興奮に胸をたぎらせているのかと思ったら、その表情はちょっと妙だった。

ミューリは咳払いに似たため息をついて、毛布から足を引き抜いて、座り直す。

「兄様、こっち向いて」

「向いてますよ」

「ちゃんと向いて」

「……」

いつものわがままとはやや違う感じに、仕方なく体ごとミューリのほうを向いた。

「カナン君から、色々お話聞いたよ」

インクを乾かすため、手近にある木箱の上に広げられたままの地図を見れば、その様子が大体想像できる。

けれど、ミューリの言いたいことは少し違っていたらしい。

「兄様の翻訳は、本当にすごかったって」

母親譲りのミューリの赤い目が、うす暗い部屋の中で妙に光っている。

「カナン君が女の子だったら、お尻を蹴飛ばしてるくらい、兄様のことを夢中で話してたよ」

以前もそんなことを言っていた気がするし、ハイランドは確か、カナンが自分の前ではずいぶん取り繕っている、というようなことも言っていた。

「兄様なら、地図に描かれた大学都市のどこに攻め入っても勝てるって、ほっぺた赤くしながら熱心に話してた」

ミューリと肩を並べて広げた地図に都市の場所と名前を書き込み、戦記物を語るように話すカナンの様子が想像できる。

「まあ、ちょっと褒めすぎな気もしたけど」

不服そうに首をすくめるのは、いくらかは縄張り意識からだろう。

けれどミューリはつと視線を逸らし、口をつぐむと、しっかり言葉を編んでからこちらを見た。思わずこちらが顎を引いてしまうくらいの、真剣な瞳だった。

「あのね、兄様。兄様に格好良くしていて欲しい気持ちは、私のほうが上なんだからね」

「……」

いつもは間抜けだなんだと手厳しい妹だが、カナンにあてられたのかもしれない。

そう思った自分をすぐに恥じたのは、かすかな月明かりでもわかるくらい、ミューリの頬が赤かったから。

手厳しいのは、期待の裏返しなのだとしたら。

「まったく、あなたは……」

普段はどうにかして女の子らしくさせようと四苦八苦しているのに、こういうところは誰よりも女の子。

地図に片っ端から大学都市の場所を書き込んでいるのも、新しい土地、新しい街に行ってまだ見ぬ冒険を楽しみたいからだとばかり思っていた。

でも、ミューリの書き続ける理想の騎士物語では、いかに騎士が強かろうとも一人で旅に出ないことをもまた、思い出すべきなのだ。その隣にはいつだって、ちょっと間抜けだが決して敵に背は見せない、勇敢な聖職者らしき者の姿があるのだから。

「私だって、かつては男の子でしたよ」

ミューリの頬を指で押し、小鳥が飛び立つように手を離す。

「まったく自信がないわけではありません」

むしろ世の顕学と対等に語り合い、見識を高め合う様をどれだけ想像してきたことか。

「ニョッヒラの湯屋にはまさに素晴らしい学識を持つ方々が度々いらっしゃいましたし、彼らが私のことを褒めてくださる時に、お世辞以外のなにかがまったくなかったとはさすがに思いません」

ミューリはまだ責めるような目でこちらを見続けている。

薄いヴェールの向こうに、子鼠が隠れていると言わんばかりに。

「ただ、大学都市は……あるいはそういう場所で活躍しているような人たちに対しては、理屈とは違う、もっと深いところで苦手意識があるんですよ」

毛布を手に取り、綺麗に伸ばし直してから、膝にかける。

ミューリに向けて片側をめくってやれば、渋々といった様子で足を入れてくる。

「大学都市は、野心に満ちたとんでもない場所なんです。私はそこで子供の頃、てひどい目に遭いました。だから、嫌なんですよ。熱い竈に触れた犬が、二度と近寄らなくなるようなものです」

ミューリはじっとこちらを見てから、視線を逸らして、肩をすくめる。

「犬はそうかもしれないけど、兄様は懲りない羊さんじゃない」

そのふわふわの尻尾が、ぱったぱったとこちらの足を叩く。

「それに、私は一度食らいついたら離さない狼だよ」

ミューリなりに励ましてくれているのだろう。

なぜなら。

「あなたは騎士ですものね」

騎士は絶対に、使命を忘れない。

執念深い狼にはぴったりな職業であり、それ以上に頼りになるものなどそうそういない。

そしてその銀色の狼が、新しい道を行こうとこちらを見ているのだ。

どうすべきかは、決まりきっている。

「足を止めてはならないというのは、まさに私が切った大見得でしたしね」

教会との戦いは、明らかに山場を迎えようとしている。

もしも公会議の話が本当ならば、その先にあるのは、いよいよ和解か戦いしかない。

百年に一度の重大な岐路に立っていると、教会自身が認めることになるのだから。

「じゃあ、大学都市に向けた新しい旅に出る？」

毛布を膝まで上げたミューリが、期待に満ちた目でこちらを見上げてくる。

頼りになる銀色の狼ではなく、好奇心に満ちた仔狼の顔が見えてしまっているが、どちらもミューリの本質なのだ。

「寝ましょう。旅のためには、体力を蓄えないといけませんから」

それが答えだ。

毛布を引き上げて横になると、嬉しそうなミューリはいそいそと後を追いかけようとするのだが、ふと、壁際に立てかけてある剣に視線を向けていた。

そしておもむろに手を伸ばせば、鞘の裏表を入れ替えていた。

「どうしました？」

「なんでもないよ」

ミューリはそう言って、ぎゅうぎゅうとしがみついてくる。新しい旅が楽しみでしょうがないのか、尻尾もぱたぱた忙しない。剣の裏表を入れ替えたのは、抑えきれない子供っぽさを、騎士団の紋章である狼に見られたくなかったのだろう。

旅路の先には、明らかに気が重くなる事態が待ち構えている。

けれども思いのほかすんなり眠れた理由は、もちろん明らかなのだった。

大聖堂に突如として現れた密使に対するカナンの見解と、これからどうすべきかの提案を連名でしたため、ハイランドに手紙を送った。同時にカナンは再び船に飛び乗って、教皇庁にて公会議の件を詳しく調べるための手配をしにいった。

別れ際の台詞は、「では向かわれる大学都市が決まりましたら、所定の連絡方法にてお知らせください」だった。おとなしそうに見えて、押しの強さはミューリ並みだ。

そんなカナンが出立した数日後、ハイランドからも驚くような速さで返信が寄こされ、そこには一言、こうあった。

――旅に護衛はいかほど必要か。

宮廷に陰謀の形跡は見られず、公会議の件がどうあろうと、大学都市に向かうのは様々な目的にかなっているとハイランドも判断したことになる。実際、公会議があろうとなかろうと、大学都市に向かえば自分たちの抱えるいくつかの問題に前進が見られるかもしれない。

もはや心配があるとすれば、聖典の印刷を進めるジャンに渡す翻訳した文書の校正作業だったが、これもクラークから話を聞かされたシャロンがしばし黙考した後、クラークへと翻訳された紙束を押しつけたらしいことを耳にした。

クラークならば学識も信用できるし、クラークは自身だけでなく、大司教のヤギネにも確認を頼むと言っていたから、それ以上自分に言うことはなかった。

その結果として、あれよあれよという間に旅の準備が進められ、カナンが旅立った一週間ほど後。自分たちはウィンフィール王国を出て、対岸の大陸側の港町に降り立っていたのだった。

「んー！　旅だー！」

船から降りたミューリは、両腕を目いっぱい上げて伸びをして、叫んでいた。

ちょうど漁師の船団が港に着いたばかりのようで、空を覆う海鳥の群れと、魚を買いつけにきた商人たちとの喧騒で、そんなミューリでさえも賑やかな景色のほんの一部でしかない。

天気があまり良くなかったので、揺れた船で軽く酔ってしまった自分は、酸っぱいものを喉の奥に押し込めるように、重々しく息を吸い込んでいた。

「もう、兄様！　いつまでうじうじしてるの⁉」

「いや、うじうじではなく、船酔――」

「あ、ほらほら兄様！　あそこで旅芸人の一座がお芝居してるよ！　わ、あれって剣の試し斬りじゃない⁉」

「ちょ、ちょっと、ミューリっ……うっ……」

袖を引っ張られ、喉の奥に押し込めていたものが出てきそうになる。

「ほらお二人とも、はぐれないでくださいよ！」

道案内をしてくれているル・ロワが、人ごみの向こうから手を振ってくる。

どうにか吐き気をこらえ、荷物を背負い直し、賑やかな町の様子にすっかり舞い上がっているミューリの襟首を掴みながら、ル・ロワの後を追いかけたのだった。

広い大陸側にはいくつか有名な大学都市がある。

学問に強い興味を抱いた王が町に特権を与えて発展したところもあれば、遊学の徒たちが世俗の権力から距離を置くつもりで集った集落を基にしたところもある。

成立の経緯や立ち位置に差はあれど、大学都市と呼ばれるそこには大体同じ共通点がある。

ひとつは、他の町にはまず見られないほど、文字の読み書きをできる人間が多いこと。

ふたつには、世のあちこちから学びにくる人間が多いため、旅人に対して非常に寛容なこと。

それから最後のひとつが、自分の苦手意識の根源ともいえるものだった。

「野心、だっけ。冒険心とは違うの？」

アケントへ向かう道すがら、自分がぽつりぽつりと大学都市の話をミューリにすれば、ミューリが最も興味を持ったのはその単語だった。

ラウズボーンから旅立った自分たちは、まずは対岸の大陸側の港町に渡った後、人と商品を積み替えた船に乗って、さらに南に向けて出港した。陸路ならば大変な苦労をするであろう旅路も、船ならばあっという間だ。四日目にしてすでに、北の地と南の地を切り分ける有名な山脈を甲板から眺め、この辺りはすでに冬になっても雪が降らない地域だということを知らされたミューリは、ずいぶん驚いていた。

点々と寄港してきた七つ目か八つ目の港に着くと、そこからは馬に揺られ、川沿いに内陸を目指した。ほどなく川は大きく南に逸れる人工の運河に差しかかり、そこで川船に乗った。

自分たちの旅程は、輸出されたウィンフィール王国の羊毛がたどる経路とそっくり同じらしく、川船にはエーブ商会の刺繍が施された梱包済みの羊毛袋がいくつも載っていた。

信頼できる人間が同道するのなら、無料で荷物の盗難を監視させられる、というエーブの思惑があったかどうかはわからないが、少なくとも荷を運ぶ船に相乗りができたのは、羊毛のおかげだ。ついでにミューリは枕とベッドに困らずご機嫌だった。

今も羊毛の詰まった袋に体を預け、干したキイチゴの実をつまみながら、ミューリはいよいよ近くなった大学都市の話を自分から聞き出している、というところだった。ちなみにル・ロワは自分たちの船の前方をいくもう一艘の船に乗って、同じように荷物の隙間に大きな体を押し込んでいるところだ。

「そうです。野心です。私があなたのお父様とお母様に出会った時の話は、何度もしましたよね」

「うん。父様と母様がこんなふうに船に乗って川下りしてるところに、べそをかいてる兄様を拾ったって」

迷子を拾ったみたいな物言いだが、あまり間違ってもいない。

「そもそも川べりでべそをかく羽目に陥ったのは、大学都市アケントでひどい目に遭ったからなんですが、それは私が大学都市の野心というものに疎かったからです」

「……」

ミューリはこちらをじっと見たまま、キイチゴの実をひょいひょいと口に放り込む。

「兄様をいじめた奴らに嚙みつけばいい？」

ニョッヒラの村ではガキ大将をやっていたミューリらしい一言だ。

「お気持ちだけ戴いておきます。それに、当時の人たちはもうほとんどいないでしょうし」

「え……？」

キイチゴをつまむ手が止まったのは、人の変化がほとんどない村に生まれた者たちなら、大体みんなこんな反応をするだろうものだ。

「疫病……とか？」

生まれた村で一生を過ごす者たちがほとんどの世の中で、旅人というのはごく限られた存在にすぎない。粗野なように見えて、本当に暗い話題にはきちんと繊細な面を見せるミューリの頭を撫でてから、言った。

「大学都市というのは、あなたが想像する以上に、この川のようなものなのですよ」

ミューリは小首を傾げていた。

「ゆく川の流れは絶えずして、しかも元の水にあらず」

古い哲人の残した詩句だ。

よくわからないなりに、どうやら想像したような暗い話題ではないとわかったのか、ミューリはキイチゴの実でべたついた指を川面に這わせてから、言った。

「ニョッヒラもたくさん旅の人がきて、帰っていくけど」

「それでも毎年やってくるお客さんの顔触れはあまり変わりませんし、湯屋の人や、村で働く人となるとなおさら変わらないでしょう」

なんならさすらいの代名詞ともいえる楽師たちでさえ、ニョッヒラには渡り鳥のように律義に毎年やってくる。

「大学都市は人の出入りがもっとすごいんです。あそこは激流の流れ込む場所なんですよ」

記憶の扉を開くと脳裏をよぎるのは、稲妻によって一瞬だけ照らし出された、夜の嵐のような光景だ。

「そこにやってくるのは、激流を乗りこなす自信に満ちた、新天地を目指す野心に満ちた人物か……」

ミューリを見やると、賢い少女は意地悪そうに目を細める。

「なんにも知らないお間抜けさんか？」

「はい。私は本当に世間知らずでした。むしろ、よくもまあ無事にアケントまでたどり着いたという感じですが。そもそも、どれくらい遠いかとか、どうやって行くのかとか、なにも知らないまま旅に出たんですから」

その言葉にミューリはキイチゴの実が入っていた袋を閉じ、体を起こした。

「兄様の生まれた村って、ニョッヒラほどじゃないけど、ずいぶん山奥なんだよね？」

「そうですよ。村の危機を救うんだと、使い方もわからない黒ずんだ銀貨を何枚か握り締め、旅に出たんです」

「私よりよっぽど向こう見ずじゃない」

旅に出たいと喚くミューリの頭を押さえつけていた身として、そこを突かれると耳が痛い。

「神の御加護と、道中の親切な人たちのおかげでたどり着けましたが、私を待っていたのは静謐と学問の都などではありませんでした。むしろ」

とミューリを見たのは、旅のために商会の小僧風の格好をして、腰に長剣まで佩いているおてんば娘のほうが、よほどあの都市に相応しいからだ。

「喧騒と暴力を野心で煮詰めたような街でした」

ミューリは赤い瞳をぱちくりとさせ、不思議そうに首をひねる。

「そうなの？　でもカナン君の話だと、兄様みたいに本が好きで、ややこしいことを考える人たちがたくさん集まってるってことだったけど」

「ル・ロワさんもその条件に当てはまりますよ」

おてんば娘の細い首が、ひょっと伸びる。

「しかもあの町は……そう、とにかく若いんです」

「……若い？」

「道行く人たちの大半が、少年か、若い青年たちなのです。それも富裕な家の出が多く、たっぷりの仕送りをもらいながら、うるさい家庭教師や両親の目から離れて暮らす者たちです」

ミューリの視線があらぬ方向に向かうのは、くちうるさい兄や、どうしても逆らえない母狼の監視の目がなかったら、と想像したのだろう。

ミューリは楽しそうなお祭り騒ぎを思い浮かべるだろうが、自分が想像するのは、誰からも叱られることのない解放感に自信を得た、たちの悪い少年たちの狂乱の宴だ。

「出身地の近い者たち同士で徒党を組んで、毎晩酒場で大騒ぎ。そのまま通りに繰り出して、仲の悪い者たちを見つけ次第、悪口雑言を石と一緒に投げかけて、喧嘩騒ぎを繰り返すようなところです」

目を丸くするミューリの口元が、笑みの形に吊り上がりそうなのを見逃さなかった。

「あなたが思っているような、村での合戦ごっことはわけがちがいます。もっと陰険で、ひどいものです」

大きくため息をついて、川の向かう先を見やる。

「そして大学都市で教鞭をとる博士たちというのは、そういう野犬の群れに教えを授けて暮らす者たちなんですよ。それはなんというか……そう」

自分の手のひらを見て、ぎゅっと握る。

「学問の世界の、歴戦の傭兵たちです」

口で説明してもあの雰囲気はわかるまいとは思うが、ミューリは自分の様子から、なにやらただならぬところらしい、とは把握したようだ。

カナンはとても賢いが、教皇を輩出するような聖職者の家柄だ。わざわざ野犬の群れに混じって大学都市で学ぶ必要などないはずだから、そこを真摯に学問にはげむ者たちの集う場所、と素直に想像していてもおかしくない。仮に大学都市の悪しき噂を耳にしても、若者たちのちょっとした羽目外し、程度に思っているはずだ。

実際、大学都市の実情を知るル・ロワは、こちらの懸念に対して明確な否定をしなかった。

ミューリが全力でじゃれかかってもびくともしない、あの、ル・ロワが、だ。

「私がカナンさんの目論見に懸念を抱くのは、今までのような……あなたたちの言う、自信のなさだけではありません。野犬の群れと、その頭目たちと関わるのが気が重いからです」

一代で財を成し、なんでも金で解決できると考えているような大商人の息子たちや、荒れた生活に手を焼いて、少しでも教養を身に着けて欲しいと祈る親たちが、厄介払いのように送り出してきた貴族の放蕩息子たち。

それにいくらかは、切実な理由から学問を修めようとやってくる、貧しい家の子供たち。

そしてそういう者たちに教えを授け、一足飛びにひとかどの人物になろうともくろむ、知と論理で武装した教授たち。

魔女の掻き混ぜる鍋というものがあるのなら、きっと大学都市と同じ見た目に違いないと、名のある聖人は書き残したといわれている。

そして教会の公会議ともなれば、そういう猛者たちの中でも抜け目なく出世してきた者たちが集う場所なのだろうと想像がつくから、自分には太刀打ちできないのではなかろうかと思うのだ。

世界の半分の、そのまた半分しか見ていない、夢見がちな羊として。

「でも、いくつかの現実的な理由があって、そこに行かざるをえませんから、行くのです」

その言葉の後、疲れたようなため息を挟んだのは、これから赴く大学都市でのことを見据えてのもの。それは、街に着けば子供の頃の辛い記憶が蘇るだろうということと、もうひとつ。

こちらの言葉に恐れおののくよりも、むしろ興味を惹かれつつあるおてんば娘のこと。

なぜなら、ミューリはあきらかに、あの場所と相性が良さそうなのだから。

ラウズボーンを出てからずっと、新しい旅にミューリは浮かれ気味だった。ならばあの暴力的なまでに賑やかなアケントに行けば、おとなしくしていなさいと口で言っても聞きはしないのが目に見えていた。

旅の間ずっと眉間に皺が寄っていたのなら、考えるべき問題として、ミューリのことも頭の半分くらいを占めていたせいだ。自分には、ミューリがおしとやかな淑女になるのを見届ける義務があるのだから。

そして、いよいよアケントが近づきつつある。

ならばミューリに手綱をつけるとしたら、ここで手管を見せるほかない。

「しかし私が決断を下せたのは、王国と教会の戦いに関わった者の使命感ということもあります。公会議の話が本当で、もしも私が呼ばれるようなことがあるのなら、信念に従ってその会議に参加しなければなりませんから」

急になんの話だろう、とミューリは少し不思議そうだったが、大きな赤い瞳は次の話をおとなしく待っている。

「王国のため、いえ、公正なる世の中のために、教会の横暴を諫める必要があります。そしてそのためには、ひとり声を嗄らすより、たくさんの味方を引き連れていったほうが良いというカナンさんの案は、実際に正しい戦略です」

争いごとの話はなんであれ大好きなミューリが、うんうんとうなずいている。

「それに新大陸という話を追いかけるうえでも、大学都市ならば古代帝国や砂漠の国に詳しい人がいるはずだ、というのもまた正しい見立てでしょう」

その話はもちろん、ミューリもル・ロワからたっぷり聞いている。

「聖典の印刷のための紙の確保もできるかもしれません。ですから、行かなければならない理由に溢れていると言っても過言ではありません。けれど、昔の記憶のせいで足がすくむ私が、なおも一歩を踏み出せた理由は、間違いなくあなたのおかげです」

「私？」

きょとんとしたミューリに、こう言った。

「大学都市にいるのは、野犬の群れとその頭目なのです。私は幼い頃にてひどくやられ、正直言って怖いのです。ですが今の私には狼のあなたがいます。だとしたら、野犬の群れなど怖れることはない。そうでしょう？」

実際に、ミューリはこの旅に護衛をつけることを、ハイランドたちに向けて断固として拒否した。自分としては、護衛の目があるとかえってミューリの狼としての力を発揮しにくくなって危険だと思ったから、反対はしなかった。けれどミューリとしては、騎士としての矜持によって、護衛は自分だけで十分と主張していた。結局、ル・ロワの口添えもあってハイランドは折れたのだが、そんなミューリにこの言葉はよく効いたらしい。

ミューリの外套の下で、狼の耳と尻尾が勢い良くぽんと出た。

その頃合いを見計らって、こう言った。

「どうか、私の側を離れないでください」

おてんば娘は、たちまちこう解釈したはずだ。

側から離れないで。あなたが迷子にならないためではなく、哀れな兄を助けるために。

いつも子供扱いされて憤慨しがちなミューリは、正面から頼られて泣きそうなくらいに目を輝かせていた。

「任せてよ！」

「はい。お願いします」

得意満面、耳と尻尾を外套の下でぱたぱたさせているミューリを見て、どうやらうまくいったようだと思う。あの悪徳渦巻く大学都市に飲み込まれ、黒く染まってしまわないかと不安ならば、無理に押さえつけるのではなく側にいて欲しいと正直に言えばいい。

なにかそういう寓話があったような気もするが、ミューリはすっかりやる気になっている。

「弱き者を守るのは、騎士の務めだからね！」

あまりにその気になっているのを見ると、それはそれで妙な不安が湧いてくるが、紐で互いを繋ぐようなことよりかはだいぶましのはず。

使命感に燃えるミューリに若干の苦笑いを混ぜながら、最後の仕上げに小さく耳打ちした。

「護衛は目立たないのが鉄則です。声を静め、耳と尻尾をしまってください」

「っ」

ミューリはたちまち言われたとおりにして、無表情になる。

けれどじんわり油が染み出すように、にへらと笑っていた。

若干呆れつつ、ひとまずこれで、心配ごとのひとつがなくなったことに安堵するのだった。

子供の頃にどうやってアケントまで行ったのか、実はよく覚えていない。

好意で船に乗せてもらったり、親切な隊商の荷車の後ろに乗せてもらったり、ひたすらとぼとぼと歩いて南に向かい、道行く人たちに大学都市という単語をぶつけて場所を探しあてた。

そして大学都市にたどり着いてみて驚いたのは、そういう無謀な少年たちが案外少なくないということなのだ。戦乱や貧困や疫病などで住む家をなくす者はどこにでもいるし、その中でも利発そうな少年たちなら、地元の教会で施しを受ける傍ら、大学都市にて身を立てるための学問を修められるらしいという話を聖職者から耳にすることがしばしばあるからだ。

けれども文無しの少年がなんの伝手もなくやってきたところで、無償で教えを施してくれる者などいるはずもない。そうして食べるものにも事欠いていると、ふと、親切な年上の少年が現れて、ご飯と寝床、それに生きるための知恵や、なんなら読み書きまで教えてくれる。こんなに親切な人がいるのかと感謝していると、ある日、妙な仕事を頼まれる。

ぼろぼろの服を着て、腕か足に添え木を当て、顔に泥を塗りつけて、家々を回る仕事などだ。要は哀れな見た目で寄付を募る詐欺なのだが、その日を境に優しかった兄貴分は殴る蹴るで一日の寄付金を取り上げて、わずかな駄賃とパン切れを与える悪魔に代わる。

行く当てのなかった少年たちは、いつのまにか詐欺集団の下っ端になっているわけだ。

放浪学生という言葉には、相矛盾する意味合いが込められている。

立身出世を夢見て学問にはげむ若者という意味と、学生という皮を被って諸国を放浪し、その土地々々でケチな詐欺を働く悪党たち、という意味だ。

「……ああ、この雰囲気には、覚えがあります」

ウィンフィール王国を出て、都合一週間ほどの行程だった。地図上では、ミューリの両親がかつて出会ったという、パスロエの村よりもはるかに南に下っている。ミューリなどは海や川を進んでも進んでも地面が続いていることに、なにか素直な感銘を受けているようだった。

そうしてようやくたどり着いたアケントだったが、普通の街の市壁が高価な代物を持ち込んでいないか、罪人ではないかの確認をする場所なら、ここでは文字の読み書きをできるかどうかが問われたりする。

町中はいつだって自称学生で溢れかえっているために、そうやっていくらかでも人を弾いているのだが、市壁の外ではまさにそうやって弾かれた放浪学生のひよっこを、甘言の下に手下にしようと物色している目つきのよくない少年たちが何人もいた。

親切そうな顔を見せて近寄ってくる彼らを、救世主のように崇めている幼ささえ残る少年たちを見ていると、一人ずつその手を取ってやりたくなる。

「コル様」

ル・ロワの、あまり耳にしない落ち着いた声で、我に返る。

「コル様がその気になれば、多くの道に迷う子羊を庇護する修道院でも建てられましょう。今はまず、そのための準備をしませんと」

世のすべての不幸から人々を援けられるわけではない。

彼らの運命が気になりつつ、少年たちから視線を引きはがして、市壁をくぐって大学都市アケントの中に足を踏み入れた。

「……なんか、すごい匂い……」

いつもなら賑やかな街を見るとたちまちはしゃぐはずのミューリが、顔をしかめて鼻を押さえていた。

「匂い？」

自分とル・ロワはそろって鼻を鳴らしてみたが、賑やかな街特有の土埃の匂いと、露店から立ち上る肉の焼ける匂い、それに道に残された家畜や馬の糞の匂いくらいしかしなかった。

ラウズボーンと大して変わるまいと思っていたところ、ル・ロワがなにかに気がついたように言った。

「ああ、男臭さ、ではありませんかね」

「ふへ？」

「大学都市は、圧倒的に男ばかりです。学習用の書籍を買いつけにきた女子修道院の尼僧を案内した際に、同じ反応をされていたのを思い出しました。もっとも私は、女子修道院に入った時に、同じことを思ったものですが」

きょとんとしたミューリは、ル・ロワと道行く人々を見比べて、最後にこちらを見て、ぐっと顔を近づけてくる。

「……兄様は良い匂いだけど」

「んっふふふ」

意味ありげに笑うル・ロワに、自分は努めて冷静に、ミューリをぐいと押し離す。

「それより、宿を確保しましょう。できれば静かで、安全な場所を」

「書籍商向けの良い宿があります。この世で最も長い綴りの単語はなにか、という話題で酒を飲む者たちの集う宿です」

嫌そうな顔をするミューリに、ル・ロワはたっぷり微笑みかけていた。

そうこうしてル・ロワの知る宿に部屋を借り、自分たちの身分も書籍商見習いということにした。文字の読み書きや本の知識には事欠かないので、突っ込まれてもぼろは出ない。

各自荷物を置き、足の汚れを冷たい井戸水で洗ってから、まだ閑散としている宿の一階部分の酒場に再集結した。

「さて、ひとまず我らのなすべきことは、カナン殿と合流するまでにこちらの用事を片付けておくことでしょうか」

喫緊の課題は、紙の買いつけであり、次点が新大陸関連のものだ。

神学者たちとの馬上槍試合は、カナンがきてからでいいだろう。

「紙の買いつけは私が担当しましょう。伝手のある紙工房がいくつかありますから」

「じゃあ私と兄様は、新大陸か、砂漠の国に関する本を探す？　ここにも、ラウズボーンみたいな大きな書庫があるのかな」

「いえ、書籍商の店を回ったほうがよいかと」

「お店に売ってるってこと？」

見つけるのも大変な貴重な書籍だったのではないか、という顔をしたミューリに、ル・ロワが言う。

「文法の教科書というかたちで、書籍商のところには古い本が山ほど積み上げられているのです。もはや店主さえ内容を把握していないようなものの中に、掘り出し物があるやも」

黴と埃との戦いを予想したのか、ミューリは今から鼻をむずむずさせていた。

「まあ、それに書籍を扱う店の数がとにかく多いのです。この街では、ちょっとした雑貨という感じで、どこの店にも本がありますから。聞いて回るだけでも一苦労ですよ。私も紙の買いつけを終えたらそちらに回りますから……そうですね、コル様たちはまず町の西側を回る、という感じでいかがですか」

「構いません」

「砂漠の国の言葉を話せる人は、どうやって探す？」

「それは街の教授組合に行きましょう。この街で人を集めて学問を授けるには、組合の許可を受けねばなりませんから、名簿があるはずです」

ミューリは目新しい街の仕組みに、興味深そうにうなずいている。

ただ、賢い少女はふと顎を上げて、こちらを見た。

「あれ、でも、それならさ、本屋さんを回るより先に、その組合に行くべきじゃない？」

自分とル・ロワがそろって視線を向けると、賢狼の娘は赤い瞳をくりくりさせていた。

「この街に砂漠のことにすっごく詳しい人がいるならさ、その人が必要な本の在処だって知ってるはずでしょ？」

パンはパン屋に、肉は肉屋に。

確かにそうなのだが、ここにはひとひねり、ややこしい話がある。

「この町は野犬の群れ、と言ったでしょう？」

ミューリに言うと、狼の娘は顎を引いて油断なさそうな上目遣いになる。

こちらの言葉を、ル・ロワが引き継ぐ。

「組合にいる博士様が清廉潔白なら、それでもいいのですが、目端の利く人物である場合、ちょっと困りますからな」

「……」

凄腕の行商人と賢狼の一人娘は、しばしの黙考を経て、すぐに答えにたどり着く。

「先に自分で買って、後で私たちに高く売る？」

「いかにも。本というのは一期一会。この街はそういうことをする人で溢れているのですよ」

ミューリはぱちぱちとまばたきして、こちらを見る。

本が好きで学問にはげむような変わり者は、この間抜けで実直な兄のような者たちばかり。

ミューリはそう思っていたらしいが、この街にいるのはどちらかというとル・ロワや、なんならエーブのような者たちだという空気を、ようやく実感できたようだ。

「ですから、組合に行くのは最後です」

ははあ、という納得のため息は、この街でかつて兄がどんな目に遭ったのか、なんとなく想像ができてきた、というものだったろう。

「じゃあ、本屋さんでも間抜けのふりをしたほうがよさそう？」

「それとあまりお金を持ってなさそうなふりですな」

ミューリはくすぐったそうに笑い、こちらを見る。

「兄様は本を前にしたら私以上に目を輝かせるだろうから、一緒にいないほうがいいかもね」

あまり反論できないが、こうも言い換えられる。

「高嶺の花を前にしていると見られるだけかもしれません」

「高嶺の花……」

ミューリが呟くので、書籍商が集う宿屋らしく誰かが置き忘れていったらしい蠟の引かれた木の板に、綴りを書いてやる。

ミューリはしばし単語を見つめてから、顔を上げた。

「じゃあ、お花摘みに行こう！」

無邪気に言うミューリに、女の子がそんなことを大きな声で言わないように、と注意する羽目になったのだった。

聞いたこともないような土地から身ひとつで学びにくる者が多い街。

昼間から開いている居酒屋で札遊びをしている少年たちの姿が珍しくない街。

かと思えば、商会の軒先に藁を敷いただけの場所で、焦げ茶色のローブを振り乱しながら論理学の講義をする白髭を蓄えた博士と、話を熱心に聞く少年や青年たちがいる街。

猥雑で退廃的、でも確実に知的情熱の溢れる様子がそこかしこにあるアケントは、どんな人物が歩いていてもまったく違和感がない、という意味では今の自分たちにはぴったりだった。

ミューリくらいの年頃で腰に剣を佩いている少年も、書籍商を回る中でよく見かけた。

それは明らかに貴族の子弟である場合もあったし、その剣をなにに使うつもりなのかと訝しく思いたくなる身なりの良くない少年もいた。

今までに見てきたどんな街とも違う雰囲気に、ミューリは鼻息荒く大興奮……するかと思いきや、ずいぶん静かだった。道中での手管が巧く作用しているのかと思ったのだが、その理由は、書籍商の店先で文法学の有名な参考書を筆写した紙束をめくっている時に判明した。

「兄様、お財布に気をつけてよ」

はしゃいでる暇もないくらい、掏摸やかっぱらいが多いのだ。

「野犬の群れって言ってた兄様の言葉は正しかったね。街区と街区の境目が、あからさまに縄張りの区切りになってるもの」

　自分にはよくわからないのだが、辻の四つ角に立つ少年や、野良犬の頭を撫でながらぼんやり道に座り込んでいる少年を見るだけで、ミューリにはそういうことがわかるらしい。

　ただ、ミューリが串焼きのひとつもねだらずに警戒している一方、ラウズボーンではあれだけアケントに行くのを躊躇していた自分のほうが、街を楽しんでいた。なにせずらりと並ぶ店の軒先には、文法学の教科書の写しやら修辞学の参考書の写しやらが無造作に積み上げてあるのだ。こんな光景には、ウィンフィール王国第二位の都市でだってお目にかかれない。

　五件目か六件目の書籍商を訪れた時も、店の脇にある路地を少し入った井戸端で、聖典の注解書について講義が行われているのに気がついた。ぼそぼそと耳に届く聞き慣れた単語に気を取られ、手元の紙束の内容も興味深かったりして、まったく落ち着かない。

　そして、ミューリの聞こえよがしなため息だ。

「兄様、子供みたい」

　行ってみたら掘り出し物があるに違いない、なんてエーブは言っていたが、ミューリよりよほどこの街に惹かれていることを、到底否定することはできなかった。

「ま、私が守ってあげるから、好きに読んだら？」

　旅を始めた頃は、隙あらばこちらの手を握って、腕にまでしがみついて離れなかったのに、今のミューリは腕組みをして肩幅に足を開き、通りを向いてこちらの背後に陣取っている。身長と肩幅こそ足りないものの、その姿は立派に小さな騎士だった。

「いえ……もう少し叱っていただけましたら助かります……」

そんな言葉に、ミューリはしばし呆れたような目をしてから、くすぐったそうに笑っていた。

ただ、ちょっとした言い訳をさせてもらえるのなら、そんなふうに本に夢中だったのは、わざと人目につくためでもあったのだ。

「あんたらはどんな本をお探しなんだい」

七件目か八件目かの店先に立った途端、ついに店主にそう言われた。

「驚くこともあるまい？　一件ずつ熱心に渉猟してる様子がずっと見えてたからな」

ル・ロワと同い年くらいの書籍商が、肩をすくめていた。

「本ならなんでもいいんだってさ」

ミューリが呆れたように答えると、書籍商は機嫌よさそうに笑っていた。

「懐かしさもありまして、つい」

へたくそな演技は、かえって照れくさそうに見えたに違いない。

けれど口にした言葉も本当で、たとえばすぐ手前にある本は、本とも呼べない粗雑な紙束であり、以前のミューリのような癖だらけの文字で筆写された代物だ。けれどその縁が手垢で黒ずんでいるのは、数多の持ち主を経てきたからで、そんな紙束を自分も手にすれば、たちまち当時の記憶が蘇えってくる。

苦難と幸福の入り混じった記憶に曖昧に笑うと、書籍商は意外そうな顔をした。

「なんだ、昔は学生だったのかい」

「放浪、がつくほうのですが」

書籍商の顎が軽く上がり、訳知り顔にうなずいていた。

「だったら俺の親父が、かつて子供だったお前さんの手を叩いて追い払ったかもな」

食うに困り、あるいは兄貴分に命令されて、紙を盗んで売り飛ばそうとするひよっこの放浪学生はわんさといる。

「この街の雰囲気は、昔と変わりませんね」

「顔ぶれはどんどん変わるがね。書籍商で先代から生き残ってるのも、うちと、はす向かいの店くらいのもんだ」

その言葉に、ミューリがずいぶんと驚いていた。生まれ故郷のニョッヒラでは、湯屋だろうが馬屋だろうが、川船の渡し守であろうがその顔触れはずっと変わらない。店が潰れる、という発想そのものがないだろう。

「それは……教科書を巡る賭けが未だに健在というわけですか」

通りに並ぶ店を見れば、装丁もされておらず、ずいぶんできが悪いのに、そこそこ値の張る本を熱心に手に取る客がたくさんいる。それはちょっと、不自然でさえある。

賑やかな通り沿いに書籍を並べている店を見やりながら言うと、店主の目にいくらか親近感が宿る。

「その口ぶりだと、あんたも教科書を巡る博打に苦労した感じかい？」

口伝による教授はもちろん学問の王道であるが、教えを記した本を用いるのも、避けられない道だ。そして需要あるところ、欲深い人間たちの騒動ありだ。

「ええ。それで大借金を背負って逃げ出して、逃げた先でこちらのご両親に拾われました」

急に話題に出されて首をすくめていたミューリを見やった書籍商は、小さく笑って疲れたようにため息をつく。

「そいつは神の思し召しだ。たまにはあいつも仕事をするみたいだな」

聖職者が耳にしたら仰天するような物言いだったが、ある日ふっつりと行方をくらますひよっこ学生など、ここでは珍しくないのだ。

「で、凱旋した家庭教師さんか？　それとも私設礼拝堂の司祭さんか？　どんな本をお求めで？」

どうやら、大学都市の事情に通じた人間だと見なしてもらえたらしい。

わざわざ熱心に本を見て回っていたのは、がめつい書籍商の警戒を解くためのものだった。

「実は、砂漠の国についての書籍を探していまして」

「ほう」

「おとぎ話なんかだとなお良いのですが」

書籍商は訳知り顔で、ミューリとこちらを見比べた。

おおかた、ミューリのことをどこかの遠隔地交易商人の子弟と思ったはず。遠方の地に教育を施した血縁者を送り、現地の代理人にするというのはよくある商法らしい。そして文法の教科書として、物語を記した本が使われるのも普通のことだ。

「砂漠の国なあ。以前はこの街にも一人、有名な学者がいたんだが」

店主は帳場台の下から分厚い帳面を取り出すと、ぺらぺらめくっていく。表に並んでいるようなものとは違う、革の装丁を施されて羊皮紙に記された、鎖で棚に括りつけられている類の貴重な本の一覧だ。

「高齢で亡くなったのがもうずいぶん前のことだ。それからしばらくは蔵書が街に出回ってたが、別の大学都市からきた書籍商が浚ったのか、最近はとんと見ないな」

「写本も作られなかったのですか？」

「見かけないな。あんたも知ってるだろ。大学都市じゃ、教科書になりえない本は価値を持たない」

「……」

沈黙を挟んだのは自分だけでなく、またぞろわからない話題を見つけた狼娘もそうだった。

「なんなら、うちの伝手を使ってほかの大学都市の書籍商に聞いて回るか？　多分……いや、間違いなく吹っかけられると思うが」

書籍は一期一会で、写本が作られることがあるにしても、手書きのそれは複製に恐ろしく手間と時間がかかる。だから書籍というものは、需要があるとわかれば簡単に値を吊り上げられる商品でもある。

その値動きの激しさは簡単に博打へと姿を変え、一晩で財産を築けることもあれば、その逆にすべてを失うことも珍しくない。

しかもこの街には教科書というかたちで恒常的に本の需要があるせいで、誰もがいつだって博打の可能性に目を光らせている。なんなら普通の肉屋やパン屋もその博打に手を出して、大損出して店じまい、なんてことが普通にあるのだ。

よって、大学都市で書籍といえば、近づくと飛んで逃げる鳥のようなもの。わざわざ遠くの大学都市にまで問い合わせをすれば、容赦なく高値を告げられるだろう。

そういうところを事前に警告してくれるのは、純粋に店主の親切心で、この店が長く生き残っているのは歴代店主が堅実で、正直だったからのようだ。

「もしこの街にまだ本が残っていそうなら、教えてください。多少の色は……構いません」

店主は肩をすくめ、うなずいていた。

そんなふうに訳知り顔に話す大人二人を前にして、つまらなさそうに軒先の紙束をめくっていたミューリは、我慢の限界だったのだろう。周囲の喧騒にもかかわらず、ずいぶん通る大きな声で言った。

「ねえ、騎士の戦いを記したものとかはないの？」

大人二人の視線が、少年の格好に扮した少女に向いた。

「ふん？　年代記ってことかい？」

「戦叙事詩でもいいけど」

見た目は商会の小僧だが、腰には長剣を提げている。

店主がこちらの服装もさっと値踏みしたのは、金払いを推測したのだろう。

「ちなみに、陸戦と海戦ならどっちがいいんだい？」

手練れの商人らしい店主に、思いがけない餌を見せられたミューリが一瞬で食いついた。

「海戦⁉　海の戦いのお話があるの⁉」

「んん？　なんだ、あんたらは北からきた人間か？」

もったいぶった物言いの店主に、ミューリは目を丸くしてこちらを振り向いた。

服装を見れば南からきた人間ではないとわかるだけのことなのだが、旅慣れていないミューリには魔法かなにかに見えたのだろう。

「この辺で派手な騎士の戦いといえば、それは海戦と相場が決まってる。ここからもう少し南に下れば、北のそれとは違う、穏やかで温かい海に出る。かつて古代帝国の騎士たちが世界制覇を夢見て出港した、まるで宝石を溶かしたような透きとおる海だ」

ミューリの目がまさに宝石のように輝き、店主が軒先ではなく、店の中から一冊の装丁が施された本を手に持ってきた。

「そんな海をせっかく眺めるなら、そこで繰り広げられた物語もぜひ知っておくべきだ。そこでこれ！　これは古代帝国時代最大と謳われる、ラマド海戦を取り扱った『ラマド戦役叙事詩』と呼ばれるものだ。ラマドとは古代帝国に最後まで抗った戦士の国でね、たった五百人で一万の軍勢に立ち向かったといわれているたまげた国なんだ」

もう少しでミューリの耳と尻尾が出てきてしまいそうな勢いだ。

「あいや、しかし、そうだった、大事なことを忘れていた」

「？」

店主は本をちょっと開いてすぐに閉じ、自らの額を叩いている。

「これらはどれも文法書として用いられるものでね、すべて古代帝国時代の文字で書かれているんだ。君は古代帝国時代の文字を読むことが？」

「……」

ミューリがこちらを振り向くので、仕方なく首を横に振る。

がっかりするミューリに、「しかしご安心を！」とにこやかな店主。

「古代帝国文字はほぼ現代の教会文字と変わらない！　つまり、こちらの『シュラーディン祈禱書』にて教会文字の基礎を学び、『トーラン五歩格詩』にて古代帝国時代の詩人による感情表現を学べば、古代帝国時代の本を読むことなど造作もない！」

こういうところでは純粋なミューリは、すっかりその気になっている。

こちらの袖を掴み、店主が両手に持つ分厚い本を指さしている。

書籍商というのは、多かれ少なかれ、ル・ロワみたいな人たちなのかもしれない。

「教会文字なら私が教えてあげます。けれど、俗語より圧倒的に難しいですよ」

椅子に縛りつけられて文字を教えられたミューリは、その時のことを思い出したのだろう。

はっと我に返ったような顔になっていた。

「それに、ご主人も人が悪い」

「？」

ミューリがこちらを見て、店主を見ると、店主は含み笑いだ。

「確かに大多数の単語の綴りは共通していますが、文法はかなり違います。単語の意味も時間を経てずいぶん異なっていますから、古代帝国の本を読むには専用の勉強が必要ですよね」

あわよくば、北の田舎から南にきたばかりの世間知らずに高価な本を売りつけられるかも、ということだったのかもしれないし、ちょっとしたお遊びだったのかもしれない。

なんにせよ人が悪いと思っていたら、店主の視線にふと気がつく。

顔は笑ってはいるが、目はあまり笑っていなかったのだ。

「なんだ、あんた本物なんだな」

「え？」

店主は手招きして、自らも体を寄せて、耳打ちをしてきた。

「うちのために働いてくれないか？」

顔を寄せ合う大人の下で、ミューリが胡乱な目をしていた。

「兄様を騙すなら許さないよ」

剣の柄に手をかけるミューリに、店主はにやりと笑う。

「うまくいけば、さっきの本を二冊とも進呈するといったらどうだい」

目を見開いたミューリは唸るように目を細め、それから困ったようにこちらを振り向いた。

「筆写の仕事でしたらお断りしますが……」

「馬鹿言うな。そんな仕事であの本を二冊も渡せるかい。この街で金儲けといったら、決まってるだろ？」

店主がにんまりと笑う。

その場慣れした笑みに、この店は正直だからこの街で生き残れたなんて思っていた、さっきの自分に心底呆れた。それはまったくおめでたい思い込みで、この生き馬の目を抜くような街の中でも、なお抜け目ない店だからこそ、生き残ってこられたのだ。

「教科書売買、ですか」

意を得たりと店主がうなずく。

「実は今この街は、ちょっと大きな揉めごとの渦中でね。教科書の選定が遅れに遅れ、いつになく規模のでかい、とんでもない博打商品になっているんだよ。うちは顔が割れてるから情報集めに苦戦している。だが、どうやら昨日今日この街にやってきたらしいあんたたちなら、もしやと思ってな。それに、どうやらあんたらは、砂漠の国の本も探しているらしい。なら、この話は渡りに船だと思うんだ」

知恵と学問の湧き出る都市。

「どうだい、話だけでも聞いてくれないか？」

そんな大学都市の泉の底で輝いているのは、人の欲望と、黄金なのだった。

「教科書売買」

ミューリはそう呟くや、単語ごと嚙み砕かんばかりに豚の串焼き肉をいっぺんに三つも外して、口いっぱいに頰張っていた。

「兄様、むぐっ、その話ばっかりしてたけど、んむっ」

「食べながら話すのはやめなさい」

小言を挟むと、食欲を優先させたらしいミューリは、がつがつと肉に食らいつく。羊肉ばかりが並びがちなウィンフィール王国と違い、豚肉や牛の肉、それに兎や鶏といった肉も並んでいるので、久しぶりに羊以外の味が嬉しいのだろう。

あのル・ロワ並みに摑みどころのない店主の本屋を後にして、広場沿いの露店にて昼食をとっていたのだが、自分はゆで卵の殻を剝くこともせず、それをぐるぐる指で回していた。

「でもさ、兄様」

ひとしきり肉を流し込んでひと息ついたのか、ミューリが親指、人差し指と舐めながら言った。

「あの怪しいおじさんの言うことが本当なら、私たちの目的にも合ってるじゃない。断る理由なんかないでしょ？」

「それは、まあ、そうなのですが」

ミューリが言うのは、報酬の二冊の本もあるだろうが、それだけではない。

あの本屋が自分たちに話を持ちかけてきたのは、あつらえたような偶然があったからだった。

「この街では、ある本が教科書に選ばれると、皆がどっと欲しがるから本の値段が何十倍も変わってくるんだよね？　でもその新しい教科書がいつまで経っても決まらなくて、本屋の人たちが皆困ってる。で、その決まらない原因は、街の中で争ってるふたつの学生集団のせいって話。ここまではあってる？」

ミューリはこちらが弄んでいたゆで卵をいくつか取って、ふたつの陣営と、それを見ている書籍商たちに見立てている。

「そしてなんと、対立する陣営のうちの一方の頭目が、死んじゃった砂漠の国の学者さんの、たったひとりの最後の弟子だった」

そこまで言ったミューリは、ゆで卵をひとつテーブルに叩きつけ、殻を剝くとぱくりと食べてしまう。

「あのお店の人は、その頭目に取り入って、教科書の情報を横流ししてくれって言うんでしょ？　なんにせよ私たちが砂漠の国のことを調べるなら、このアケントにはその頭目しか砂漠の知識を持っている人がいない。だから弟子入りする風を装って……ってあのお店の人は言ってたけど、これって、そう！　渡りに船ってやつでしょ⁉」

覚えたての慣用句を使えて満足したのか、ミューリはふたつ目のゆで卵も殻を割り出した。

「……どうもできすぎた話に聞こえるのですよ」

ゆで卵そのままでは味が薄かったのか、腰帯の内側から塩の入った小袋を取り出した少女は、慎重に振りかけていた。旅慣れたル・ロワがそうしているのを見て、さっそく真似したがったのだ。

「嘘ってこと？　でも、そんなの頭目って人に会ってみたらわかるじゃない」

「それは、そうなんですが」

本屋が嘘をつくにしても、もう少しやりようがあるはずだ。

しかし、新大陸の話を探すために砂漠の国の知識を持った人物を探していたら、その知識をろう。

受け継ぐただ一人の人物が、教科書博打を巡る嵐の渦中にいる。作り話を警戒するのは当然だ

「兄様が父様たちに拾われたみたいに、神様の思し召しじゃないかな」

「信仰のないあなたがなにを言うんですか」

ミューリはくすぐったそうに笑っていた。

「会ってみればわかるよ。それに、もしもこの話が本当なら、どうせル・ロワのおじさんも同じ話に行き当たってるだろうし」

こういう話の時には、あれこれ思い悩むのではなく行動あるべし、というミューリの存在は心強い。それに教科書の売買を巡る不穏な話ならば、ル・ロワという手練れの専門家がいるのだから、確かに自分が不安がったところで徒労に終わるだろう。

ひとまずはル・ロワと合流し、アケントの様子を探ればいいか……と思ってゆで卵を食べようと思ったら、最後の三つめもミューリの胃袋に収まるところだった。

「……」

「ん？　あ、ねえねえ、ちょっと足りないからあの煮込み料理頼んでもいい？」

自分の非難の視線を、ミューリは腹具合を聞かれたと思ったらしい。

店主が大きな鍋を掻き混ぜている露店を指さして、ミューリはそう言ったのだった。

宿に戻ると、ひと足先に戻ってきていたル・ロワが、一人で昼ご飯を食べていた。紙工房と筆写職人の工房を回ってきたらしいこの目ざとい書籍商は、予想どおりにアケントの揉めごとをきちんと嗅ぎつけていた。

「なかなか大ごとですよ。問題になっているのは、教会法学の教科書といいますから」

「えっ」

驚きの声を上げると、ル・ロワの皿からカワカマスの塩焼きを取ろうとしていたミューリの手が、びくりと止まった。

「コル様もご存知のとおり、教会法学は最も需要があり、最も本の種類があるものです。定番といえるものでさえ、複数種類あります。可能性のあるすべての本を買い占めるのは現実的ではありません。おかげでどこの書籍商も、行動に移すことかできないでいます。それだけならいいのですが、筆写の工房のほうも例年ならとっくに教科書に選ばれた本の複製に入っているところが、開店休業状態だとか」

なんだ自分の話じゃないのかと安堵したミューリは、カワカマスの塩焼きを自分の皿に引きずりよせて、頭と尻尾を摑むとわっしと嚙みついていた。

「んぐ、むぐ……でもさ、それならたくさん紙は余ってるんじゃないの？」

ミューリが息継ぎの合間にそんなことを言う。

「あるにはあるのですが、それらは教科書が決まったら写本を作るための材料なので、おいそれと売れないと言われまして。数の少ない希少な本が教科書に選ばれでもしたら、たくさん筆写する必要がありますからね」

「……」

ミューリはなにかを考えているようにも、カワカマスの骨の歯ごたえを楽しんでいるようにも見える様子で目を閉じて、ごくんと飲み込んでから口を開く。

「なら、私たちは頭目に取り入って、すでに街にいっぱいある本を教科書に選んでもらうように頼んだらいいってこと？　そうしたら紙が余って、たくさん買えるよね？」

水車が回って歯車を動かすように、理屈が回る。

「ル・ロワさん、その頭目のことはなにかわかりますか？　教科書の選定に学生が関与しているというのが、よくわからないのですが」

自分の言葉に、ミューリが不思議そうに赤い瞳をくりくりさせていた。

かつてこの街でひよっこ学生をやっていた頃、自分の稼ぎを奪っていた兄貴分の学生たちが教科書の選定に大きな影響を与えていた、という記憶はない。むしろ彼らは傲慢にして強欲な教授たちに振り回され、血眼になって次の教科書はなにか教えてもらおうとしている側だった気がする。

「賢者の狼」

て、きょとんとしていた。

不意にル・ロワが口にしたのは、そんな単語だった。

賢狼と呼ばれる狼の化身を母に持つミューリは、歯に挟まった魚の骨を取っている手を止めて、きょとんとしていた。

「ずいぶん不遜な、頭目の二つ名です。どうやらその人物が率いるのは、北の地出身の学生たちから構成されている集団のようです。狼の名は、荒っぽい北の地を示しているのでしょう」

かつて古代帝国時代にはよく用いられていた狼の紋章も、今ではすっかり時代遅れになっている。けれど切り開かれた南と違い、北の地には狼が暮らす黒々とした森が残っていたりと、狼との距離にも地域差がある。

ちょっと野蛮な反骨の精神を表すのに、狼は確かにぴったりでもある。

「わかっているのは、この二つ名と、彼らが北の地出身の貧しい学生で構成されていること。それから、彼らの集団が裕福な学生集団と敵対していること、ですかね」

それでなんとなく把握できた。

「同郷組合みたいなものを組織しているんですか?」

自分が子供の頃に見たような、暴力と詐欺のための雑多な集団ではなく、きちんと意志と目的をもって集まる者たちとして。

「いかにも。街の工房で話を聞いてきましたが、まるで遠隔地交易商人のようでした。頼る者のない異国の地で、自分たちの立場を集団で守り、生活を支え合い、高価な教科書の貸し借りや勉強を教え合ったりと、遠い土地で助け合って学ぶ集団のようです」

「騎士団みたい！」

ミューリがたちまち目を輝かせているのは、山奥の村に暮らしていては知ることのできない、旅人たちの世界の話だからだろう。自分は呆れ、ル・ロワは笑っていた。

「そういえば、聖クルザ騎士団も出身地域ごとに分隊をつくる形式でしたな」

「で、その人が砂漠の国のお話にも詳しいんだよね？」

確かにおあつらえ向きの状況なのだが、自分には相変わらず、なにか妙な違和感がある。

「私たちも書籍商の方の話を聞いてきましたが、その頭目はどうも砂漠の国について教えを授けていた高齢の博士の、最後のお弟子さんだったそうですが」

「ええ、ええ、それも聞きました。妙な偶然もあったものだと私は思いましたよ」

どうやらこの奇妙なめぐりあわせは、自分だけが感じたものではないらしい。

まさか自分たちを陥れるために誰かが策を練っている、なんて思うのはちょっと馬鹿げているが、なにか必然性があるとするのなら、一体どういうことだろうか。

「とはいえ妙な偶然は、旅にはよくあることですとも」

ル・ロワの鷹揚な性格、というわけでもないのは、自分もまた旅の中で大きな幸運を何度も目にしてきたからだ。

「それで、私見を述べさせていただけるならば」

ル・ロワはミューリに取られる前に兎肉を手元に引き寄せてから、言った。

「我々は我々の目的がなかったとしても、賢者の狼に手を貸すべきだと」

無私無欲、という言葉からは程遠そうなル・ロワの口から出てきた意外な言葉に、面食らう。

「……と、いうのは？」

でっぷりと肥えた歴戦の書籍商は、背筋を伸ばしてこう言った。

「賢者の狼とやらは、貧しい学生たちをまとめあげ、金持ち学生たちの食い物にされるのを防ごうとしているようです。中でも教科書に採択される本をめぐっての博打は、数多の学者の卵たちを食い物にしてきました。才に恵まれながら、高騰する教科書を買えずに学問を諦めた者のいかに多いことか。甘言に嵌まり、教科書博打で借金を背負わされ、体が壊れるまで写本を作らされて最後は野垂れ死んだ若者の話は枚挙にいとまがありません。賢者の狼は、一部の者だけがいつも儲かるこの悪しき旧弊を、どうにか打ち破ろうとしているらしいのです」

教科書売買を巡る大博打では、まさに自分も借金の底に叩き落された。

そしてル・ロワは本を愛し、知を愛する人だ。

珍しく真剣な顔つきで語る書籍商を前に、魚の脂がついた唇を小さな舌でぺろりと舐め取ったおてんば娘は、きらりと目を光らせる。

「なら決まりだね」

その顔が、不敵に笑う。

「騎士はいつだって、正義の味方だもの！」

馬上槍試合で燃やせなかったなにかに火が点いたような顔で、ミューリはそう言ったのだった。

日が暮れるにつれて宿の部屋が暗くなっていくのとは反対に、部屋の窓から見下ろせる街の通りは明るく、どんどん賑やかになっていく。

「こんなにいっぱい、どこにいたんだろ」

窓際に椅子を置いて通りを眺めていたミューリが思わず呟くくらい、通りを歩くのは少年から青年までの若い男性ばかりだった。こんな光景は、普通の町ではまずお目にかかれない。

「路地の井戸端や、商会の倉庫、それに昼間は営業していない居酒屋なんかも講義の場になりますから、暗くなったら通りに出てくるのでしょう」

「虫さんみたい」

「まあ、本の虫とも言いますから」

ミューリはこちらを見て、その言い回しになんだかちょっと悔しそうな顔をしていた。

「それより兄様、なんで私たちがここで見張ってて、ル・ロワのおじさんが街の見回りなの？偽物の狼を見つけるんだったら、逆のほうが絶対いいのに」

北の地からきた学生たちをまとめる、賢者の狼という不遜な二つ名を持つ人物。その人物の目的と動機はともかく、二つ名については、本物の狼の娘のお気に召さなかったらしい。

わざわざ偽物のと言いながら、椅子をがたがた揺らすミューリに、ため息をつく。

「気が気じゃないからですよ。あなたくらいの年頃の子は、兄貴分の少年たちの標的にされやすいんです。男の子の格好をしていても、していなくても」

あなたは年頃の女の子なのですから、とことあるごとに注意されてきたミューリは、まさに今少年風の格好をしていることを言おうとしていたようで、開きかけた口を閉じていた。

「それに、あなたの騎士としての力を疑っているわけでもありませんよ。むしろ強すぎるからこそ、取り囲まれた時には問題が大きくなるでしょう？　きっと全員を返り討ちにしてしまいますから」

それならばル・ロワが街を歩き、噂の人物を探したほうがいい。

ミューリは子供扱いされているかいないかの判断をちょっと迷ってから、結局、理があると思ったらしい。不服そうに腕組みをして言葉を飲んでいたが、結局げっぷのように憎まれ口を叩いてきた。

「ふん。兄様はよくそんな場所で生きてられたね」

賑やかな街をただ見下ろすしかできないミューリの八つ当たりに、ため息交じりにこう答える。

「いかにも弱くて哀れな見た目だったのか、私は寄付や寸借詐欺の良い稼ぎ手でしたから」

「……」

ミューリはこちらを見て、それから妙に納得するような顔をしていた。

「確かに、子供の頃の兄様を見たら、母様じゃなくても皆優しくしたくなっちゃうかも」

褒められた気はしなかったし、なんだか楽しそうにこちらの頭を撫でてくるミューリの手を丁重にのけて、自分も外の通りを眺めた。

「それより、ちゃんと見ていてください。学生の集団は、この時間になると示威行為のために練り歩いているそうですから」

部屋には自分とミューリの二人きりなので、ミューリはもちろん狼の耳と尻尾を出している。椅子の上にあぐらをかいていたミューリは、尖った木のペンと蠟を引いた木の板に手を伸ばしてから、こちらを見た。

「示威行為の意味ですか？　うーん……縄張りを主張するための見回り、でしょうか」

新しい単語を覚えたミューリは、せっせと書き留めていた。

「でもこの辺は、狙っている人たちの縄張りじゃないんでしょ？　テーブルで騒いでるのも、大体みんな、髪の毛に櫛が入ってる男の子たちだよ」

角突き合わせるように札遊びをする者や、肩を組んで飲み歩く者、すでに酔いつぶれて道端に座り込んでいる者など多種多様だが、確かに誰もが一定以上の身なりだった。

「攻撃は最大の防御だからですよ」

揉めごとにはなんであれ顔をしかめるおしとやかな兄。その口から意外な言葉が出てきたとばかりに、ミューリは目をぱちぱちさせていた。

「へ？」

「自分たちの縄張りを守るため、あえて敵の区画に奇襲をかけるのは昔からの常套手段です」

店から漏れる蠟燭の灯りや、通りで勢いよく燃えるかがり火に照らされて、悪い夢かなにかのように浮かれ騒ぐ若者たち。その中に、びくびくしながらその日初めての食べ物を口に押し込むひよっこの自分を見つけるような気持ちで、続けた。

「そうやって支配を保つ区画では、まだ幼いひよっこの学生が、空の器に欠けた鰊の干物でも入れて、家々を回るんです。今日は誕生日なのですが、どうかせめてこの鰊を美味しく食べられるだけのパンを買う小銭をお恵みください、と言ってね。もちろん、稼いだものはなにもかも兄貴分に取り上げられるんです」

ニョッヒラにいた頃なら、聞かれても教えなかったような話が、つい口をついて出た。

あの頃は生きるのに必死で、悪いことをしているという認識すらなかったが、今思い返すと街の人間もすべての事情を知っていたはずだから、二重三重にひどい話だ。憐れみの表情を浮かべて小銭や食べ物をくれた人たちの、その表情の意味も、今ではもう少しよくわかる。たまたま街に立ち寄っただけならば、きっと想像もできないような世の暗部の話。

通りの喧騒を無表情に見下ろしていたら、ふと、腰と背中に他人の体温を感じた。

「……兄様も、もう少しそういうお話、私にしてよ」

背中にぴったりくっつかれているのでミューリの表情は窺えないが、なんだかちょっと怒っているらしいというのは、目の端に映る尻尾の動きからわかった。

後ろからしがみついてきたミューリは、額を背中に強く押しつけながら、言葉を続ける。

「子供の頃の兄様には、もう優しくできないけど」

あほだ間抜けだと、ミューリはずいぶん自分に手厳しいが、そんな兄も案外に苦労していたのだと知って、そのことを反省しているのかとも一瞬思った。

しかしそれはちょっと違うと思い直したのは、ミューリの口調がやや怒っているようだったから。

ミューリは守られるだけの存在ではなく、時には守りもする対等な存在でいたいのだ。

そしてニョッヒラにいた時なら、旅のちょっとした苦労話は聞かせても、こんな話は聞かせなかったはずだということを合わせて考えれば、自分が思っている以上に、自分はミューリのことを旅の相棒として認めているのだろう。

「そうですね。今のあなたになら、こういうことを話しても、一緒に受け止めてくれるかもしれませんし」

「そうだよ。騎士なんだから」

ミューリが背中から顔を上げたので、ようやく体ごと振り向くと、そこにはニョッヒラにいた頃と比べれば、いくらか凛とした様子のミューリがいた。

騎士道精神とは、仲間を思い合う友愛の精神でもある。

「しかし頼りがいを感じさせるには、もう少し自立した大人になりませんと」

ついその頭に手を乗せてしまったのは、背伸びを諌めると共にいくらかは、この年頃のまばゆい成長に対する悔しさに似た感情のせいだったかもしれない。

ミューリは強めにこちらの手を払い、腰を叩いてくる。

「兄様の意地悪」

「はいはい、すみませんでした」

むくれるミューリをなだめていると、顔はそっぽを向いているのに、ふわふわの尻尾がこちらの足に絡みついてくる。これで笑うなというほうが難しいのだが、ひとまず小さな騎士のご機嫌を取っていたところ、先に反応したのはさすが狼の耳だった。

「誰か騒いでる」

ミューリがぱっと窓枠から体を出して、方角を探し当てる。

「あっち」

と、指差すミューリの頭に後ろからフードを被せて耳を隠していると、ほどなく自分の耳にも騒ぎが聞こえてくる。

それは通りにひしめく学生たちを伝う、波のような興奮だった。

「探している学生たちがきたのでしょうか」

街は北の地方の貧しい学生たちと、南の地方の富裕な学生たちとで二分されているらしい。そしてこの宿に集うのは書籍商であり、書籍商の商売相手はおおむね富裕な者たちばかり。よってこの宿を含む区画は南の学生たちの縄張りのど真ん中なのだそうだが、そこに集う彼らが椅子から立ち上がり、野良犬のように興奮の波の発生源を向いている。

さあ、敵方による本拠地への奇襲だろうか？

柄にもなく固唾を呑んで、通りに集う者たちの次の行動を待つ。

そこに狼煙のような大声が上がった。

「足抜けだ！　ひよっこが逃げたぞ！」

ミューリの耳がいきり立つのは、ひよっこという単語が、この街でどんな意味を持つのかを学んだばかりだから。即座に剣を摑んで腰に提げる様に少し迷ったが、そんなミューリを止めず、自分も外套をひっ摑む。この街のことを深く知るのならば、その暗部をも見定めるべき、というさかしらなことを思ったからではない。

単純に、ひよっこの足抜けという言葉に蘇った当時の記憶と怒りが、そうさせた。

「ミューリ」

「任せてよ！」

銀色の騎士がそう言って、部屋から飛び出したのだった。

ひよっこと呼ばれる、幼ささえ残る少年の学生たち。彼らは学生である前に、兄貴分の所有物である。たいていが天涯孤独で、助けを求めるように大学都市にやってきて、悪魔の手に絡め取られてしまう。

兄貴分にはかつて自らもひよっこだった者たちもいたが、大抵は貴族や大商人を両親に持ち、その振る舞いを見て学んだのか、人を使役することになんの罪悪感も抱かない、裕福な学生たちだ。

彼らは仕送りを一瞬で使い果たし、あるいは放蕩がすぎて両親から見捨てられるかして、子飼いのひよっこを働かせることで王のような富と権力を手にしていた。

だから賢者の狼は立ち上がり、餌食になりがちな北の学生たちで団結したのだろう。

「恩をあだで返し、借金を踏み倒す気だ！　ひよっこを必ず見つけ出せ！」

手近にある棒状のものならなんでも手に取って、少年たちが狩りにでも出かけるかのような不敵な笑みと興奮とで、通りをあっちこっちに向かって走っている。テーブルから立たずに静かに酒を飲んでいるのは、群を抜いて良い身なりをした少年たちか、騒ぎには慣れきったとばかりの青年たち。

野良犬が興奮にあてられて遠吠えをして、路地で寝ていた放し飼いの豚や鶏が右往左往している。酒場は壊されて困るものを淡々と片付け、商会は略奪を警戒してか、軒先に屈強な荷揚げ夫を立たせている。換気のために開けられていた木窓を硬く閉じているのは、騒ぎに辟易したような住民たちだ。

「ねえ兄様、こんなことがしょっちゅうなの？」

街の騒ぎの大きさと裏腹に、妙に整然とした様子にさしものミューリも呆れていた。

「王様でさえ統治を諦めるというのが、大学都市ですから」

自治を勝ち取っている大学都市が多い理由のひとつは、まさにこの無軌道な学生たちの所業のせいである、とまことしやかに言われている。

「男の子が多いと、ほんとろくなことにならないね」

海と川が混じる汽水域のように、ミューリは時折女の子らしい塩辛い物言いをする。

「あなたは縄張りの境目がわかると言ってましたよね。多分、ひよっこが逃げるとしたら、対立する集団の縄張りです。助けに入るならそのあたりで待っていたほうが良いかもしれません」

「敵の敵は味方？」

「軒下に逃げ込んだ鶏はその家のもの、というほうが近いかもですが」

ミューリは嫌そうな顔をしつつ、首を伸ばしてフードの下で耳をぱたぱたさせ、「こっち」

と走り出す。地元の学生たちもひよっこの逃げそうな場所はすぐにわかるだろうから、そこに集結するはず。ミューリは少年たちの流れを足音で掴み、昼間に見て回った街の様子から作った頭の中の地図と重ね合わせたのだろう。

「それよりさ」

と、明かりがひとつもなく、妙に静かな路地を走りながらミューリが言った。

「ひよっこを助ける時、騎士の名乗りは上げてもいい？」

「……」

このおてんば娘の本質は、大騒ぎする少年たちと変わらない。

「絶対に、ダメです」

暗闇の中にミューリのむくれた顔が見え、変わらぬいつもの様子に呆れていたところ、少し離れた場所から若者の怒号が聞こえてきた。

「ミューリ？」

「まずいかも。逃げてた子が見つかったみたい」

足抜け、借金、といった単語から、ひよっこがどうして逃げ出すことになったのか、吐き気とともに想像がつく。そんなひよっこが再び掴まったら、どんな目に遭わされるのかも。

「兄様、追いつけなくなったら、とにかくお月様を右手に置いて道を進んで！」

新月の夜でも山の中で迷わない狼の娘は、そう言って走る速度を上げ、たちまち路地の暗闇の中に消えていった。幸い、喧騒が聞こえてくる方向はわかるし、最悪でも夜明けを待てばいいのだが、もたもたとミューリの後を追いかける自分の無様にさすがに思うところがある。

「剣の訓練に……参加すべきでした……」

そういえばちょっと前にも、自分の体力のなさを痛感したばかりだった気がする。理想ばかりでは現実と戦えない。息を切らしながら走り、わあわあと音だけ聞こえていた喧騒が、やがて声として聞こえてくる頃。

タラント通りに逃げたぞ！　とひときわ大きな声がはっきりと、右手の建物の向こう側から響いてきた。

自分がいたのは皮革職人の工房の裏庭だったらしく、干されている大きな熊の毛皮にぎょっとしながらそれを避け、路地に置かれた酒樽と、壊れた荷馬車の荷台を乗り越えて、走りすぎてこらえの利かなくなった膝をどうにか叱咤しながら、大きな通りにぽてりとまろび出た。

「もう、まったく……」

よたつく足に我ながら呆れて顔を上げ、ごくりと息を呑んだ。周囲が静かだったので、完全に油断していた。

みなぎる緊張感になどまったく気がつかず、両陣が睨み合う、戦場と化した大きな通りのど真ん中に出ていたのだ。

兄様。

そんな囁き声が聞こえ、路地に力任せに引っ張り込まれた。

ミューリ、と名を呼ぼうとしたところ、口を押さえられる。

昼間は露店がひしめいて賑やかなのだろう通りに、ぽっかりと空間を空けてふたつの勢力が対峙していた。右側には、薄暗闇でもわかるくらいに身なりの良い少年たちと、その反対には、ニョッヒラでも見かけそうな気安い服を着た少年たち。

右側にいる者たちには剣を手にする者が多く、左側には木の棒やパン屋の麺棒を手にし、鍋を被った者までいる。

右側の集団の中から、声がした。

「俺たちの仲間を返してもらおうか」

それでようやく、左側の集団の後ろのほうで、介抱されている子供が二人ほどいるのがかすかに見えた。松明の灯りで照らされた彼らは、遠目にもわかるくらい痩せていて、精根尽き果てているのかぐったりしていた。

「仲間などと白々しい！　金づるにしていただけだろう！」

吐き捨てるような反論に、双方が一歩前に出るように、前かがみになる。

「そんなことはない。行き倒れていた者たちを慈悲の精神で助け、共に学び合っていただけだ。彼らの手がなぜインクで汚れているのか？　それは彼らが我らの下で学問の喜びに浸っていたからだ。その彼らを甘言にて騙し、連れ出す手引きをしたのはお前らだろう」

抜かれた剣が、ギラリと光る。

「北の薄汚れた狼どもが。南の鷲である我らに楯突いて、いつまでも無事でいられるなどと思うなよ」

上流階級だとわかる、発音と言葉選び。

人を従えることに慣れ、傲岸不遜でいるのは義務だと信じているようなその態度。

鉄火場に転がり出てしまった間抜けな兄を路地に引っ張り込んでくれたミューリを、今度はこちらが後ろから抱き留めて、飛び出すのを止める番だ。

「お前らの言う学問の喜びとは、誘拐まがいに縄張りに連れ込んで、椅子に縛りつけ飯も食べさせず、金儲けの種となる文法書を延々と筆写させ続ける拷問のことか？　そのせいで目の光を失い、二度とペンを持てなくなった者が何人いる？　恥を知れ！」

剣に対して棍棒と鍋ではいかにも不利だが、縄張りには近いのか、北の狼と呼ばれた者たちのほうが数では勝っている。

けれどどちらが有利不利とか、そんな細かいことを彼らが考えているようには見えない。長年にわたって対立してきた者たち同士の、今日この日こそがあいつらの頭をかち割る日だ、という不穏な決意でみなぎっていた。

ただ、先ほどから左の陣営で反論している者は一定せず、誰が頭目なのかわからない。賢者の狼とはだれだろうかと、腕の中で地響きのように低く唸っているミューリを押さえながら目を凝らしていた、その時だ。

後方で哀れなひよっこを介抱していた者の一人が、すっと立ち上がる。

小柄で、まさにその人物もようやくひよっこを卒業したばかりのように見えたが、妙に目を引いた。それは一見すると旅の聖職者を思わせる白を基調にしたローブと、その自信に満ちた歩き方のせいだったかもしれない。

傲岸不遜な南の学生に牙を剝いていたミューリも、ふと、唸り声を止めていた。

ローブの裾を翻すその小柄な人物は、通りすがりに仲間から剣を受け取り、籠手を受け取り、さらには面を外した鉄兜を受け取り、手際よく身に着けていく。

「えっ……あれ……」

呟くミューリは、見る見るうちに戦支度を整える戦場の騎士のような人物の、その装備に驚いたのではないはずだ。対峙する南の学生たちの間にも動揺が走り、彼らもまた、自分やミューリと同じものに気づいていた。

「くそ！　またお前か、北の魔女め！」

南の陣営の誰かが叫んでも、小柄な体に不釣り合いな鉄兜を被ったその人物は、悠然と歩く足を止めなかった。その背後から濁流のように現れた、街の野良犬たちに押されるようにして。

「学問で金儲けを企むしか能のない街の寄生虫どもめ。我が主君の名誉にかけて、汝らの罪に裁きを与えよう！」

まだ声変わりも終わっていないような高い声が、野良犬たちの勢いをさらに駆る。

「我が名は賢者の狼ルティア！　ゆけ！　金の豚どもを——」

金持ち学生たちの陣営が動揺し、後ろのほうではすでに踵を返している者たちもいる。貧しい学生たちが曲がりなりにも戦えてこられたのは、この賢者の狼の不思議な力のおかげだったのだろう。

野良犬の流れに合わせ、木の棒や鍋で武装した学生たちが駆け出そうとしている。

自分が目を見開いてその光景を見ていたのは、先頭に立つのが若い少年ではなく、少女だったから、というわけではない。その少女が賢者の狼を名乗った、その意味を理解したからだ。

そしてルティアの最後の合図によって、戦端が切り開かれる。

その瞬間だ。

弾かれたようにルティアがこちらを見た。

白昼に竜でも見たような、驚愕と言ってよい表情で。

「か、かかれ！　怯むな！」

突撃の合図を出したのは、突然動きを止めたルティアに動揺しつつ、勢いを殺してはならないと悟ったらしい誰かだった。水をたっぷり張った桶はもはや溢れるのを待つばかりで、誰が言っても同じだったろう。たちまち大乱闘が始まった。

とはいえ戦いと呼べたのはほんの一瞬で、あっというまに野良犬に追い立てられた側が壊走を始めた。傭兵たちでさえ、旅の途中では野犬の群れに手を焼くという。

ならば、狼に率いられた野良犬をや。

腕の中のミューリが、雪崩の後のように静かになった通りの上で、しゃっくりのように固唾を呑むのが腕から伝わってきた。

「な、なんで」

小さく呟いたのは、一体どちらだったのか。

濃い茶色の髪の毛を、狼の尻尾のように括ったその少女が、鉄兜の下からこちらを見ている。

正確には、こちらの腕の中にいる、ミューリのことを。

「……失礼します。もしかして、あなたは」

目の前のことに動けないでいるミューリの代わりに、声をかける。

すると初めてそこに自分がいたと気がついたようなルティアが、はっと目を見開いていた。

それはあるいは、遅きに失した感はあるものの、大騒ぎの後始末とばかりに街に鳴り響いた衛兵たちの呼子笛のせいだったかもしれない。

「ルティア様！　市政参事会です！　いったん逃げましょう！」

傍若無人に街を支配しているように見える学生集団も、完全に秩序から自由なわけではない。

それにおそらく、市政参事会には富裕な学生の親からたっぷり寄付金を受け取っている者もいるだろうから、北の狼たちには二重に敵なはずだ。

「……助け出したひよっこは定宿に運ぶんだ。怪我人もいないか確認して」

指示を受けた少年は、鳥のように素早く駆けていく。

その背中をじっと見つめていたのは、別の現実から少し時間を開けたかったのかどうか。

しかし目を背けていたところで、なにかが変わるわけではない。

「……」

振り向いたルティアは、こちらと、それからミューリをはっきりと見た。

「私は青の瓢亭にいる」

そう言って、剣を提げて鉄兜を被った少女は、引き上げる仲間たちの流れに乗って、街の暗闇に消えた。呼子笛の音はますます大きくなり、自分たちもこのままでは騒ぎに加担していたと思われ、投獄されかねない。釈放懇願の手紙をハイランドに出す様を想像し、身震いする。

ミューリに立ち上がるように促して、自分がそうされたように、路地の暗がりに連れていく。

そしてのろのろ歩き出したところで、ようやく尋ねた。

「狼、だったのですね？」

単なる人ならざる者ならば、ここまで驚くことはあるまい。鯨、羊、鳥、鼠。色々な人ならざる者と出会ってきたが、これまで狼と出会うことはなかった。いや、人ならざる者の歴史を少しでも垣間見た自分からすれば、もう少し正確に言い表すことができる。

今まで、牙と爪を持つ者には、出会わなかった。なぜなら、彼らは精霊の時代を終わらせた古の戦いに臨み、歴史の闇の中に消えていったから。

ミューリは緊張に強張った無表情で、こちらを見た。

「……狼、だった」

その顔は、生まれて初めて鏡を見た幼子のようだった。

第

二

幕

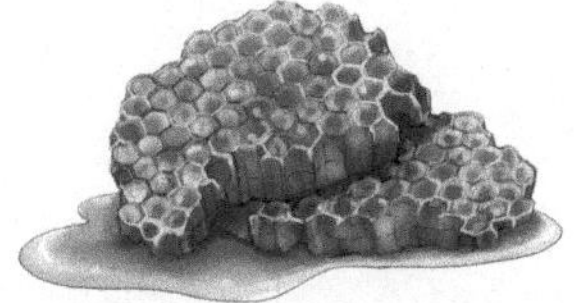

いったん宿に戻ると、ル・ロワは宿の前で心配そうに自分たちの帰りを待っていた。

騒ぎの顛末を話し、それから賢者の狼に無事に出会えたことも話した。委細は説明せず、向こうから青の瓢亭を指定されたと伝えると、そこは北の地からの毛皮商人がよく集まっていた宿だと教えられた。

今すぐにでも会いに行くべきかと思ったが、ミューリの様子を見れば、一晩間を設けたほうがよさそうだった。自分がニョッヒラにいる頃は想像もしていなかったほど、ミューリは狼の血筋にこだわっている。狼の仲間を前にすれば、聞きたいこと、話したいことが山ほどあり、頭を整理するのに時間が必要だろう。

そんなわけで、明けて翌日。

てっきり食欲もなさそうにしているかと思いきや、いつもより多くのパンと肉を口に詰め込んだミューリは、昨晩の不穏な騒ぎなど露ほども窺わせない賑やかなアケントの街を大股に歩き、胸を張って青の瓢亭の前に立っていた。

「……喧嘩はダメですよ」

なんだか果たし状でも叩きつけそうな雰囲気だったので、ついそう言ってしまう。

ミューリはつんと無視して、まだ木窓を閉じたままの扉を押し開けた。

「酒場が開くのは昼の鐘の後だよ」

気の早い客だと思ったらしい店主が、二日酔いに苦しむようなだみ声で言った。

「なんとかの狼はいる？」

単なる客ではないとわかったようで、店主は訝しそうにこちらを見やる。

「お前さんは――」

「友達」

ミューリは質問をぶったぎるように言った。

やや戸惑いがちにこちらに視線を向けてくる店主に、思わずこちらも一礼すると、小さくため息をつかれた。

「三階の奥にいるよ」

騒ぎを起こすようには見られなかったか、あるいは隠しきれない北の住人らしい垢ぬけなさが、信用にひと役買ったのだろう。

一階の酒場部分の奥には階段があり、二階に上ると廊下ではみすぼらしい格好の少年たちが座り込んでいた。彼らはみんな熱心に蠟を引いた木の板を使って勉強をしていて、ちらりとも視線を向けてこない。勉強が大嫌いなミューリはその雰囲気に怯んでいたが、大股に三階へと上がっていく。

三階にはある程度歳を重ねた者たちがいて、彼らも廊下で本を開いて筆写したり、代書仕事をしたりしている。そして忙しなく人の出入りする、扉が開けっ放しの部屋の奥に、昨日見た少女の姿があった。

「……きたか」

自分たちの来訪を、とっくに把握していたのだろう。こちらが声をかける前に小さく言って、椅子から立ち上がる。

「しばらく四階にいるから、誰もこないでくれ」

ルティアは少年たちにそう言って、こちらの脇を通り過ぎて階段を上っていく。明るい場所できちんと見ると、ルティアはずいぶん小柄だ。背丈はミューリよりせいぜい拳半分大きいくらいで、丈比べをすればきっと、おてんば娘は自分のほうが大きいと無理やり主張するだろう。

そんなルティアの服装は、昨日と同じローブ姿だが、武骨な帯を締めて短剣を提げているので、修道女というよりかは北の地の奥深い山を回る巫女に見える。もう少し普通の服装だったなら、歳若いのに立派に村の仕事を取りまとめる村長の一人娘に見えたかもしれない。

そんなルティアの後を追うと、四階の奥まった部屋の前にたどり着く。

「ここは宝物庫なんだ」

ルティアはそう言って、大きな錠前に鍵を差し込んだ。

扉が開くと、たちまち黴臭いような、嗅ぎなれた匂いがした。

「教科書用の本ですか？」

「そう。私たちがこの街で生きながらえるための種だな」

一回限りの売買に用いるのではなく、写本を製作し、読んで頭に叩き込み、新しくやってくるひよっこたちに代々読み継がれていく、まさに種としての本たち。

ルティアは言いながら、閉じきられていた木窓を開ける。

部屋に入り込む新鮮な空気と共に、こちらを振り向いた。

「昨晩はびっくりしたよ」

戸惑いなのか照れ隠しなのか、ルティアは右の口角だけ上げて笑う。気がつけば、髪の毛と同じ色の三角の大きな狼の耳と、ふさふさの尻尾が現れていた。

「仲間の存在は、私もずいぶん探したんだが」

ミューリを見やると、さっきは喧嘩をしないようにと釘を刺したくらいの意気込みだったのに、なぜかもじもじとうつむいていた。狼の耳と尻尾もしまったままで、いざ仲間の狼を前にしたら、どうしたらいいのかわからなくなってしまったのかもしれない。

「すみません。さっきまで元気だったのですが」

ルティアは笑い、こちらを見る。

「気持ちはわかるよ。昨日の私も周りに仲間がいなければ、取り乱していたはずだ」

それはミューリへの気遣いだった、とは言いきれないくらい、確かにルティアも驚いていた。

「まあ、改めて。ルティアだ」

さっと右手を差し出してくる。人を取りまとめているせいか、立ち振る舞いに隙がない。

ミューリのそれとあまり変わらない華奢な手を握り返しながら、アケントにくる前に決めておいた偽名で名乗るべきかと一瞬迷う。薄明の枢機卿がアケントにいると世間に知られれば、面倒なことになるからだ。

とはいえこの場では、互いに人ならざる者であるという、特大の尻尾を握り合っている。素直に名乗ることにした。

「トート・コルと申します」

ルティアは儀礼的に微笑んだだけで、薄明の枢機卿とは気がつかなかったようだ。ほっとしつつ、ちょっと残念な気もする自分に呆れていると、ルティアは当然、次にミューリに手を差し出した。

「ほら、ミューリ」

いつになくしおらしい女の子になっているミューリの背中をポンと叩けば、ようやくふんぎりがついたらしい。

「ミューリ」

なんだか妙な対抗心を燃やしているような口調だったが、それは気のせいではなかったようだ。

「……賢者の狼って、なに？」

ミューリの母親は、賢狼の二つ名を持つ。

するとルティアは、照れ臭そうに笑っていた。

「最初の問いが、それだとは。なに、南の連中の口上を聞いただろう？　あいつらが先に、南の鷲連合と称して、この街の学生たちを支配しようとし始めたんだ」

「それで、あなたたちは北の狼と？」

鍋を被り、パンをこねるための麺棒で武装したような少年たちは、そう名乗っていた。

「鳩や羊じゃ鷲には勝てないだろうからね」

ルティアはそう言って、肩をすくめていた。

「それに、風の噂に聞いたことがあったんだ」

「？」

ミューリが、つとルティアを見る。

「ここからずいぶん遠い北の地に、賢狼と呼ばれる偉大な仲間がいるらしいと」

思いもよらない一言に、ミューリの頭にぴょこんと三角の耳が出る。

「なんとその狼は、人が支配するこの世の中で立派な縄張りを構え、堂々と村の中で暮らしているらしい。まあ尾ひれのついた伝説かなにかの類なんだろうけど、私がアケントにきたばかりの頃、たまたまここを訪れていた鹿の化身から聞いてね。たとえ噂であっても、仲間が人の世で地歩を築いているなんて話を聞いて、街で右往左往していた私には心強かった。以来、その賢狼にあやかって、賢者の狼と名乗っている。気の弱い人間の狩人たちが、森の中では互いを狼だの熊だのと呼び合う感じだけどね」

「……」

ミューリの様子を見るに、どうやら賢狼の名を騙る偽物の線も疑っていたらしい。

けれどルティアは偉大なる何者かの毛皮を被ろうとしていたわけではなく、そこにあったのは、ただ、青臭く照れ臭そうな笑顔だけ。

ミューリはしばしそんなルティアを見やり、こっそり安堵のため息をついていた。もしも賢狼を騙る偽物なのだとしたら、名誉のために戦うべきかとか、そんなことを考えていたのかもしれない。

ただ、意外だったのは、ミューリがそこで自らの出自を明らかにしなかったことだ。ルティアが話題にしているのは、間違いなくミューリの母である、賢狼ホロのこと。

ミューリならいかにも自慢しそうなのに、と思ったが、色々難しい年頃なので、自慢話として両親の話を持ち出すのは嫌なのかもしれない。

特に、あの二人の仲の良さに辟易しているらしい、娘の身としては。

「ではこちらからも質問をさせてもらいたいのだが……二人の関係は？」

あまり真剣な質問ではなく、ちょっとした肩慣らしだろうというのは、ルティアの緩みがちな口元からわかった。

しかし口ごもってしまうのは、なんと答えてもミューリが怒りそうな気がしたからだ。

「兄様は、兄様だよ」

するとミューリがぶっきらぼうに言った。

ここで恋人だと主張する図々しさはさすがになかったようだが、騎士と名乗らなかったのには、なにかしら意味があるように感じた。多分、迂闊に騎士などと口にすれば、今後、自分との関係をその言葉の中に閉じ込められてしまいそうに思ったのではなかろうか。

そこまでのことをルティアが見抜いたということもなかろうが、血の繋がった単なる兄と妹の関係ではないとは、もちろんわかっているだろう。いかにも世慣れたふうに、どこか厭世的ですらある笑みと共にうなずいていた。

そういう関係は、人ならざる者が大手を振って生きられないこの世の中で、何度か見てきたとばかりに。

「ではここからは、アケントの賢者の狼として聞いておこう。君たちは鉄と羊亭に宿泊しているな？　あそこは書籍商の集まる宿屋だが、君たちはなんだ、書籍商なのか？　あの丸々と肥えた連れは、筆写職人の工房や紙の工房を回り、私のことも嗅ぎ回っているだろう。そして君たちもまた、街の書籍商を熱心に回っていたようだ」

ル・ロワが仲間だと把握され、その行動も摑まれているのは、街のあちこちで学生たちが働いているからだろう。

ルティアの目の奥には隠していた警戒の色が浮かび、広い世の中で仲間に巡り合えた喜びと同じくらい、この宿を守るための決意が現れている。

なぜならこの街で書籍の売買に関わる者は、常に不穏な影を落とすのだから。

「旅の連れは確かに書籍商ですが、ここには本の商いで参ったのではありません。私たちも書籍商ではなく、別の目的があります。ルティアさんのことも、その目的の一環として調べていました」

ルティアは続きを促すように、少し顎を上げた。隣のミューリを念のために見たのは、話を進めるためには、こちらも秘密のヴェールを外す必要があったから。

そしてふさふさの尻尾を揺すっているミューリとしては、尻尾を晒しておいていまさら人の世のなにを気にかけるのだとばかりに、心配性の兄に代わって口を開く。

「教会と王国の戦いって知ってる？」

「王国……ウィンフィール王国か？　それは、まあ」

警戒していたルティアだが、まったく予想もしていなかった話題の振られ方だったようだ。

戸惑ったように視線をこちらに向けてくるが、なんにせよこのルティアの協力を得るのなら、目的を隠すのは得策ではなさそうだと自分も腹をくくる。

「私たちは、その戦いのためにアケントにきました」

ルティアは不思議そうにしてから、ふと、コル、と呟いた。

その直後、まるでミューリのように耳と尻尾の毛を逆立てていた。

「薄明の枢機卿⁉」

大学都市には激流のように旅人が出入りし、気鋭の神学者や教会法学者がごろごろいる。王国と教会の争いに関する報せは、ラウズボーンに匹敵する密度で流入しているだろう。

「まさか……なんと……」

言葉にならないといった様子で、ぱたぱたと落ち着かない狼の耳を摑むように撫でていた。

あまりまじまじと見つめられると気まずいのだが、ふと視線を逸らした先では、ミューリがなぜか得意げな顔をしている。

「ん？　いや、だが、待て、待て」

言葉を失っていたルティアは、額に手を当て、なにか頭を整理していた。

「王国には確か、羊の国があるらしいと聞いたことがある。つまり、君たちは……？」

「ハスキンズおじいさんのこと？　あそことは関係ないよ」

ウィンフィール王国建国に関わり、初代国王と共に戦った黄金羊のハスキンズ翁。

彼は仲間の羊のため、広い王国にて大草原を有する修道院を隠れ蓑にして、自分たちの棲家を築いていた。

「そう、なのか？　いや、しかし、君たちが王国のために戦うというのは……つまり、王国は人ならざる者と共に？　まさか、だから教会と戦っているのか!?」

ウィンフィール王国と共に教会と戦う薄明の枢機卿。その連れが狼の化身となると、普通に考えればその結論にたどり着くかもしれない。

「えーっと、そのへんはややこしいのですが……」

なんと説明すれば良いのかと思ったところ、ミューリがため息交じりに割り込んでくる。

「毎日ご本ばっかり読んで、信仰がどうとかうるさい間抜けな兄様が、すっかり悪者になっちゃった憧れの教会を叱りに旅に出るって言うから、危なくて放っておけなくて私も一緒に旅にくっついてきたの。一応、旅では私の耳と尻尾は隠してるよ」

細かい反論をたくさんしたくなる説明だったが、ルティアのきょとんとした顔に向かい、渋々うなずくくらいの中身はあった。

「な……なんとなく見えてきた。しかし、そうか……。そういう群れの形も、あるのだな」

ルティアは大きなパンの塊を飲み込むようにしてから、ふと苦笑した。

その理由は、狼の鼻をすんと鳴らしたことでわかった。

「兄様、か」

ルティアの視線を大変気まずく感じたのは、狼の鼻をもってすれば、ミューリが毎晩どんなふうにこちらにしがみついて寝ているのか、その形までくっきり見抜かれそうだったから。

ルティアは慈しむような、あてられるような、ちょっと呆れるような色も混ぜた、よく焼いた柔らかい肉を噛みしめた時のような顔を見せていた。

「本当はお嫁さんにして欲しいんだけどね」

しかしミューリは照れるでもなくそう言って、これでもかというくらいに肩をすくめていた。

「狩りは辛抱強くするべきだ」

　ミューリはちらりとルティアを見て、にやりと笑い返していた。背格好が似ていることもあり、そうしていると幼馴染みの悪友同士だ。

「ごほん！　こ、この子のことはともかく、私たちは教会との戦いの一環で、いくつか目的があってここにきたのです」

　二頭の狼の忍び笑いに言葉を挟むと、ルティアはこちらを見た。

「ひとつには、私たちは教会がいかに神の教えから外れてしまっているかを人々に知らしめるため、俗語に翻訳した聖典を配布したいと思っています。その紙の確保のためにきました。もうひとつは、私と共に教会と戦ってくれる教会法学博士か、神学博士を見つけること。それともうひとつが――」

「新大陸と砂漠の話を知ってる人を見つけること！」

　前ふたつには全く興味がないとばかりのミューリと、そんなミューリに呆れているこちらを見比べて、ルティアは注意深くうなずいていた。

「俗語の聖典と、博士を仲間に……というのは、わかる。聖典の俗語翻訳の計画や、教会との争いについてはここでも散々話題になっているからね。しかし」

　ルティアの尻尾が、神経質に左右に大きく揺れる。

「新大陸と、砂漠の話だって？」

「そう、そう！　その大陸を見つけて、私たちの国を作ろうっていう話！」

耳と尻尾をぱたぱたさせているミューリに、ルティアは呆気に取られた半笑いだ。

ミューリの夢見がちな話だけでは誤解されそうなので、自分からも説明を付け加える。

「新大陸については、王国と教会の争いの鍵になるかもしれないのです」

「う……ん？」

「王国と教会の争いでは、どちらにもそれなりの理由があります。しかし思った以上に問題がこじれ、これ以上の対立の激化は無益であるところまできています。そして双方がそのことをわかっていたとしても、振り上げたこぶしはどこかに下ろす必要があります」

「で、相手の頭をめがけて下ろすより、そろって海の向こうにあるお宝に手を伸ばしたほうが、お互いに楽しいでしょ？　まあ、そこに便乗して、私たちは国を作るつもりなんだけど」

すっかりイレニアの計画を我が物としているふうのミューリだが、自身もまた狼の化身であるルティアは、思いのほかすんなり理解できたらしい。

「ははあ……まさに一石二鳥か。だがやはり、砂漠の国の話はわからんな。まさか香辛料の流れてくる川の先に、新大陸があるとでも？」

古代の博識な賢人はかつて、胡椒やナツメグなどの香辛料は、砂漠の国に流れ込む長大な川の上流から流れてくるのだと説いていた。もちろんいい加減な言説であるというのは、遠隔地交易が盛んになった現在ではわかっているので、物の喩えとして口にしたのだろう。

けれど素直にして冒険好きのミューリは、真に受けて驚いていた。

「香辛料の流れてくる川⁉」

骨を見せられた子犬みたいな少女には後で説明するとして、ルティアに自分たちの持っている情報を簡単にまとめて言った。

「そもそも新大陸の話が、古代帝国時代に端を発しているようなのです。しかし教会の影響もあり、古代帝国時代の異端的な知識を探そうと思えば、砂漠の国を探すよりほかなさそうだと」

最後の敷石を嵌めた石畳の道のように、ルティアの眼前に話の道筋が見えたようだ。

「となれば、そうか。私はぴったりおあつらえ向きな存在だね」

そして、ルティアはくすぐったそうに笑った。

「なんだ、それじゃあ、私たちは会うべくして会ったわけだ」

「え？」

驚いて聞き返したのは、自分だけではなく、ミューリもまたそうだった。

「砂漠の国の言葉を学ぼうと思ったのは、たまたまじゃない。私にも理由があって……それは、そう。ミューリの与太話に似たようなものなんだ」

不意に名前を呼ばれたミューリは、顔に水しぶきをかけられたように驚いていた。生まれて初めて肉親以外の狼に名を呼ばれたのが、それくらい新鮮だったのだろう。

水を払うように耳と尻尾を振ってから、ミューリは笑顔でこう言った。

「私もルティアの話が聞きたい！」

負けじと名前を呼び返したミューリに、ルティアは少しお姉さんらしく落ち着いた笑顔を返していた。それからぼろぼろの机に軽く腰掛け、そよ風の入る木窓の向こうをちらりと眺めてから、言った。

「私は元々、ずいぶん長いこと森に暮らしていてね。名もなく、一人で、どうも周囲の動物とは違うようだと思いながら、それでもまあ特に不満もない暮らしだった。それがある日、森の中で迷って死にかけていた領主を助けたことで、ルティアなんて可愛らしい名前をもらうことになった。誘われるままに城についていったら、領主の妻にもやたら気に入られてしまった。それで、暖炉の前で髪を梳いてもらうような生活を送ることになったんだ」

まるっきりおとぎ話なのだが、森で暮らしていたルティアがおとなしく城の暮らしを受け入れていく様は、なんとなく想像できた。

「城での暮らしは割と性に合っていたが……かえって狼としての自分の孤独に気がついてしまったんだな。かけがえのない人の仲間はできたけれど、やはり彼らは狼ではない。それまでは気にならなかったのに、遠吠えになんの返事もないのがつくづく寂しくなったんだ」

そして、自嘲気味に笑うルティアは、ミューリの腰帯に視線を向けていた。

自分の過去の話を、まるでそこに刺繍された狼に聞かせるように。

「だから領主の手も借りて、それなりに手を尽くして仲間の狼を世に探してみたが、見つからなかった。そんな折、狼の紋章というものを古い書物に見つけることになった。それを受け継いでいる家ならば、私たちのような存在のことを知っているか、あるいは狼の血筋そのものなんじゃないかと思ったんだよ」

ミューリは自身の腰帯に刺繍された狼の紋様を見て、それからこちらの帯も見る。

狼の紋章を使う家は古代帝国時代に起源を持つ古い家が多いと、ミューリも突き止めていた。

狼たちが仲間を探そうと思えば、今の世では手がかりなど狼の紋章くらいしかなく、それを真剣に追いかければ、自然と古代帝国に行きつくのだ。

「じゃあ、ルティアは私たちより先回りしてたんだね」

と、ミューリはこちらを見てそう言ってから、もう一度ルティアを見た。

「ルティアはわざわざ砂漠の国の言葉をお勉強しに、この街に？」

「いや、それは……まあ、砂漠の国の言葉を学んだのは、余技みたいなものだ」

ちょっと困ったように笑うルティアの言葉に、余技……と小さく口の中で呟いたミューリがこちらを見る。

「片手間とまでは言わずとも、主に学んでいることとは別の、ということです」

ミューリはふんふんとうなずいてから、たっぷりの好奇心と当然の質問を携えた目でルティアを見た。

「私がこの街に学びにきたのは、教会法学だよ」

ミューリが目を丸くする。

「え、じゃあ、ルティアは教会の味方……なの？」

戸惑った様子のミューリに、ルティアが困ったように微笑んでいる。

まさかの相反する立場、と思ったのも束の間、自分には思い当たることがあった。

「親しくなった人たちを守るために、ですか？」

ルティアは昨晩ミューリと出会った時ほどではないが、はっきりと驚いていた。

「なぜ……わかった？」

「私も子供の頃、同じことを思ったからです。当時、異教徒と見なされてしまった自らの村を教会の侵略から守るためには、教会の力を使うしかないと。そう思って、この街を一人で目指しましたから」

呆気に取られたようにこちらを見ていたルティアは、言葉が染み込むにつれ、呆れたような笑みになっていった。

「なるほど……。今までの説明で、唯一わからないことがあった。それがなぜ昨晩、君たちがあんな場所にいたのかということだ」

「ええ。あの夜に街を逃げ惑っていたのは、子供の頃の自分です」

ルティアはくっと喉を鳴らして短く笑うと、腰に両手を当てて、大きくため息をついた。

「そうだよ。領主夫婦は子供がなかった。それに領主の奥も、遭難した森でたまたま出会った狼の化身を面白がって城に連れ帰るような変わり者との結婚を選んだ趣味人だ。夫婦そろって私を可愛がってくれた。可愛がられる、というのは、ずいぶん頭の芯を痺れさせるのだなと思ったものだけど」

伏せた目線と狼の耳は、久しく離れている城での生活を思い出していたのかもしれない。

「時は流れ、私が助けた領主は病で死んだ。残された奥は子がないせいで、領地の相続権を巡って窮地に立たされている。地元の教会と手を組んだ、顔も見たことのない遠縁の貴族が、舌なめずりして土地を狙っているらしい。もしも連中の計画がうまくいったら、奥は思い出の詰まった領地と城を追い出され、はした金で僻地の修道院に死ぬまで押し込められてしまう。私は狼の誇りにかけて、世話になった恩を、あの群れに返す必要がある。けれど」

と、ルティアは少しひねたような目で、こちらを見た。

「これは今の世では、大して役に立たないだろ？」

人差し指を口の端に引っ掻け、尖った犬歯を見せる。

ミューリよりもルティアが大人に見えるのだとしたら、それは背の高さが原因ではない。

「人の世の道理を学べば、人の世で役に立つ武器を手に入れられる。教会法学は、その中でも最も強大な武器だ」

世の中の形は大体決まっていて、そこに水を流せば多くはどこかで合流する。

奇妙な符合のあったルティアは、いわば自分とミューリを足し合わせた存在なのだ。

「ただ、それゆえに教会法学を学びたがる者は多く、皆が欲しがるものを持つ者は、利益を独占しようとすることが多い」

ルティアのその言葉で、自分たちがそもそもルティアに会いにきた目的を思い出す。

「だから薄明の枢機卿とやらが、聖典を俗語に翻訳しているらしいと聞いた時には、胸がすく思いだったよ。この街で教会文字の知識を持っている奴らは、その知識を独占し、出し惜しみし、荒稼ぎしている。だから聖典が俗語に翻訳されるかも、となった時の奴らの動揺と憤慨っぷりは、実に良い気味だった」

屈託なく笑うルティアの様子に、かえってこの街での苦労が見えた。

「その聖典を筆写するための紙を探していると言ったっけ？　素晴らしいじゃないか。私は諸手を挙げて賛成するよ」

ルティアは過去の話にまとわりつく湿っぽさを振り払うように、殊更明るく言った。

「となれば、君たちが私を探していたのも、教科書を巡る問題のためか。街の工房が写本を作って紙を消費せずに済むような、ありふれた本を教科書に指定して欲しい、というところか」

「そのとおりです」

「そこは問題ない。ありふれた本を教科書にするのは私たちの目的でもある。たくさんある本ならば値を吊り上げにくくなるし、増やして販売するために、むりやり筆写をさせられる哀れなひよっこ学生の数も減らすことができる」

昨晩のルティアたちが助け出したらしいひよっこが、まさにその被害者だった。恩を着せられどこかの部屋に閉じ込められ、腕が動かなくなるまで本を書き写していたのだろう。

「それと、薄明の枢機卿が味方を探す、という案にもいくらか協力できるかもしれない。私たちは学問にやたら金がかかる現状をどうにかしたいと思っている。それは、私たち自身に金がないということもあるが」

「事情は存じてます」

教授から教えを乞うには、相場の不安定な教科書を用意し、教授の衣食住を学生たちで負担し、学位授与の際には科目に応じた贈り物をしなければならない。教授たちは無欲なさすらいの聖職者ではなく、組合を組織し、知識を売る、ある種の商人でもあるからだ。

「私たちは教科書を巡る博打と、学位授与の際に高額な贈り物が必要になる慣例を、打破したいと思っている。どちらも既得権益を捨てるものだけれど、こういうのに賛同する変わり者の学者もきちんといる。きっと彼らなら、教会との戦いについても君と意見を共にするだろう」

ルティアはこちらを見てから、ミューリに向けて微笑んだ。

「それと、砂漠の国の言語だったか？」

ルティアがなぜこの街にいて、なぜ勉強しているのかを知ったミューリは、ちょっと気圧されているようだった。

そんなミューリに、ルティアは年上に見える分だけ、鷹揚に言った。

「君の兄の目的はもちろん、人ならざる者の国を作るという与太話も悪くないと思う。となると、私たちの利害は一致している」

ルティアの顔が、アケントの賢者の狼になる。

「私たちの敵は、金儲けが大好きな金持ちの学生連中と、その学生連中と手を組んでいる教授連だ」

どこか挑戦的な微笑みと共に、ルティアがこちらを見上げてくる。

「教授たちは授業料と、学位授与の際の贈り物を目当てに、金持ち学生を優遇する。金持ち学生はその資金力を背景に、教科書の採択で教授に影響を与えることができる。手に入れた情報から、金持ち学生たちは教科書売買で利益を引き出し、さらにたっぷりの授業料と贈り物を教授に贈れるようになる。持ちつ持たれつなんだ」

そこでの貧しい学生の役割は、せいぜいが日々の稼ぎを巻き上げられる役柄だ。

「この共生関係を崩せなければ、私たちはどれだけ好成績を収めても、落第を繰り返す羽目になる。特に贈り物が厄介なんだ。教会法学の学位ともなれば、なおさら大きい贈り物を要求される。そして現在の教授組合は、強欲な連中に支配されている。現状を変えられなければ、君たちの必要とする紙の在庫は、金儲けのための無駄に高価な教科書に化けてしまう、というわけだな」

ルティアは戦線を見極め、兵を指揮する領主のごとき。

彼女が立っているここを、宝物庫と呼ぶのは正しくない。

ここは、武器庫だ。

若干傾いた棚に収められた不揃いな紙束は、黄金の後ろ盾を持たない者たちが不利な戦を戦い抜くために掻き集めた、武器なのだ。

「手を貸してくれるだろうか、薄明の枢機卿殿？」

欲望渦巻くこの街で、激流の流れを変えようと戦う一匹の狼。

その再び差し出されたルティアの手は、しかし単なる助力の嘆願ではない。

むしろ逃げ出すならば出口はそちらと指示しているのであり、そんなルティアの手を横から奪うように握ったのは、もちろんミューリだ。

「ルティアに協力するよ。だって私たちの利害は、一致しているもの」

戦叙事詩みたいに気取った言葉遣いだが、ミューリの頭の中は大体が剣と騎士の物語に彩られている。そして常に自分が、主人公だ。

「ふふ。狩りのための臨時の群れとしては申し分ない」

ルティアはそう言って嬉しそうに笑うし、ミューリはこちらを期待するように見る。

自分はどうもこういう芝居めいたことは苦手なのだが、二頭の狼の手に自分の手を重ねた。

なぜなら、彼女たちの言うとおりに、利害は一致しているのだから。

「それで、誰のお尻に嚙みつけばいいの?」

ミューリが尻尾をぱたぱたさせながら、目を輝かせて言ったのだった。

南の鷲と称する富裕な学生集団と、知識を独占して金儲けに勤しんでいる教授組合の結託を突き崩す。

容易にできるようなことではないと思うのだが、その一環が、昨晩の騒ぎだった。

「ひよっこを助けるのは、もちろん博愛の精神だけじゃない」

手を握った後、ルティアは狼らしく冷静にそう言った。

「南の鷲の連中は総じて金遣いが荒い。鉄と羊亭に泊まってるなら、夜の乱痴気騒ぎは知ってるだろ?」

酒と暴力は、血気盛んな少年たちとあまりに相性がいい。

「その騒ぎの原資は実家からの仕送りと、ひよっこたちの稼ぎなんだが、街の治安を維持したい参事会は当然、そういう奴隷商人の真似ごとみたいなことをどうにかしたいと思っている。けれど街の商人や職人たち、それに近隣の農村の稼ぎを支えているのもまた、彼らの荒い金遣いだったりするんだ」

だから参事会は板挟みで、せいぜいが乱闘騒ぎに介入する程度なのだという。

「その点、北の狼と呼ばれる私たちがひよっこを助け出せば、南の鷲は稼ぎを失うし、私たちは仲間を増やすことで街の中での存在感を示すことができる。私たちが用意する黒ずんだ銀貨では講義をしてくれないしみったれの教授でも、枚数が集まれば心が揺らぐだろうしね」

ここでは学問の知識でさえもが、商品のように売買される。

そしてルティアの説明をここまで聞いたところで、ミューリがこう言った。

「なら、やるべきことは決まってるね」

目の輝きと元気な尻尾の様子から嫌な予感しかしなかった。しかし、ミューリが提案した「やるべきこと」というのは、こちらの懸念をよそにすぐ実行に移されることとなった。

興奮するミューリとルティアが「やるべきこと」の詳細を詰めている横で、自分はルティアと手を組む件をいったんル・ロワに知らせるべく宿に戻ったのだが、ル・ロワは留守だった。宿の主人に言伝を頼み、青の瓢亭にきてくれるように手配する。そして再びルティアの下に戻れば、狩りとなればいつだって迅速な狼二頭は、自分に言伝を残して場所を移していた。

ミューリの残したへたくそな地図に従い、どうにかこうにか目的地にたどり着くと、ミューリはすっかり戦いの準備を終えていたのだった。

「……大丈夫、だとは信じていますが……」

せっせと髪の毛を頭巾の中にしまい込み、顔布で鼻から口元を覆うミューリを前に、そんな言葉が漏れ出てしまう。銀の狼少女が身にまとうのは、すり切れて虫食いだらけの、いかにも遠方の地からはるばるやってきましたというぼろ服だ。頭巾の下にわずかに空いた隙間から覗くミューリの赤い目は、いつになく輝いている。その原因は、ルティアがこの変装をこんなふうに説明したからだ。

「砂漠の国には、代々権力者を暗殺するためだけに存在する家がある。彼らはどんな死地にも赴くため、恐怖を取り除く香草の煙を吸うのを常とする。その香草にちなんだ名をつけられている彼らは、こういう格好を好むのだそうだ」

ミューリの冒険好きをすぐに見て取ったルティアが、講談師めいた物言いでそんなことを言えば、やめろと言ってもミューリはその格好をするだろう。

ただ、死の恐怖さえをも取り除くという香草は手に入れられないので、代わりにルティアは、装束の下に狼の耳と尻尾を隠すことを提案した。そうすれば、古の暗殺集団さながらに、狼の血を引く娘が学生に後れを取ることなどまずありえないからだ。

「南の学生連中は、ひよっこをどこかに閉じ込めて、延々と本を書かせている。その本が連中の主な資金源だ。だから私たちはひよっこを助け出さなければならないが、まずはどこにいるのかを見つけないとならない」

「そうですよ、見つけるだけですからね。決して独断で助け出そうとせず、暴力を振るいませんようにっ」

自分がきつく言いつけたのは、放っておいたらミューリは見張りの兄貴分たちを倒してでも、囚われの少年たちを救い出しかねないから。けれど今回にいたっては、心配性の兄だけではなく、ルティアもまた同じ方針だった。

「大事なのは、どこにひよっこがいるのかを確認して、私たちの仲間が人の手で、助け出すことなんだ。そうすることで、私たちは敵の力を削ぎながら、群れとして結束力を高めることができる。ミューリには歯がゆいだろうけどね」

頭巾から特徴的な髪の毛がはみ出していないかと確認しながら、ルティアは言う。

ミューリは兄の小言には馬耳東風でも、ルティアの意見にはきちんと耳を傾けている。

「私が敵の尻に嚙みついて回らないのは、私の正体を隠すという意味もあるし、私はこの街で狼としてではなく、可能な限り人として、学生たちと共にありたいんだ」

群れ、とルティアは何度か口にしているが、ルティアがこの街で率いているのは狼の群れではない。その群れを維持するなら、先頭に立つ者が狼では都合が悪い。

「もう、大丈夫だって。ルティアも兄様も、心配性なんだよ」

興が削がれるとばかりのミューリに、ルティアは姉のように笑っている。

「信じているとも」

ルティアの言葉に鼻を鳴らしたミューリは、ついでとばかりにこちらに視線を向けてくる。

「兄様こそ、きちんと兄様のお仕事してよね。たくさんの本を前に、夢中になってないでよ」

ルティアから借りた小さな短剣を腰に差したミューリのしぐさは、こちらに釘をさすかのようだ。

「それくらい弁えています」

どうだかね、とばかりに肩をすくめるミューリに、ルティアはまた笑っていた。

「昼課の鐘が鳴ると、講義に出かけている学生たちは一度、昼飯をとりに根城に戻る。二日酔いで寝ている学生たちなら起きる時間だ。偵察を引き上げるにはちょうどいいだろう」

「わかった。でもさ、やっぱり知り合いの鼠さんに頼んでみない？　こういうお仕事なら、あっという間に片づけちゃうと思うよ」

鼠の知り合いというのは、死者の乗る幽霊船騒ぎの時に知り合った、ヴァダンたちだ。彼らは船旅では無賃乗船の常連である鼠の化身であり、彼らならばこの手の仕事は朝飯前だろう。

「この街は学問の街だ。本の保護のため、山ほど鼠取りの罠が仕掛けてある」

それに船の中と違い、街中だと猫や野良犬など天敵も多いだろう。

結局、狼が人の振りをして潜り込むのが、攻守兼ね備えていて安全かもしれない。

「ただ、ミューリには難しすぎる仕事だったら、その方法も考えよう」

そしてルティアは、人の動かし方をよく心得ている。むくれたミューリは、これで意地でもヴァダンに頼らないで済む戦果を挙げるだろう。

「私は顔が割れているから、夜の調査しかできなくていまいち成果が挙がらなかった。でも昼間に堂々と潜り込める人材がいれば、十分な成果が出るはずだ」

夜の調査という単語が、それはそれでミューリの琴線を下から上までなぞったらしい。身震いして、北の旅人らしく腰に巻いた厚手の外套の下で、尻尾がぱたぱた振られていた。夜中に勝手に出かけないよう、紐で結わえておいたほうがいいかもしれないと思う。

「頼んだよ」

ルティアの言葉に、ミューリはうなずく。

「神の御加護がありますように。ですが決して、無理をしないように」

そんな自分の祈りと小言には冷たい目を向け、夢中で駆けていく妹の背中を見送った。

第二の故郷ニョッヒラの湯屋に向けた、この旅の報告が怠りがちになっているのは、書けないことがあまりに多すぎるせいだ、と思った。

「さて、私たちも働くか」

南の鷲が支配する街区に赴くミューリを送り出したのは、街中の路地の奥底にあるような粗末な廃礼拝堂だった。聖職禄はとっくに廃止され、近所の盲目の老人が細々と管理しているらしく、ルティアはここを秘密の基地にしているのだという。そして夜な夜な狼の尻尾をたなびかせ、哀れなひよっこ学生の居場所を探しているらしい。

時折老人と薄い酒を手に語らうこともあるが、盲目の老人ならば狼の耳と尻尾を警戒する必要もなく、ここはルティアが狼として一息つける貴重な場所でもあるのだ。

なにせ聞けば、昼間は自分の勉学に合わせて賢者の狼としての仕事があり、夜は夜で飲み屋街で南の鷲の学生たちに襲われた仲間を助けたり、仲間同士のいざこざを解決したりしているようで、いつ寝ているのかというような日々を送っているらしい。なので囚われのひよっこ学生たちを探す時間も限られていて、狼の鼻を持つルティアであってさえも、作戦は遅々として進んでいなかったという。そこに南の鷲から警戒されておらず、全力で捜索に当たれる銀色の狼が加われとなれば、まさに百人力。

街中の囚われの男の子を見つけ出してくると息巻いていたミューリだが、ルティアはそんなミューリを頼もしく思いつつ、やや浮かない笑みをも浮かべていた。

そこには当然、理由がある。

「私たちに寄付をしてくれる慈悲深い貴族もいるんだけれどね、いきなり養う数が増えたら破綻してしまう」

ルティアたちは青の瓢亭を根城にしているが、そこにすべての仲間を収容できているわけでもないらしい。飢餓が蔓延している故郷の村よりましだからと、路上で暮らす少年たちも少なくなく、そんな暮らしをしていれば、南の鷲の毒牙にかかる機会もまた増えてしまう。

ミューリが奮闘して囚われのひよっこ学生を根こそぎにしても、保護しきれない者たちはやがて再び兄貴分たちの手の元に戻ってしまいかねない。

そこで自分が提案したのが、ルティアたちの武器庫に眠っている本を高額で売れないかと、ル・ロワの力を借りることであった。けれど青の瓢亭に保管されていた本は、勉学のために利用される現役の武器のため、そもそも売却できるものが少ない。

そこで、ル・ロワという書籍商が知恵を貸してくれるならばとルティアが示したのが、この秘密の拠点の、もうひとつ隠された秘密なのだった。

「そっちの板を持ってくれ。そう、いくぞ」

という掛け声で、床板を剝がしていく。

この街の人間でさえも存在を忘れている小さな廃礼拝堂には、本の読みすぎで目の光を失ったという老人が、生涯をかけて書き写してきた書物が隠されているのだ。

けれどそれらは青の瓢亭の武器庫にあるような即戦力の本ではなく、多くの学生たちには価値のわからない、古くて知られていない本ばかりらしい。掘り出し物があるかもしれないし、ルティアから話を聞いた盲目の老人は、ぜひとも学生たちの役に立てて欲しいとのことだった。

「しかし、ル・ロワという書籍商は何者なんだ？」

木の板を剝がし、舞い上がる埃と黴に顔をしかめながら、床下から本とも呼び難い紙束を取り出していると、ルティアが言った。

「私が出会った時は、教会が禁書に指定するような、鉱山開発の技術書を取り扱っていました。そして十数年ぶりに再会した途端、薄明の枢機卿による教会批判本を執筆しないかと持ちかけてくるような人、と言えば伝わりますか」

本を取り出す手を止めたルティアは、くしゃみが出そうで出ない、みたいな笑顔だった。

「危険な本がなにより大好きなのですよ」

場合によっては、自身の命よりも。

「なるほど。それくらいの人物ならば、ここに宝を見出せるかもしれないな」

「教会の禁書目録は日々更新されますし、書痴の方々の興味も渡り鳥のようだとか」

なので写本を作ってしまい込んだままの本の中に、熟成されてお宝となったものがあるかもしれない。

「……その知識と買い手の伝手を使えば、大金が稼げるだろうに」

ルティアたちがアケントの書籍商たちに同じ仕事を頼めば、彼らは北の学生たちの困窮を知っているから、平気で弱みにつけ込んでくるだろう。しかしル・ロワに事情を話せば、きっと公正な力を貸してくれるはず。

そして大学都市アケントの空気をいささか吸いすぎているルティアは、そんなに無欲な書籍商がいるものかと、抑えきれない警戒心を滲ませている、という感じだった。

「多分ですが、あの人が一番、ここの本を読みたがると思いますよ。ちょっと訳があって歴史のある廃墟でお会いした際には、忘れられた地下倉庫に繋がっているかもと、水路の穴に逆さまに頭から突っ込んで抜けなくなるような人ですから」

「……変わり者がいるものだ」

「それはまあ、狼の耳と尻尾を隠して暮らしている人がいるくらいですし」

ルティアは眉を上げ、苦笑いだ。

「遭難して飢え死にしそうだったのに、私を見つけるや好奇心に目を輝かせていたあいつらと同じか。私の牙や爪にも怯えない姿は、いっそ間抜けでさえあったけれど」

ルティアにルティアという名前を授けた領主夫妻。

きっと人の好い、少し子供っぽいくらいのおおらかな二人だったのだろう。

「さて、森の精霊並みに珍しいものがあればいいんだが」

ひととおり床下から引っ張り出した書物を前に、ルティアは腕まくりをする。

それから自分とそろって、表題と著者名があればそれを書き留め、誰のものかわからない場合は内容を確かめ、手掛かりになりそうなものを書き留めていく。

この大量の写本をこつこつと作り上げた老人は、アケントに子供の頃にやってきて、生涯を大学都市で暮らすことになったらしい。一人の学徒の人生の集大成とも呼べるような書物は、しかし、ほとんどが時の流れに耐えられないようなものばかりだった。

きっとこの街では、毎日新しい博士がやってきては、自説を開陳してこれぞ世の真理と説くのだろう。質の悪い紙にびっしり書き留められた本文の脇には、写本を製作した老人の若き頃の書き込みがたくさんあった。

これは新説とか、あの注解と矛盾するなどと書かれているが、十年か二十年、あるいはもっと経った今では、どれもが謬見として退けられている説ばかりだし、この著者は将来の枢機卿候補と力強く記された著者名は、まったく聞いたことのない名前ばかりだった。

こうしてみると、街の参事会の書庫にしまわれるような本というのは、ずいぶん厳選されたうえで棚に収まるのだろうとよくわかる。その陰で、たくさんの賢い人々が血の滲むような思索を経て記した文章は、ほとんどが顧みられることなく、あっけなく塵に還っていく。

次の世代に繋がるような書物は、滅多にない。

そんな折りにふと、遠吠えになんの返事もないのが寂しくなった、と言ったルティアの言葉が蘇る。装丁も施されていない紙束の本を一冊、また一冊と閉じるたび、意気込んで駆けていったミューリの背中を思い出すのは、ミューリがここにいないでよかったと思うからだ。

過保護かもしれないが、実らなかった冒険の話は、ミューリにはまだ苦すぎるだろう。

その良さがわかるのは、麦酒が飲めるようになってからだ。

「めぼしいのはあったか？」

ひととおり調べ終わる頃、ルティアは礼拝堂の近くにある井戸で、手拭いを濡らして持ってきてくれた。

「私の知識ではなんとも……」

「優しいな」

顔に張りついた黴と埃を拭い、紙に水分を吸われた手指を拭って湿らせていると、ルティアは一人の人生を示す書物の山を見つめていた。

「この街にくるのは、はぐれ者ばかりだ」

博士と呼ばれ、その見識を教授し暮らす者たちも、世間的には流れ者とみなされている。教会や修道院にて聖職禄を手に入れられる者は少なく、貴族や大商人に見識を買われて知恵袋として職を得られれば万々歳。ほとんどの者は、長い思索の果てにその後どうなったのかなど、語られることもない。ましてや伝記が残ったり著作が残るような顕学は、本当に一握りでしかないのだ。

「彼らはこの街にある日やってきて、遠吠えで存在を知らせるんだな。時には物珍しげに、こうして遠吠えに釣られて集まる者がいる。けれど、それが長続きすることはない」

色あせた紙の表紙を撫で、ルティアは目を閉じる。

「私がこの街にきて本当に学んだのは、孤独なのは狼だけではないということかもしれないね」

「……」

牙と爪を持つ人ならざる者は、月を狩る熊との戦いで多くが没したという。ニョッヒラに住む賢狼のことを教えるべきかと思ったが、それはミューリの役目だろうとも思った。

それに、もしかしたらルティアが北の学生たちをまとめて率いているのは、決して義憤に駆られてのことだけではないのかもしれないとも思う。

ルティアは城での生活で、孤独という感情を知ってしまったのだから。

「しかし、しまうのもまた面倒だな」

「……物語は書き始めるよりも、たたむほうが難しいと詩人から聞きかじりました」

肩を揺らして笑うルティアに、倉庫からおもちゃになりそうなものを引っ張り出しては、元に戻そうとするとなぜか入りきらなくなってべそをかいている幼い頃のミューリを思い出す。

「記憶というのは、ただでさえ蘇ると膨らみますからね」

ルティアがこちらを見て目元を緩めるのと、礼拝堂の扉が叩かれて書籍商が顔を見せるのは、同時のことなのだった。

自分とルティアでまとめた目録を見た書籍商の顔は、実に渋かった。

「うーむ……」

「商品には、ならなそうですか」

ある程度予想はついていたが、自分にはわからない掘り出し物があるかもしれない。そんな淡い期待は、現実の前に敗れ去ったようだ。

「この写本を集めた方は、真面目な方、だったのでしょうなあ」

ル・ロワの一言は、決して褒め言葉ではないだろう。

「売れなくないものもいくつかはありますが、写本製作費や運搬費用を考えると、とんとんでしょう。好事家がよだれを垂らして金貨を積み上げるようなものは、皆無です。ただ、あまり出回っておらず、かつ、教科書になりえるものなら、いくつかあります。これを宝の地図に変えることは、不可能ではありません」

ルティアたちが底本を独占している書物を教科書にできれば、写本を製作することでまとまった金額を稼ぐことができる。

「しかしそれは……」

「まあ、この街からなくしたいと思う、汚い教科書売買と同じですな」

気高くあろうとするのが難しいのは、それが首にかけた縄で体を吊り上げるようなものだから、と詩人が皮肉たっぷりに歌うことがある。

「なら……ここにあるものは売らずに済むということか？」

ルティアは落胆ではなく、ややほっとしたような口調でそう言った。

それはわざわざ駆けつけてくれた書籍商への気遣いにも見えるし、一人の学徒が生涯をかけて学んだことは、金銭で計られるべきではないという素直な気持ちの現れにも見えた。

「静かに眠らせたほうがよい本というのも、確かにありますとも」

ル・ロワの同意に、ルティアは小さく笑ってみせたのだが、どうにか自分を鼓舞するような、乾いた笑い方だった。

「しかしそうなると、食い扶持の問題は残ったままだな」

今こうしている間にも、すばしっこいミューリが路地から路地を駆け回り、手にした地図にひよっこ学生の居場所を書き込んでいるだろう。

「寄付金以外だと、普段はどのように？」

ル・ロワの問いに、ルティアは疲れたように答えた。

「結局、筆写の仕事が大部を占める。手紙や契約の代書仕事がもっとあればいいんだけれどね。あとは教授組合にこっそり隠れて、金のない商人の子弟たちに文字を教えたりもしているが、残りの学生は、日々の食い扶持を普通の仕事で稼いでいるよ。パン屋で下働きをしたり、皮革職人の下で鼻が曲がりそうな思いをしながら、皮なめしを手伝ったりね」

南の鷲たちと対峙した時の格好は、彼らが職場の寝床から駆けつけたからなのだ。

「ひよっこたちの身元を私たちが保証すれば、街の人間もひよっこを雇ってくれるが、結局日銭稼ぎに追われる日々になる。真面目で向学心に満ちた子が多いんだが……」

「ううむ。もったいないですな。文字の読み書きができる真面目な学生となれば、他の街に行けば引く手あまたでしょうに」

しかし学びを得るには教授たちの集うこの街でなければならず、山ほど文字を書ける人間が集まる街だからこそ、彼らは自分の特技をお金に変えることが難しい。パン屋の工房で論理学の教科書を諳んじられても、なんの意味もないからだ。

だから、ミューリの協力でひよっこたちを一斉に助けられたとしても、彼らを食わせるための資金がない、という現実的な問題が立ちふさがる。

問題の解決は次の問題を生み、ままならない。そう思った時のこと。

ふと北の狼という彼らの呼称が、脳裏をよぎった。

過去に、似たような問題を解決したではないかと、ひらめきをもたらしてくれたのだ。

「お金の問題、解決できるかもしれませんよ」

ルティアとル・ロワが、そろってこちらを見る。自分の師匠は元行商人で、彼らの商いの基本は、遠く離れた土地同士の、商品とその需要を一致させること。

「学生の全員が、高位聖職者や神学博士を目指しているわけではないですよね？」

二人が顔を見合わせてほどなく、教会の昼課を告げる鐘の音が、遠くから聞こえてきたのだった。

一体どれだけ張りきったのか、昼を回ってようやく戻ってきたミューリは、体中が煤だらけであっちこっちに蜘蛛の巣が絡みついていた。

きっと野良猫も諦める壁の隙間に体を押し込んで、ふくろうも首をすくめる汚い屋根裏に忍び込んだのだろう。ルティアに手渡していた地図には、木炭で記した文字がびっしりと書き込まれていて、ルティアも褒めるのがぎこちなかったほどだ。

「でも、思ったより男の子たちの扱いはひどくなくて、ちょっと安心したかな」

宿に戻ってから湯をもらって、蒸した手拭いで顔を拭いてやった。それから手足を洗ってやり、最後にせがむので髪の毛を梳ってやっていたら、ようやく潜入の緊張が解けたらしい。どこかぴりぴりしていたミューリは、ふうと息を吐くようにそんなことを言った。

ひよっこたちの扱いについては朗報だし、あまり手荒く扱うとルティアたちの下に逃げ出してしまうという危機感が、兄貴分たちにもあるのかもしれない。

「私が兄様に文字を教えられた時のほうが、よっぽどひどいかも」

すぐに逃げ出すミューリに手を焼いて、文字どおりに椅子に縛りつけていた。

「あの時のことがあるから、あなたは今、好きな物語を書けているのですよ」

小言を向けると、三角の狼の耳で、髪の毛をまとめる手をぱしぱしと叩かれる。

「兄様には優しさが足りないんだよ」

「……」

ならばせっせと手足を洗ってやってから、髪の毛を梳って編んでまでいるのはなんなのかと言いたいが、尻尾が楽しそうに揺れているので単にじゃれたいだけなのだろう。久々の冒険を終えて、気分が高揚しているのかもしれない。

いつものおてんばにため息をついてから、肩にかけていたリボンを手に取って、髪をくくってやる。ハイランドからもらったようで、高貴な身分を示す赤色が、ミューリの銀髪によく映

える。

「はい、できましたよ」

「んっふふふ」

初めて自分の尻尾に気がついた子犬のように、機嫌よさそうにおさげを撫でたミューリは、大きく伸びをしていた。

「それで、兄様はヒルデおじさんに手紙を出したんだっけ？」

ひよっこたちの居場所を記した地図を手に、今すぐ助けに行こうと主張したミューリに対し、ルティアがひよっこたちの食い扶持問題を説明した。

この手のことはすぐやろう、今やろう、と言いがちなミューリだが、案外おとなしく話を受け入れていたのは、シャロンの孤児院管理の大変さを知っていたからかもしれない。囚われているひよっこ学生の数は、少なく見積もってもおおよそ三十人といったところだから、彼らの衣食住の面倒を見るには、ちょっとした孤児院を新設するくらいの費用がかかる。

この街で戦うルティアは力不足を嘆いていたが、自分たちには旅で培ってきた伝手と経験があり、その後押しをできる。

「孤児たちの衣食住の問題は、シャロンさんの問題を解決した時と似た構図ですからね。貧しい村を出てアケントに自力でたどり着き、文字の読み書きができるようになった真面目な少年であれば、喉から手が出るほど雇いたい人たちがたくさんいるはずです」

北の狼という単語から思い浮かんだのはエーブとデバウ商会のことだった。

シャロンの孤児院を併設する修道院建設の際、エーブから資金を引っ張り出したのがまさに、孤児院にいる読み書きのできる優秀な子供たちを将来優先的に雇える、という交換条件だった。

エーブのところでもシャロンの孤児院規模を抱えられるなら、さらに規模の大きいデバウ商会ならば、もっと多くの少年たちに対して資金を出してくれるのではないかと思ったのだ。

「ヒルデさんたちデバウ商会は、元々販路を広げるために、ハイランド様に協力してくれていました。優秀な人手は常に欲しているはずです」

「新しい砦には、新しい兵士を置かないとならないもんね」

ミューリは頭の中で、陣取り合戦かなにかを思い描いているのだろうが、商会が支店を出してその地域に食い込んでいく様は、実際それとあまり変わらない。

「ルティアは驚いてた？」

街の中だけでは解決できない問題に、さっと解決法を導いたその手腕。とまで言いたいかどうかはともかく、ルティアにはなにかちょっとした対抗心があるらしいミューリは、戦果を確かめたがるようにそんなことを聞いてくる。

「感心はしてくれましたよ」

本当は、ミューリがいかにも喜びそうなくらいこちらの提案に戸惑っていたが、ルティアの名誉のために黙っておく。

　それにルティア自身で解決策が見出せなかったからといって、ルティアの能力が低いことを意味しない。単に自分たちはルティアと違う旅をしてきただけのことなのだ。

「ふん。なら、とりあえず問題は解決しそうだけど……」

　ミューリはルティアに自分たちのすごさを見せつけられてひとしきり満足したのか、ベッドに腰掛けてひと息つく。

　けれど、ひょいと両足を上げて胡坐をかくと、不満そうに胸の前で腕を組んだ。

「でも、ヒルデおじさんに手紙を出すのに、鶏の仲間の力を借りなかったんでしょ？　すっごく時間かかっちゃうよ」

　アケントからデバウ商会の本拠地である北の街までは、ずいぶん距離がある。人の世の仕組みに則って出した手紙がヒルデに届き、返事がくるのは、しばらく先だろう。

「ル・ロワさんの目がありますし」

「ん～……ル・ロワのおじさんなら、私と母様の正体を知っても驚かないと思うけど」

　確かに興味津々に、年代記など書かせそうだ。

「私たちはともかく、ルティアさんの正体まで知られたり、シャロンさんなども巻き込まれるかもしれません」

　ミューリは世の中の面倒な仕組みに、華奢な肩をすくめていた。

「じゃあ、次は兄様の味方を探す話だっけ」

本来ならばこの街の学者を探すつもりだったが、ルティアたちは無償に近いかたちで学位を授けてくれる学者たちを探しているとのことだった。ならば清貧を旨とする者たちだろうから、自分やハイランドの思想とも近いはず。

「ルティアさんが、心当たりのある学者さんに話を取り次いでくれると」

「お金儲けに興味のない人たちなんでしょ？　きっと力を貸してくれるよ。兄様と気の合いそうな妙な人が案外いっぱいいるってことには、驚くけど」

呆れたようにそんなことを言うミューリの肌がいつもつやつやなのは、その華奢な体に俗な欲望がたっぷり詰まって、常にはちきれそうだからだ。

「ただその人たちにも、なんだかややこしい問題があるって、ルティアは言ってるんだっけ」

散々狭い場所に潜り込んでいた反動か、ミューリはベッドの上で猫のように体を伸ばしながら、そんなことを言った。

「どんな教授たちであろうとも、街に呼び寄せるとなれば、どうしたってお金がかかりますからね。食事や、宿泊先、それに最低限の授業料。さらには新しく教授組合に加盟するのに必要な、組合加盟費用も工面しないとなりません」

「……」

面倒臭い話、とミューリは顔に大書している。

「ですから、ルティアさんたちの境遇や思想に共感は示してくれても、他の街ですでに根を張っている人を連れてくるのは、容易ではありません」

しかもアケントの教授たちの既得権益を壊す目的でくるとなれば、並大抵の覚悟では務まらない。ルティアたちは候補者の何人かと長いことやり取りをしているらしいが、遅々として話が進展しないらしいのもまた、理解はできる。

「兄様みたいな暑苦しい正義感に満ちてる人たちなんだったら、薄明の枢機卿様と銀の騎士と一緒に悪い教会をとっちめられるって教えたらいいんだよ。すぐに飛びつくと思うけど」

薄明の枢機卿という単語に、わざとらしく様をつけたこともそうだし、銀の騎士とは誰のことかと問うのも馬鹿らしい。

それに世の中の人はあなたほど無鉄砲なのではありませんよと言いたかったが、おてんば娘には理解しがたいことなのだろう。

「あ、いっそ、兄様がその教授っていうのになってみたら？」

「はあ？」

なにをまた馬鹿なことを、と冷たい目を向けても、ミューリはどこ吹く風。

「そうだ、それがいいよ！　だってそしたらルティアに学位？　とかいうのをすぐに渡せるし、ルティアはそれを使っておうちの問題を解決して、私たちと一緒に砂漠の国に向かえるもの！」

冒険を愛してやまないミューリの視線は、すでに太陽の昇る地平線の向こう、はるかかなたの砂漠の国を見つめているらしい。

「あー、でも、そうなると兄様がルティアのお師匠さんになるのか……」

ふと、ミューリは唇と狼の耳を曲げている。

「それは、嫌かも」

学問の子弟関係をどんなふうに考えているのかわからないが、ミューリはなんであれ、自分の縄張りにほかの狼が入ることには落ち着かないものがあるようだ。

「カナン君だってもやもやするのに」

薄明の枢機卿を絶賛してやまないカナンに、ミューリはなんだか面白くないものを感じ取っているらしい。普段はあんまり興味を示さないおもちゃでも、誰かが欲しがった途端に確保しようとする子供そのままだ。

「そういえばそのカナン君にはお手紙出したの？　兄様ときょーかいの合戦のお話を調べてくれてるんだよね？」

「合戦ではなく、公会議です」

きょーかいと適当な発音をしているので、馬上槍試合に参加できなかった腹いせに、公会議の議場で剣を振り回す妄想でもしているのかもしれない。

「カナンさんへは、ウィンフィール王国から出立する前に、アケントへ向かう旨の手紙を託していますよ。ですから今頃は手紙を受け取って、返事をしたためている頃ではないでしょうか」

百年に一度ともいわれる公会議という重大なことだから、調べるのにも手間取っているはず。神の御加護がありますようにとカナンに祈っていたら、ミューリはなんだか面白くなさそうな顔で、尻尾の毛球を指で抜いてぴんと爪弾いていた。

「お返事、ね」

その呟きの意味がよくわからずミューリを見やったが、ひと働きして湯浴みもして、すっかり気の抜けたらしい狼はもそもそと毛布の下に潜り込んでいる。

ほどなく寝息が聞こえてきて、自分はため息をつきながら、ミューリの脱ぎ散らかした服を片付けたのだった。

第四幕

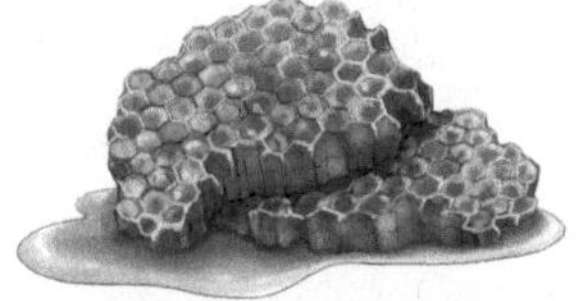

ミューリは囚われのひよっこをどっさり見つけてきたし、彼らの食い扶持もおそらく確保できる。さらには薄明の枢機卿と共に教会と戦えるのであれば、腰が重かった教授たちもこの街にきてくれるかもしれない。

ならば停滞していたルティアたちの戦いは一気に大きく動くだろう、とミューリは鼻息を荒くしていたのだが、それがもう十日も前のことだった。

「いつまでこうしてるの!?」

盲目の老人が手入れしている廃礼拝堂に、ミューリのそんな声が響き渡った。

集まっている者たちの頭の上に埃が落ちてきそうな勢いだが、ルティアはあくまで冷静だ。

「デバウ商会から返事がまだきていない。一度は助け出したのに満足な食事も寝床も与えられないのであれば、再びひよっこたちは兄貴分たちのところに戻ってしまうし、私たちの信用にも関わる。それに一人や二人、ばらばらに助けたところで、南の鷲たちを警戒させるだけだ。やるなら一気にやらなければ意味がない」

「でももうすっごく待ったよ！　せっかく探したのに場所を移動しちゃうかもしれないし、新しい人たちが捕まってるかもしれないんだよ!?」

せっかちなミューリにしては、十日間はずいぶん頑張って我慢したほうだと思う。

それでなくとも、アケントは南の地方に数えられる土地にあり、日一日と過ぎるごとに夏がぐんぐん近づいているのを肌で感じていた。

雪の中でさえ大喜びで駆け回る少女には、ただでさえじっとできなくなる季節の到来だ。

「そうしたらまた探してくれればいい。ミューリならできる。そうだろう？」

血気盛んな少年たちをまとめる長として、はやる者をなだめる場面には慣れているのだろう。

ルティアは噛んで含めるように言うのだが、正論程度ではおてんば娘の激情は収まらない。

「ルティアの馬鹿！　尻尾はダニだらけ！」

「ん、なっ……」

「ミューリっ」

呼び止めるが、ミューリは廃礼拝堂から走って出ていってしまった。

ルティアはミューリの悪口に呆気に取られていたが、ふと、尻尾を出して毛並みを確認していたので、毛皮を持つ者には特に効く言葉のようだった。

「後で叱っておきます……」

そう言うと、ルティアは尻尾から手を離し、ちょっと慌てていた。

「いや、不甲斐ないのはこちらのほうなのだから」

言いつつ、最後にもう一度尻尾の毛並みを確認してから、ルティアは尻尾をしまっていた。

「君たちがこなかったら、大規模な救出なんていう想像すらしなかったはずだ。それに、君の隣にいるのも、また人ならざる者だ。教会との戦いでは、歯がゆさがあっただろう？」

どちらかといえば、その歯がゆさはミューリが感じるものだろう。

それに、聖職を志す者としては鉄板の返し方がある。

「聖典を読んでいるくらいですから、そういうことには慣れていますとも」

文字に書かれているだけで、一度も人を助けてくれたことのない神様。

聖典を読む者で、そんな恨みとも悪口とも取れる言葉に信仰を揺さぶられなかったことのない者は、存在しないだろう。

ルティアは目を丸くし、肩を揺らして笑っていた。

「この話は、君たちの神への批判に繋がりそうだからやめておこう」

賢明な狼の提案に、自分も笑ってうなずいておく。

「それより、今日集まってもらったのはほかでもない。早馬で協力者の学者に手紙を出した返事が戻ってきたんだが」

期待に心が動いたが、手紙を差し出すルティアの表情で、なんとなくその内容が推し量れた。

「君たちのことを直接書くのは危険だったから、教会の不正と戦うために手を貸してもらうのはどうか、と話を振ってみたが」

手紙を開くと、そこには人に見られるのを避けるような忙しない筆跡で、文章がしたためられていた。

「貧しく優秀な学生を苦しめるために学識を振るう強欲な者とは戦うつもりでも、教会とはそのつもりがない……」

かいつまんで言えば、そんなことが長々と言い訳がましく書かれていた。

「苦労して自由学芸を修め、さらにその上の教会法学の道に進んだ者ならば、目指す先は高位聖職者か、どこかの貴族の私設礼拝堂の司祭だろうからね。教授組合で取っ組み合いをするのは誇るべき実績になっても、教会を相手に揉めるのは汚点になるかもしれない」

疲れたように長椅子の背もたれに腰掛けるルティアに、自分は手紙を畳んで小さく息を吐く。

「誰が見ても明らかな教会の不正が生きながらえてきたのは、こういう事情の積み重ねでしょうから」

「その歯がゆさも慣れたものか」

「残念ながら」

そう答えてから、もう一度手紙に視線を落としたのは、歯がゆさを感じながらも旅を続けてきて、困難に食らいついて解決してきたからだ。

「けれど、少し提案があります」

「提案？」

「こちらの学者さんですが、ずいぶんお若い方のように見受けられます」

ルティアが驚いたように背筋を伸ばしていた。

「なぜ、わかる？」

「言い回しが最近の聖典注解によくみられるものですから。多分ですが、まさに今、声を張り上げて世の真理を説くことで存在を示そうとしている人なのではないでしょうか。そうであれば、聖職禄を得ることを優先させてしまうのも、仕方ないのかもしれません。ですから」

と、自分はどこかミューリの筆跡にも通じる手紙の文面を見て、言った。

「もっと年を召された方たちに話を持ちかける、というのはどうでしょう。もはや俗世よりも、天上を眺めることに時間を費やしているような方たちです。血気盛んな若手の学者よりも、白髭と朴訥な語り口の老学者であれば、この街の教授組合も受け入れやすいのでは」

最初からアケントにはびこる学問をめぐる不正をひっくり返すのではなく、まずはくさびとしてそういう学者を送り込む。そしてその小さな穴を、ゆっくりと広げていくという方法もあるのではないか。

「なるほど……。既得権益と戦ってくれる者だから、気骨のありそうな強そうな者を探していたのだけど……弱いからこそ潜り込める、ということもあるか」

ルティアは言って、小さく笑った。

「ミューリの兄とは思えない慎重なものだけど、確かにそうだ。どうも私も、戦いには剣を、と考えてしまう」

「どちらかというと、なぜ私の妹があんななのか、と言いたいところなのです」

それには、ルティアははっきり声を出して笑っていた。

役に立てそうで良かったと、手紙を畳んでルティアに返そうとして、手を止めた。

「どうした？」

手紙を受け取ろうとしたルティアが、不思議そうにこちらを見る。

「この手紙に、お返事を出させてもらっても？」

きょとんとしたルティアは、案外幼く見えた。

「私がアケントに送り出された理由のひとつに、世の顕学と一度渡り合ってみて実力を試せ、というものがありまして」

その点、意気軒高なこの手紙の差出人であれば、相手に不足はないだろう。

そしてミューリの書いているたわごとの騎士物語には、戦いから友情が芽生える例も少なくない。

「それは……構わない、けれど」

ルティアはずいぶん戸惑っていたが、それもそうだろう。とはいえ了承をくれたことに礼を言って、胸元に手紙をしまっておく。

そこに昼を告げる教会の鐘が鳴り、ルティアは天井を見上げてから、こちらを見た。

「ちょっと用事があるので失礼する。協力者を探す件では、少し新しい道を探してみよう」

「デバウ商会からの返事がありましたら、すぐにお知らせします」

ルティアはうなずき、ミューリに謝っておいてくれ、と言い残して廃礼拝堂を出ていく。さて自分もと思ったら、入れ違いにル・ロワがやってきた。

「やあすみません、遅れまして」

ル・ロワにも今日の集まりのことは伝えておいたが、街の書籍商と約束があったらしいのでこられないと思っていた。

「おや、妹様は？」

「問題がさっさと解決できないことに焦れて、飛び出していきました」

ル・ロワは大きな腹を落っことさないように手で押さえながら、笑っていた。

「賢者の狼が時間をかけて戦ってきたことです。一朝一夕にいくものではないでしょう」

飽きもせず書いている騎士物語では常に快刀乱麻、いや荒唐無稽に難問を解決して冒険している話ばかりなので、それが悪影響を為しているのかもしれない。

「とはいえ、街の人たちのほうもずいぶん焦れているようです」

朝から街を精力的に歩き回っていたのだろう。ル・ロワはよっこらせと、長椅子に腰を下ろしていた。

「本の作成に携わる商会や工房は、大学都市でも花形といえる教会法学の教科書がいっこうに決まらなくて、そろそろ我慢の限界のようです。いよいよ北の狼たちの抵抗運動に、白い目を向け始めているようで」

横暴な南の鷲たちをどうにかしたいのは、決してルティアたちだけの思いではない。市政参事会には、街の治安のために南の鷲たちの横暴を押さえつけたい者がいるし、純粋に学問の発展に期待している貴族の有力者などもいて、ルティアは的確にそういう者たちを味方につけていた。そのためにどうにか踏ん張れている、というところなのだが、春を迎えて初夏も近いこの季節になり、なお教科書が決まらないというのは街のあちこちに確実に軋轢を生み出しているようだ。

「教科書博打に辟易している商人や職人たちでさえ、いつまでも教科書が決まらなければ、稼ぎが得られませんからね」

そういう圧力に屈し、なし崩し的に既存の教授陣の講義が始まってしまえば、再び教科書は恣意的に決められ、学位授与には高額の贈り物が要求されるようなことになる。そうなればルティアたち貧しい学生たちは、再び忍従の日々に叩き落とされる。

ルティアに手を貸そうと思うのは、彼女がミューリと同じ狼の化身だからというわけではない。正義は明らかに、ルティアたち貧しい学生の側にあるからだ。

けれど廃礼拝堂に落ちたわずかの沈黙ののち、ル・ロワはこう言った。

「コル様、我々の目的を見誤りませんように」

髪の毛にだいぶ白いものが交じっているル・ロワが苦言を口にするのは、これが初めてではない。年長者の勧めとばかりに、ミューリのいないところで、こう言うことが多くなった。

ルティアとその仲間の学生たちが抱える問題は確かに正すべきことだが、それにかかずらいすぎれば、もっと大きな目的を見失う。自分たちはあくまで教会を糺すため、聖典の印刷に使う紙の確保と、開催されるかもしれない公会議で共に戦ってくれるための仲間を、探しているのだから。

新大陸捜索のため、砂漠の国に残された古代帝国の知識を持つ者を探すことでさえ、ルティアを諦め、他の大学都市にいる誰かを雇うほうが早いかもしれない。

だからまだ荷物をまとめないでいられるのは、デバウ商会の返事を待つのと、この街に自分たちがいると伝えてあるカナンからの返事を待つ、という口実があるからだった。

「……書籍商のかたたちはどうですか？　公会議の話は嗅ぎつけている感じでしょうか」

ル・ロワの苦言に正面から答えられず、話題の接ぎ穂のため、とにかくもそう口にした。

「いくら耳の早い彼らでも、さすがにまだその段階にはなさそうです。けれど教会文字で記された本の在庫については、だぶつきつつあると、誰もが感じているようでした。聖典が俗語に翻訳されてしまえば、教会文字を学ぶ理由の多くが消えてしまいますし、なんなら教会文字を学ぶ際の最強の教科書にもなりえますからね。その知らせは明らかに、教会文字にまつわる知識の独占を揺るがすはずでしょう」

つまりここで俗語版の聖典を一気に広められれば、教会文字という知識を独占し、教会の権威をほしいままにしていた者たちの牙城を崩せることになり、それはひいては教会の居丈高な態度にも打撃を与えるはずだ。

日々アケントの書籍商たちから情報を集めているル・ロワは、その空気を自分よりもよほど敏感に感じ取っているのだろう。だからこそ、一刻も早く俗語の聖典をばら撒くべきであり、そのための紙を是が非でも確保すべき、と思っているのだ。

そもそも自分はたまたまこの街に立ち寄った旅人にすぎず、ルティアたちをずっと助け続けることはできない。遠からず次の旅に出なければならないのならば、見切りは早くつけなければならない。

ル・ロワもひよっこたちの境遇には憤慨しつつ、商人として磨かれた感覚が、この問題の根深さと厄介さを見抜いているようで、教会を巡る世間の流れも見て旅の道筋を計算している立場から、はっきりそうとは言わないが、ここ数日は明らかに、商人らしい「正しさ」に傾いている。

もちろんそれが悪いとも言えないため、自分は重いため息をつくほかない。

「私はコル様の旅の支えを買って出ましたから、コル様の決断には従いますが……時間は誰にも平等です。しかも、過ぎた時間を戻すことは、神にもできません」

「……はい」

子供の頃に一緒に旅した時も、道々こんなふうに諭された気がする。

ル・ロワも同じことを思ったのか、ふと優しげに微笑んで、空気を入れ替えるように明るくこう言った。

「では慌ただしくて恐縮ですが、私は交易商人の隊商が街にくるそうなので、そちらのほうに」

わざわざ廃礼拝堂に立ち寄ったのは、ルティアの件に入れ込みすぎないようにと、釘を刺しにきたのかもしれない。

「大陸の内陸側の様子を聞きにいってきます」

ル・ロワは自分に無理に決断を迫ることはなかったが、はっきりと次の旅のための準備に移行している。頼りがいがあり、信用もできる得難い旅の協力者ではあるものの、物事の判断のしかたは決して自分と同じではない。その判断を冷たいものと感じてしまう、あるいはなにか裏切られたような気分になってしまうのは、自分がまだまだ子供だからだ。

「よろしく、お願いします」

自分も椅子から立ち上がり、待つしかない己の不甲斐なさが顔に出ないよう努めながら、ル・ロワを見送った。狭い路地を窮屈そうに歩いていくル・ロワの背中が見えなくなる頃、はす向かいの路地から、見慣れた少女が顔を出した。怒って飛び出していった手前、廃礼拝堂に入るのも気まずくてそうしていたのだろうと思ったら、ミューリは確かに若干の不機嫌さを残した顔ながら、口にしたのはこんな言葉だった。

「兄様、お昼ご飯は？」

「……」

ミューリにはすぐに返事をせず、無人となった廃礼拝堂の鍵を閉めた。

「食べ足りないんですか？」

ミューリに近づくと、自分の鼻でもわかるくらいに炭火の匂いがする。廃礼拝堂を飛び出して大きな通りに出て、ぷりぷり怒りながら露店を覗いて買い食いしてきたに違いない。

「兄様のことを心配してるの！」

「わかってますよ」

ミューリがルティアに怒っていたのも、いくらかは自分のことを心配してくれてのものなのだろうとわかっている。ミューリくらい敏ければ、自分がル・ロワからの合理的な意見と、ルティアを助けるべきという気持ちの板挟みになっていることがわかっているだろうからだ。

そして、心配ごとがあればすぐに、情けない兄は食事が喉を通らなくなるとも知っている。

そんなミューリを前に、ル・ロワとの直前のやり取りをどうにか表情に出さないように努めていたのだが、歩き出してほどなく、自分はいつの間にかミューリと手を繋いでいることに気がついた。

その手と隣のミューリの顔を見比べると、ミューリはずいぶん渋い顔をしていたので、どうやらこちらから無意識に、ミューリの手を取っていたらしい。

「兄様は、ほんとに甘えん坊さんだね」

そんな台詞をミューリに言われる日がくるとはと、苦笑いも引きつってしまう。

「あなたがまた走り出さないか、心配なんですよ」

ルティアの尻尾をダニだらけと罵ったことも含めて、ちくりと針を差す。ミューリはたちまち肩をぶつけてきたが、手を離しはしなかった。

「兄様は甘えん坊さんな上に、ほんっと意地悪だけど」

憤慨した様子のミューリは、それから膨らませた革袋がしぼむように、言葉を吐いた。

「ルティアを見てたら、母様が父様との旅をやめちゃった理由がちょっとわかったかも」

「え？」

隣を歩くミューリは、意気消沈しているというより、いくらか歳を取ってしまったかのように見えた。

「だって、私やルティアが本気を出したら、この街の問題にはさっさと白黒つけることができちゃうはずでしょ？」

細かいことを気にしないのであれば、それは事実だ。

「同じようにさ、母様が昔の父様との旅で本気を出してたら、ハスキンズおじいさんがそうしたみたいに、あの間抜けな父様を王様にだってできたはずだもの。でも、そうはしなかった。だよね？」

指で唇を吊り上げて牙を見せたルティアは、今の世でこれは役に立たないと言った。

だからルティアがこの街でできるのは、せいぜいが従えた街の野犬を南の鷲たちにけしかけることくらい。それも領主の狩りに参加して犬の扱いに慣れていたから、などと言い訳を添えなければならない。

もしもその狼の力を存分に発揮していたら、それこそ南の鷲たちを一人ずつ亡き者にして、彼らの影響力を一掃することもできる。いや、なんならルティアの名を授けてくれた領主たちのため、領地を狙う者たちを直接牙にかけ、教会法学を学ぶなどという迂遠な方法を取る必要もなかったはず。

けれどルティアはその道を選ばず、あの青の瓢亭にて指揮を執っている。

それは、狼として血塗られた道を一直線に駆け抜けたところで、たどり着ける先は限られていると理解しているからなのだ。鋭い牙と爪を剝き出しにしていては、優しい領主夫妻と暖炉の前で暮らすことは決してできないと、知っているのだ。

歯がゆい、と何度か口にしていた。

ルティアは実際に、その口の中に牙をしまい、閉じ込め、歯を食いしばっている。

「村の外には広い世界があってさ、父様と母様は元々その広い世界で楽しく冒険してたって言うでしょ？　なのになんであんな山奥に引っ込んだんだろうって、私はずっと不思議だったんだけど、ルティアを見てたら、ああそういうことなのかって」

自分の旅にミューリが無理やりついてくることを、母である賢狼は意外なことに後押ししているようだった。

ミューリはそれを、間抜けな兄が世知辛い世の中でひどい目に遭わないように、賢い妹の助けが必要だからと思っているようだし、自分も賢狼ホロはそういうお節介を焼いているのだと思っていた。

けれど自分はようやく、あの亜麻色の尻尾に宿る真意に、いくらか気がつけた気がした。

自分の側にいれば、ミューリは牙と爪でできることの限界を学んでくれると思ったのではなかろうか。どれだけ速く走れようとも、共に旅をする者がついてこられなければ意味がないということを、あるいは、共に走る仲間のいないこの世界では、牙と爪に頼ることはずっと一人であることを意味するのだと、学ばせるために。

「でも……」

と、ミューリが繋いでいる手に力を込めてきた。

「ルティアはどうして、あんなに強く我慢できるんだろ」

十日間ひよっこたちの救出を辛抱した挙句、捨て台詞と共に廃礼拝堂から飛び出してしまったミューリなので、心底からの言葉だろう。

これまでの旅でも、少なからぬ人ならざる者と出会ってきた。彼らはしっかり今の人の世に溶け込んでいたが、どこか半身は人の世界から隠していた。

けれどルティアはどっぷりと人の世に浸かり、その中で懸命に嵐に立ち向かっている。

非力な人の体に歯噛みすることは数知れないはずで、不機嫌になるとすぐに唸って牙を見せてしまうミューリには、その忍耐力は恐れすら抱くようなことなのかもしれない。

「ルティアさんは、優しい方なのですよ」

「……」

この街で学位を取ろうと奮闘する中で、世の中のあっちこっちに理不尽が居座っていると理解する。けれど暖炉の前で髪を梳られ、誰かに優しくされることを知ったルティアは、力での解決は誤りだと信じている。だから自身が領主夫妻にしてもらったことを、知り合った仲間になそうとして、貧しい学生たちを助けて回っている。

群れ、とルティアはよく口にする。

こぶしひとつ分ミューリより背の高いルティアには、それだけ遠くが見えている。

そんなルティアの姿を見て、ミューリもたくさん学んでくれたらいい。

そして自分は、いくらかでもルティアの力になれたらいい。

そう思っていたら、隣からこちらを見上げるミューリの視線に気がついた。

「兄様も優しいだけじゃなくて、ルティアの強さをちょっとは見習わないとね」

「え……」

呆気に取られたし、言い返せなくて、たちまち反省した。ミューリが学んでくれたらいいなんて思っている場合ではなく、自分もまた未熟な身なのだから。

なんならここ最近のル・ロワとの考えの違いは、まさにその証明だった。

「……あなたの視点があるおかげで、私はずいぶん学びを得られているようです」

ミューリの目がちょっと丸くなったのは、案外素直に受け入れるじゃないか、という驚きだったのかもしれない。仔狼はにっと笑い、こちらの腕に頬を擦りつけ、それからぎゅっと腕を絡ませてくる。

「じゃあねえ、街のおっきな通りにね、おいしそうな鳥料理を出すお店があったんだけどなあ」

人目がなければ尻尾を出してぱたぱた振っていることだろう。

まったくもうとため息をつきつつ、ルティアとのことはあまり引きずっていないようでほっとする。

「食べすぎてはだめですよ」

「はあいっ」

返事だけはいつもいいのだと呆れ笑えば、そんなミューリがふとこちらの胸元をじっと見ていた。

「なんか……ルティアの匂いがするんだけど」

まるで密輪を決して許さない、市壁の門番だ。

「ああ、手紙です。協力を要請している学者さんから返事がきたそうなのですが、その説得のお返事に、私が筆を取ろうかと」

戦って実力を試してみればいい、なんて出発前には言われていた。

ミューリもその時にけしかけたことを思い出しているのか、すんすんと服の上から手紙の匂いを嗅いで、ふんと鼻を鳴らしていた。

「あなたに隠しごとはできなさそうですね」

ニョッヒラの湯屋でも、元行商人は賢狼にしょっちゅう詰められていた。

「ふん」

小さな賢狼は得意げにもう一度鼻を鳴らし、胸を張る。そうしてふたりで昼食を取った後、鉄と羊亭に戻ったところで、ミューリの足が入り口で止まる。

「どうしました？」

宿の扉の向こうをなんだか複雑そうな顔で見つめていたミューリは、ここ最近では珍しく繋ぎっぱなしだった手を離し、不服そうに腕を胸の前で組んでこちらを見る。

「ほらあ、お手紙なんて寄こすはずないじゃない」

「？」

突然なんなのかと思うが、ちょっと前にミューリはそんなことを言っていた気がする。

「それに……なんだろ。なんだかすっごいはしゃいでる子犬みたい」

鼻をひくひくさせるミューリに、あなたがそんなことを言うのですか、という言葉を飲み込みながら宿の扉を開ければ、すぐにその意味が理解できたのだった。

「コル様！」

まだ閑散とした一階の酒場で卓についていた人物が、椅子を蹴倒さんばかりに立ち上がる。ジャンを探す時に知り合った護衛もこちらを見て、静かに目礼を向けてくる。

「カナンさん……？」

「こちらでの進捗はいかがですか？　いえ、まずは私のお知らせを——」

と言い募ろうとしたカナンを、寡黙な護衛が押しとどめていた。

「部屋にて」

旅の埃をたっぷり顔にくっつけたカナンは、それでようやくはっと我に返っていた。恥ずかしげに咳払いなどして、居住まいを正している。

このカナンも自分の前ではずいぶん猫を被っているようなことを、ハイランドが言っていた。

そしてどうして、自分のことを褒めるカナンにミューリが尻尾を膨らませがちなのか、なんとなくわかってきた。

「朗報があります」

さあ、早く部屋に参りましょう、と目を輝かせているカナン。

なるほど子犬だと、やや気圧されながら思ったのだった。

顔には埃の跡がくっきりと見え、部屋に向かう途中にはその靴と膝までがずいぶん泥だらけなことにも気がついた。おそらく多少の悪天候では足を止めることもなく、一直線にアケントを目指してきたのであり、むしろ屈強な護衛のほうが、表情の影に旅相応の疲れを滲ませていた。

部屋に入り、ミューリが木窓を開けた途端、カナンの口も開かれる。

「公会議です！」

その勢いに、四辻で荷馬車にぶつかりかけたことを思い出す。

カナンの目の輝きようは、多分旅の疲れでかえって興奮しているからだろう。

その後ろではミューリが護衛に椅子を勧め、護衛はやれやれと腰を下ろしていた。

ミューリの与太話を散々聞かされた後の自分もあんな感じなのだろうと思っていたら、カナンの目がじっとこちらを見つめていた。

「公会議です、コル様」

熱に浮かされたように話すカナンは、ずいぶん若々しく見えた。もしもミューリに双子の兄がいたら、きっとこんなふうだったに違いないとすら思うほどに。

「……悪い話では、なさそうですね」

ひとまず落ち着かせようと口にした言葉に、カナンは大きくうなずいて顔をほころばせる。

「はい、まったくそのとおりです。このことを一刻も早くお伝えしたく！」

ウィンフィール王国からアケントまで、ずいぶん南に下ってきたとはいっても、教皇庁のある土地まではまだかなりの距離があるはずだ。気軽に行き来できる距離ではないのだから、カナンはよほどのことを教皇庁で摑んできたのだろう。

「公会議の話は本当でした。ほぼ確実に、開催されるはずです」

百年に一度ともいわれる、教会の中で最も大きな方針を決める公会議。議題は間違いなくウィンフィール王国との争いと、世間の風向きが逆風となっていることだ。

しかし、自分がそこに敵として呼ばれることを思えば、慎重になってなりすぎることはない。

「私としては、悪い話ではない、ということを確かめる必要がありそうですが」

ある日王国のラウズボーンにやってきた不穏な旅人は、公会議に薄明の枢機卿を呼びたいと言って、口を閉じたという。重大な会議に敵を呼ぶその理由とは、なにか。

いくら自分がお人好しの間抜けでも、穏便な話し合いを期待するはずもない。

カナンは、こう言った。

「教会の中枢部は、瓦解寸前なのです」

まさにその中枢にいる神の僕が、嬉しそうにそんなことを言う。

許されざる異端の思想と思うには、カナンの生真面目さを知りすぎている。

「聖典にはこう記されています。新しい酒を、古い革袋には入れるなと。悪しきものが崩れ、清きものを再建する好機が、神から我々に手渡されようとしているのです！」

「それは」

自分が視線を向けたのは、あくまで冷静な護衛のほうだ。ミューリから飲み物を手渡されていた護衛は、こちらの視線に気がついて、うなずいた。

その直後に聞こえた、ごとり、となにか硬いものが動いたような音は、運命の歯車が回り始めた音だろうか。いや、自分の固唾を呑む音だと気がついたのは、カナンの両手を知らず握り締めていたからだ。

「コル様の戦いは実を結ぼうとされています。正しいことを正しいと叫ばれた残響は、間違いなく大陸側にも響き渡り、多くの人たちの胸に届いているのですよ」

カナンはそう言って、胸元から薄い冊子を取り出した。

何度も読み返しているのがよくわかる、くたくたになったその紙束。

「コル様が勇気をもって町で配布されたという、聖典の俗語翻訳の抄訳です。私は教皇庁に戻る道すがら、立ち寄る道中で幾度もこの写本を見かけました」

不思議なことだが、情報は旅人よりも早く届くことがあるらしい。

それは、ニョッヒラから出てきた自分たちが、初めてハイランドと共に土地の教会と戦った時に配ったものだった。

こんな遠くの土地にまでその冊子を運んでいるのは、それだけ強く教会の横暴をおかしいと思う人たちがいるせいだ。

教会を糺すなど大きすぎる夢であり、無謀とさえ言えるような戦いだと思っていた。

しかし決してこの旅は、無駄ではなかった。

「えほん！」

カナンと手を取り合っていれば、わざとらしい咳払いが挟まった。そちらを見やると、こんな時ばかり男の子に呆れる女の子の顔をしたミューリが、むすっと壁に寄りかかっていた。

「コル様、あなたは公会議に赴くべきです。そして」

と、敬虔なる信徒は言った。

「神の鉄槌となるべきです」

清きものを創りあげるため、悪しきものを壊すために。

「しかし準備は周到にする必要があります。この好機を逃せば、二度と教会を立て直すことはできないでしょう。失敗は許されません」

ミューリの冷たい視線を振り払うように、カナンに向き合った。

「はい。心得ています」

「して、この街をいつ発てますか？」

戦いに赴くにはやるべきことが山とある。

そう言わんばかりのカナンの発言に、自分は「実は」と現状を話したのだった。

アケントにおける富裕な学生と強欲な教授たちの共生を断ち切り、貧しい学生たちのために学問を巡る仕組みを根底からひっくり返さねばならない。そのためには清貧の思想に共感してくれる新しい教授陣を、街の教授組合に押し込まねばならない。

そのルティアの考えに共鳴してくれる者はいるものの、現実問題としてそうそう簡単に移籍できるものではない。なぜなら、敵だらけの教授組合に果敢に立ち向かい、貧しい学生たちを集めて無私の精神の下に教えを授けられる者が、一体どれだけいるのだろうか。まったく同じ働きをしても、富裕な学生たちを相手にすれば、講義の謝礼は大きく、学位授与の際には高価な贈り物をされ、なんなら彼らが故郷で家督を継いだりひとかどの人物となった際には、高給で名誉ある地位に雇われるかもしれないというのに。

ルティアが狼の化身であること以外をすべてカナンに話し終えるその合間に、ミューリはカナンたちのために階下の酒場で作ってもらった食事を運んできた。それから一緒に脂の滴る豚肉に嚙みつこうとしたところ、カナンが膝を強く叩いて立ち上がる。

「問題ありませんっ」

そしてもう一度、「問題ないはずです」と言った。

「大学都市ではいささか学問を妨げるような問題が蔓延していると耳にしましたが、まったく、そんな下賤な思想に毒されているとは」

額に手を当てため息をつく様には、高貴な生まれゆえに身についた優雅さがある。

とはいえカナンが問題ないと言いきる理由は、わからない。本当に話が伝わったのだろうかと気を揉んでいたら、神童とさえ称されているらしい少年は、こんなことを言ったのだ。

「そういうことでしたら、私の仲間が喜んで力を貸すはずですから」

「え？」

思わず聞き返してしまったのだが、すぐにカナンの考えを理解した。

なぜなら、顔を埃だらけにし、一刻も早く朗報を告げたいと旅路を急いできたこの少年は、家系図に教皇の名前が何人も記載されるような家の生まれなのだった。しかも彼が働くのは、教皇庁の中でも、最も学識の集まる場所だ。

「物欲にまみれた教授の代わりに、金銭の見返りを求めず講義ができる人ということですよね？　でしたら私たちのところにいくらでも候補がいますとも。講義の費用や、ましてや贈り物など必要ありません。むしろ神学について滔々と語り、それを熱心に聞いてもらえるなど、その職をめぐって争いが起きるかもしれませんよ」

迷宮のような教皇庁の書庫にて、教会が取り扱うすべての文書の管理をするというカナンたち。教会の中でも目立たぬ部門であり、学識に満ちた者が多いせいか、神の正しい教えを真面目に守っている者たちばかり。おかげで金銭が物を言うことの多い教会内では、まったく力を持てなかったらしい。

当然、そのほとんどが高貴な家の生まれであり、日々の生活費や、将来の勤め口などに汲々とする必要など一切ない者たちだろう。

しかも彼らは、教会の不正を糺す運動の一端となるべく、決死の思いでカナンをウィンフィール王国に送り込むという勇気を持つ者たちでもあった。

ならばミューリが言ったような、教会を立て直す戦いの一助になれるのなら喜んでこの街にやってくるという決意に満ちた学者の一団といえば、彼ら以上の存在もいないはずだった。

「すぐに手配いたしましょう。ちなみに街の教授組合とは、具体的にはどのような組織なのでしょう？　入会には口頭試問があるとも聞いたことがありますが、どのようなものかわかりますか？　完璧に対策を講じておきませんと」

そんなことを口にするカナンに引きつった笑みが出てしまうのは、カナンの同僚には、それこそ教科書に選定されるような神学書を著している者もいるだろうから。それでなくとも、大学のある都市から都市へと渡り歩く神学や教会法学の教授たちは、最終的には教会の高位の聖職禄獲得を目指している。

そこにまさに教会の中枢部から人が派遣されるというのだから、一体誰がその加盟を断れるだろうか？

「貧しい学生たちのために戦う気高き乙女に、ぜひお伝えください。我ら教皇庁書庫管理部門を代表し、持てる限りの学識を提供いたしましょうと」

こんな方法で解決して良いのかと戸惑ってしまうほど、これ以上の解決策はありえなかった。

「また南の鷲と言いましたか？　彼らの不品行は言語道断です。蛮行を親元に伝えるよう手配しましょう。まったく、行き場のない少年を捕らえて無理やり働かせるなど、悪魔の所業です！　いわんや学びの糧となる教科書にて博打を打つなどと！」

いきなり教皇庁を経由して息子たちの狼藉を知らされる親たちのことを思うと、他人事ながら身がすくむ。思わず、穏便に、と言いかけてしまう。

「教科書となりえる書物も、有名どころでしたら教皇庁の書庫には版違いの写本がどっさりありますからね。むしろ置き場に困っているくらいです。学生の方たちに使ってもらえれば神もお喜びになるはずですから、こちらも解決できましょう」

アケントの大通り沿いで、書籍を渉猟しながら会話を交わした書籍商のことを思い出す。

教科書の選定についてなにかわかったら情報を流してくれと言っていたが、こんな話をして信じてくれるだろうか。

きっと、貴重な砂漠の国の書物ではなく、お駄賃を渡されて追い払われるだろう。

「ただ、公会議に際して可能な限り多くのコル様のお味方を募る件については、検討が必要ですね。ルティア様と仰いましたか？　彼女の思想に共鳴している学者様のお名前を伺ったら、各地の教会の伝手をたどって探してみましょう。ル・ロワ様のお力も借りれば、俗語の聖典に強い興味を示している有力な貴族様も見つかりましょうから、戦いに備えて、万全の布陣を敷くことができるはずです！」

　ウィンフィール王国という地にあっては、いくらか心細そうにしている場面もあったカナンだが、大陸側では水を得た魚のようだった。権力のある組織機構に属しているというのは、こういうことなのだ。

「さあ、コル様、共に参りましょう！」

　まばゆいばかりに顔を輝かせ、手を差し出してくるカナン。

　この十日ほど歯がゆさばかりが募っていたところに、一気に解決策をもたらしてきた。

　これも旅の中で得た貴重な財産といえばそうなのだが、自分はどれだけ幸運な旅をしてきたのかと面食らう。

　目を潤ませるくらいに気が高ぶっている様子のカナンのその手を、しっかりと握り返す。

　そしてその興奮の有り様になんとなく見覚えがあると思ったのは、握ったその手が明らかに、熱を帯びすぎていたせいだ。

「っと」

　だから予感があって、体が素直に動いた。膝から崩れ落ちようとするカナンを抱きとめれば、熱意というものとは明らかに別の、高い体温が伝わってくる。

「ご迷惑を」

　ミューリと一緒に軽食を取っていた護衛が、呆れたように立ち上がる。その雰囲気は、猪が罠にかかったものの暴れるせいで近寄れず、力尽きるのを待っていた狩人のよう。護衛はこちらの手から主を受け取り、ひょいと肩に担ぎ上げてしまう。きっとどれだけ休養を言い募っても聞く耳を持たず、強行軍でアケントにやってきたのだろう。

「もっとも、こんなに生き生きとしているのを見るのは、悪くない気持ちですが」

寡黙な護衛はそう言って、ぎこちない笑みを一瞬見せる。教皇庁で鬱屈としていた頃のカナンと比べての言葉なのだろう。そしてまた無表情に戻って、黙礼する。

ミューリが部屋の扉を開ければ、熱に浮かされ、夢の中でまだ会話の続きをしているらしいカナンを担ぎ、のっしのっしと出ていった。廊下にまで出て二人を見送ったミューリは、やれやれといった様子で扉を閉じ、こちらを見る。

「本当に、女の子じゃないよね？」

お嫁さんにしてと言わなくなったものの、完全に諦めたわけではないらしい。

カナンを抱きとめたこちらの胸のあたりに顔を寄せ、すんすんと鼻を鳴らしてから、自分の匂いを擦りつけるようにしがみついてきたのだった。

自分の縄張りを確保し終わってからのことだが、ミューリはそれなりにカナンが心配なようで、見舞に部屋を訪れていた。必要なものはないかと聞いて、寝ていれば治るでしょうという護衛のにべもない言葉に、やや不満そうでさえあった。

カナンは本当は女の子なのではないかと警戒するくらい、自分の縄張りを荒らす者だとみなしている一方、アケントに出発前のエーブの屋敷では、一緒に地図を見て冒険を語り合っていた仲でもあるのだ。情熱を共有できる仲間の貴重さは、もちろん理解しているらしい。

ものを言いたげな顔でこちらを見るので、宿の店主に蜂蜜や果実など、疲れから熱が出た時によく効くものを差し入れてもらうよう、頼みにいった。

熱に浮かされている時でも油の滴る肉を食べたがるミューリは、そんな鳥の餌みたいなものじゃ元気にならないと喚いていたが、注文を書き留め終えた店主が請求書ならぬ手紙を差し出してきたところで、静かになった。

「先ほど届きましたよ」

受け取れば封蠟はエーブ商会の紋だが、使われている紙が上等な羊皮紙なので、ハイランドからだろう。早く開けようと急かすミューリと共に部屋に戻れば、やはりその手紙にはハイランドの文字がびっしりと詰め込まれていた。

「えーと……聖典の印刷の件についてですね」

安くない紙と輸送費がかかっているだろうに、前半部分は旅で不便はないか、怪我はしていないか、路銀は足りているか、ミューリは美味しいものを食べられているかなどの心配ごとで埋め尽くされており、後半にようやく、申し訳程度に用件が記されていた。

「順調に印刷の試験も進んでるから、早く紙を寄こせ、だってさ」

横から覗き込んでいたミューリが、乱暴に結論をまとめる。

「ほらあ、やっぱりさっさと南の鷲たちを蹴散らしたらいいんだよ」

人の世で人ならざる者が生きる、ということの意味をルティアの忍耐から学んだはずなのだが、やっぱりまだ狼の尻尾がちらちらと覗いている。

とはいえ、まどろっこしいことは大嫌いなミューリのみならず、ル・ロワからも、この街の問題とどこまで付き合うのかについて苦言を呈されている。

「カナンさんの提案を聞いたでしょう？　大きな進展になるでしょうし、デバウ商会からの返事もほどなくくるはずです。そうすればルティアさんも決断されると思います」

「う～……」

狼に戻って全員の尻に嚙みついて、鳥の足や鯨の背中に手紙をくくりつけて、はるか山の向こうまでも一瞬で手紙を届けさせればいいいと、ミューリの頭の中にはそんな手っ取り早い解決策が百もあるのだ。実際、今すぐにでも駆け出したいという気持ちを抑え続けているせいか、夜にせっせと書き続けている騎士物語の筆跡は、その不満が現れているかのようにやや粗めだし、寝相は荒れる一方だった。

「それより、カナンさんのお話をルティアさんにお伝えするのは、カナンさんが回復されてからとは思いますが……こちらで調べておいたほうが良さそうなことは、先に調べておきましょうか」

まずは教授組合の具体的な仕組みと、彼らの動向だろう。アケントの教会の腐敗度合いも、調べておいたほうがいいかもしれない。もしも教会が金儲けに勤しむ悪の巣窟なら、カナンたちが街に教鞭を執りにくると聞けば、異端審問かなにかだと余計な疑念を招くかもしれない。

この辺りはル・ロワに頼んで、とあれこれ思い浮かべていたら、ミューリがじっとハイランドからの手紙を見つめていた。

「おいしそうなお土産がくっついていないのが不満なのですか？」

呆れたように言うと、ミューリは狼の耳をぴんと立てて、尻尾をばさばさ振った。

「違うよ！　匂いが……」

「匂い？」

ついさっきも、カナンの匂いを上書きするようにしがみついてきたことを思い出す。

手紙にはハイランドの熱意がたっぷりこもっているから、縄張り意識がまたむくむくと頭をもたげてきたのかと思えば、それとも違うようだった。

ミューリは小さな鼻をこすり、もう一度手紙に顔を近づけて、大きく匂いを嗅いでいた。

「海……それと、腐りかけの木の匂い」

「？」

「それから、お馬さんの匂いに、乾いた風の匂い」

目を閉じたミューリは呟き、上等な葡萄酒を味わう食通のように、吸い込んだ空気を味わっていた。

「冒険の、匂い」

手紙はウィンフィール王国のラウズボーンで記され、船に託され、きっと馬の背の荷物に詰め込まれ、遠路はるばるアケントにまでやってきた。その都度違った匂いが染みついてミューリはその、複雑な匂いを嗅ぎつけたのだ。

「カナンくんも、手紙を寄こしてくれたらよかったのに」

ミューリの不満げな言葉は、手紙だったら教皇庁からアケントまでの旅程の匂いを嗅げたのにと言わんばかりだ。

「本人からはわからないものですか」

「鹿狩りの三日目みたいな匂いはしたよ」

興奮と疲労、ということだろう。

「遠くから旅してきた手紙は、こんな匂いがするんだね」

ミューリはそう言って感慨深げにしていたのだが、ふと、狼の耳を互い違いにぱたぱたさせていた。

「ん、あれ……じゃあ、あれは……？」

小首を傾げたミューリは、なにか思い出そうとして、思い出せないような顔をしていた。

「どうしました？」

「う、ん……」

手紙に食べたことのないご馳走の匂いでも見つけたのかと思ったが、ミューリはすぐにかぶりを振って、いつもの調子を取り戻す。

「それよりさ、早く次の冒険に出ようよ！　砂漠の匂いってどんななんだろうね、兄様！」

唐突な笑顔と言葉に驚くものの、そんな言葉には冷静な判断が働いた。

「砂漠には、向かいませんよ」

「……」

笑顔のまま、ミューリが固まっていた。夢見がちなミューリを前に、自分は頭を整理させて、やはりそういう結論にしかなるまいとうなずく。

そしてハイランドの手紙を見ながら、羽ペンとナイフ、それにインク壺を取り出した。

「カナンさんのお話にあったでしょう？　教会側は私たちが予想していた以上に内部で動揺していて、窮余の策で公会議と言い出しているという印象でした。つまり」

ハイランドへの返事の文面を、羽ペンの先をナイフで削りながら考える。

「公会議において、教会との戦いに決着をつけられる可能性が高いということです」

公会議の決定には教皇でさえ従わなければならないため、王国との争いに幕を下ろすにはまたとない絶好の機会といえる。だから聖典の俗語翻訳版を広く世にばら撒くことで教会への圧力を高め、万全の準備の上で公会議に臨み、王国との争いの終結、並びに教会の改革を飲ませる必要がある。

新大陸などという雲を摑むような話に手を伸ばしている暇はないし、エーブですら直接訪れたことのない砂漠地方に向かう必要だってない。

もっと現実的に、やるべきことがある。

「この街の問題について一応の決着を見ましたら、早急に紙の確保をして王国に戻らねばなりません。長きに渡った教会との争いに、いよいよ終結の兆しが見えてきたのですからね。たくさんの人たちが教会の改革に期待を抱いているのです。そして、私たちの旅にもいよいよ終わりが──」

とまで言ったところだった。

「旅が、終わっちゃうの⁉」

その細い喉からどうやって出したのか、という大きな声に、目の前がちかちかする。

振り向くと、目を見開いたミューリが、愕然とした顔でこちらを見ていた。

「旅が……終わ……」

この世の終わりのような顔をしているおてんば娘に、最初は驚き、やがて苦笑してしまう。

「そんなすぐには、終わりません。大丈夫ですよ」

羽ペンをインクに浸し、書き味を試す。

「公会議はものすごく大がかりなもので、今日とか明日に開催されるものではありません。それに聖典をたくさん印刷したら、それをこの大陸側の町々に配らなければなりません。さらには公会議での戦いに協力してくれるような、有力な人たちも可能な限り味方につけなければなりません。旅が終わるかもなんて心配は、ずいぶん先のことですよ。単に、私たちの目的地がついに見えてきた、というだけです」

ミューリにそう説明しても、反応は鈍いままだった。

もしかしたらこの若い狼は、旅がいつ終わるのかということではなく、旅はいつか終わるものなのだという事実そのものに、初めて思い至ったのかもしれない。

自分よりもよほど頭がよく回るのに、ミューリは時折、とんでもなく単純な世界観を抱いている。生まれた村から外に出て、見るものすべてが新しかったこの少女は、楽しい冒険が永遠に続くと信じていたのだ。

その無邪気な様子が微笑ましい一方、自分も子供の頃は似たようなものだったと、少しだけほろ苦く思う。

「ほら、そんな顔をしている暇はありませんよ。まずはデバウ商会からのお返事を待って、ルティアさんたちに協力し、ひよっこを助け出しませんと。まだまだこの旅には、いくらだって大仕事は残されているんですから」

そこまで言われてようやく、ミューリはいつか終わるかもしれない旅路の果てではなく、目の前の現実に戻ってこられたようだった。

「でも……砂漠は？」

「え？」

「砂漠に、行かないって」

焦点の合ってきた瞳には、恨みがましさが涙の形となって、鈍くぎらついている。

あまりに遠い旅の終わりから意識が戻ってきたかと思えば、今度は旅の向かう先に納得がいかないという顔だ。

「砂漠については、もしも新大陸の話を本気で追いかけなければならないという場合のことであって、公会議の話があるのでしたらこの場合は――」

「砂漠に行くって言ったのに！」

耳鳴りがしそうなほどの大声に、こちらの声など一瞬で掻き消される。

「兄様！ ねえ！ 砂漠！ 砂漠に行くって言ったのに!!」

こちらの肩を摑んで揺すってきて、近年まれにみる駄々をこね始めた。

「砂漠！ 砂漠の国！」

「ちょっと、落ち着いて……！ い、行くかどうかは、約束できませんが、公会議の保険として、新大陸のことを調べるのは続けますから……ですから、ほら、揺らさ……揺らさないで！」

「兄様！ 砂漠！ 行くって言ったじゃない！ 絶対に行くんだからね！ ねえ！ にーいー

さーまー！」

耳をきんきんに立て、尻尾の毛が雷に打たれたように膨らむ様は、久しぶりにニョッヒラの湯屋での騒ぎを思い出す。

こうなったら燃え尽きるまで放っておくしかなく、仔狼に揺すられたりしがみつかれたり引っかかれたりするのを信仰の力で耐えながら、早く大人になって欲しいと思ったのだった。

どんなに泣き喚いても翌日にはけろっとしているミューリと同じく、カナンも線が細そうに見えて少年らしい活力に満ちていたらしい。

一晩明ければ、剝きたての卵みたいなつやつやした顔に戻っていた。

「昨日はみっともないところをお見せしました」

旅と疲労からくる高揚感に浮かされていたことを思い出すのか、そう言って恐縮するカナンの耳は赤かった。

とはいえミューリの喚きようと比べれば、カナンは立派な紳士の部類だ。

「いえ、そんなことは……お体のほうは、もう？」

「はい、その点につきましては」

いつでも活動を開始できますとばかりに胸を張るカナンに、念のため後ろに控えている護衛に視線を向けると、呆れたようにうなずかれた。その渋い表情には、元気な子犬を連れているあなたも、よく似たようなことを目の当たりにするでしょう？　と同意を求めるような意味が込められている気がした。

「じゃあ、早速カナン君も一緒にルティアのところに行って、この街の悪いところを蹴っ飛ばして回ろうよ！」

我が家の子犬が、そんなふうにもう一匹の子犬に話しかける。

「はい。良い提案だと思います。神のお創りになられた世界について学ぶこの場所で、神も目を背けるような悪行がなされているなど、断じて許してはなりませんから！」

昨日の残り火が、ミューリに煽られて再び赤みを増していく。

おとなしそうに見えて、絶対に無理だと思われていたような計画を胸に抱き、薄暗い書庫から勇気だけを胸にして外に飛び出した少年なのだ。しかも心細かったはずの旅でも決して背中を丸めることなく歩き続け、ついにはその賭けに勝った、という実績まである。

カナンの張りきりようは、戦いに勝利した騎士特有の、未来への完璧な確信そのものだ。

「カナンさん。その前にお伝えしておきたいことが」

二頭の張りきる子犬を前に、言葉を挟む。

「ハイランド様から手紙が届いてましてして、聖典の印刷試験も無事に進んでいるということでした」

そのことを伝えると、カナンは良い知らせに驚きはしなかった。

計画が順調なことは当たり前といった感じで、鷹揚に微笑んでいる。

「神が我らに味方している証拠ですね。さあ、参りましょう！」

護衛と目が合うと、互いにやれやれとため息をつく。とはいえ意気軒高なカナンを止める理由もなく、自分たち四人はルティアのいる青の瓢亭に向かうことになった。

そこにル・ロワが加わっていなかったのは、先ほど部屋を覗きにいったら、ひどい二日酔いで倒れていたためだ。昨日届けられたハイランドの手紙に返事を出すべく、ミューリの喚き声を無視しながらしたためた手紙を、エーブの商会網を通じて王国に送るよう頼みに部屋を訪ねたのだが、ル・ロワの部屋は酒の匂いに満ち満ちていた。鼻の良いミューリは驚いて逃げ出し、自分たちの来訪に気がついたル・ロワは、ベッドの上から呻き声で返事をしてきた。

どうやら大陸各地の旅路の情報を集めるため、長く旅をしてきた隊商の宴に参加したところを、やられてしまったらしい。行商という言葉では済まされないような長距離を歩く彼らは、熊よりも頑丈で、馬よりも飲み食いするといわれている。そんな彼らの激しい飲み会に参加すれば、ル・ロワでもこの有様のようだ。

手紙を託しつつ、カナンに食べてもらう予定だった蜂蜜や果物を、ル・ロワの部屋に置き直し、冷たい水や桶などを用意してから最後に神の御加護を祈り、扉を閉じておいたのが先ほどのことだった。

四人で繰り出したアケントの街は、朝から相変わらず猥雑で賑やかで、昨晩から飲み続けているのだろう青年たちがくだを巻いているかと思えば、その傍の商会の荷揚げ場では、そこを間借りする白髭の教授と学生たちが、高度な神学問答や峻厳な論理学の勉強をしていた。

大学都市というものを書物でしか知らなかったらしいカナンは、目を輝かせたり眉を顰めたりと忙しく、その様子に微笑ましくなってしまうのだが、ふと頬に視線を感じて隣を見れば、今日も腰から剣を提げたおてんば娘が、兄様も似たようなものだったけど、と冷ややかな目つきだった。

そうこうして青の瓢亭に到着すれば、食い扶持を稼ぐために働きに出る少年たちや、学びのための道具を紐でくくって肩から提げ、意気揚々と駆けていく少年たちを見送るルティアの姿があった。

「ん、君たちか。そちらは？」

紹介しようとしたところ、カナンが一歩前に出て、手を差し出す。

「カナン・ヨハイエムと申します」

ルティアはきょとんとしてから、それでも慣れた様子で差し出された手を握り返す。

「ルティアだ。コルの……仕事仲間か？」

カナンの立ち居振る舞いを一目見れば、学問か聖職のいずれかに関係がありそうだとは、すぐにわかる。

「教皇庁の書庫管理部門にて、神のために働いております」

カナンの自己紹介に、さしものルティアもぎょっとしていた。

それから、意地の悪いことをするなとばかりの目を、こちらに向けてきた。

「私がカナンさんに初めてお会いした時も、ひどく驚きました」

「すみません。それ以来、人の驚く顔が癖になってしまったようで」

ルティアは無邪気に微笑むカナンを見やり、ため息をつく。

「男の子のそういう感覚は、未だによくわからないよ」

カナンは目をぱちくりとさせ、ミューリが笑っていたのだった。


青の瓢亭四階の、例の武器庫に招かれると、カナンは自分と同じように真っ先に本棚に目を引かれていた。

「おお……これが世間で用いられている教科書群なのですね」

「伝説の書庫からきたあなたには、珍しくもないものだろうけど」

「そんなことはありませんとも。私たちの書架には確かにあらゆる書物がありますが、書架は暗く、ほとんどの本は開かれないままに眠っています。生きた書物なのか死んだ書物なのかなどわからないのです。だからこうして人に触れられ、読まれている書物を知れるというのは、

雪の中に緑を見つけ、まだ生命がこの世に残っていたのだと知れるような喜びがあります」

呆れるほどごてごてとした優雅な言い回しに、ルティアは苦笑し、ミューリは覚えておこうとばかりに口の中でもごもご暗唱していた。

「それで？　薄明の枢機卿と教皇庁の人間が並んで立っているというのは、煮えたぎった油の横に、氷水を用意したような落ち着かない気分になるのだが」

うっかり混ぜれば大変なことになる。取り扱いには慎重になるべきだし、並んで置かれている理由を料理人に問いただす必要がある。

「その点はご安心ください。私たち書庫部門の人間は、教皇庁の中では嫌われ者なのです。職業柄、一字一句正しいことを望むため、と言えばご理解いただけますか」

正直は神の前では美徳でも、教会組織の中ではそうではない。

「なるほど。薄明の枢機卿の味方をするわけだ」

苦笑交じりのルティアは軽く顎を上げ、カナンに続きを促した。

教皇庁の人間が薄明の枢機卿と共に現れたのだから、物見遊山のはずがない。

「この街に蔓延する、学問を教授する仕組みについての問題をコル様からお聞きしました。言語道断な慣行が長らく続いている街で、その悪弊と戦うルティア様の心意気、神も必ずや喜ばれることでしょう」

熱意に溢れた言葉を向けられて、ルティアはちょっとだけ、面映ゆそうにしていた。

「そこで微力ながら、私たちも力をお貸しできればと」

「あなたがたが？」

ルティアの問いに、カナンは自信に満ちた様子でうなずいた。

「私たちは非力な書庫の虫にすぎませんが、本と学問の世界では百人力です。私たちがこの街の教授組合に参加することで、貧しい学生たちに学問と学位の授与を行えるかと思いました」

「……」

なんらかの驚くべきことがあるだろう、とルティアはある程度覚悟していたはずだ。

けれどカナンの提案は、予想を軽く超えていたらしい。

「教授組合についての詳しい加盟方法はまだ把握しておりませんが、学識においては不足のない者たちが数多くいます。もちろん、高価な教授料や、学位授与に当たっての贈り物も必要ありません。教科書についても、私たちの書庫にいくらだって死蔵されたものがありますから心配いりません。衣食住なども、あの暗い書庫に比べればどこだって天国です。これまで積み上げてきた学問の研鑽を人々の役に立てられるのならば、聖職禄を投げ出してもいいと言い出すかもしれません」

滔々と語るカナンを前に、ルティアは文字通り、息を呑んで固まっていた。

「いかがでしょう。私たちはルティア様のお力になれるはずです」

ウィンフィール王国で出会ったばかりの頃に感じたような、どこか作り物めいた笑顔ではなく、本当に心から未来を信じているような、カナンの笑顔。

それに対してルティアが戸惑っている理由もまた、よくわかった。自分もカナンの提案には、圧倒されたのだから。

「ルティアさん」

自分の呼びかけに、ルティアははっと我に返ってこちらを見た。

「あまりに突飛な提案だとお思いになるかもしれません。私もまた、こんな力業で解決されてしまってよいのだろうかと思ったくらいですから」

問題の解決法を探して右往左往していたのに、思いつくことさえなかったような解決法が、いきなりどんと現れる。

腹を減らした狼の前に、兎が身を投げ出す童話があったような気がするが、ルティアはまさにそんな狼のような顔をして、うん、とか、ああ、とか曖昧にうなずいていた。

「ルティアさん」

そんな戸惑う狼の名を、もう一度呼んだ。

「それにあわせてなのですが、ルティアさんがやり取りをされていた、清貧の思想に共感を示してくれる学者の方たちの一覧をいただけませんか？　彼らにはぜひ、教会との戦いで力を貸して欲しくて、その説得をしたいのですが」

アケントの街に困難を覚悟で教授にきてもらうためでなく、きたる教会との戦いにおいて、共に戦ってもらうために。

「もちろん、ルティアさんにご迷惑がかからないよう、注意いたします」

ルティアはあくまで教会法学を学びにきているのであって、教会との戦いに参加しているわけではない。他の学生の未来のためにも、青の瓢亭が教会との戦いの密かな拠点として見られることは避けなければならない。

「ああ、それともうひとつお伝えしたいことが」

ルティアはすでに目の前に次から次と出てくる話にてんてこ舞いな様子だったが、カナンがさらに付け加える。

「南の鷲と名乗っている彼らですが、彼らの不品行もコル様から伺いました。そこで彼らの行状を親元に連絡することを提案いたします。高位聖職者の子息や、名の知られた貴族様の子息がいらっしゃるようですから、教皇庁の封蠟をつけた手紙を親元に送れば効果覿面でしょう」

「……」

兎を捌くのに牛刀を用いるかのごとき、力業。

信仰の中心たる教会の総本山から、息子の不品行を咎められる親のことを思うと、コルは不憫にさえ思う。

「ルティアさん」

三度その名を呼ぶと、急な土砂降りの雨に遭遇し、途方に暮れている少女のような顔をしたルティアが、こちらを見る。

「私も、同じように驚きました」

ルティアはもはや苦笑いする気力もなかったようで、弱々しくうなずいていたのだった。

第五幕

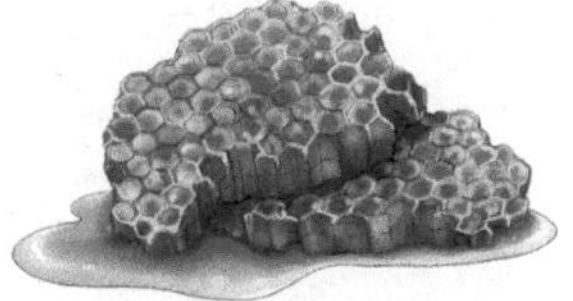

突然のことにルティアの頭はいっぱいな様子だったのと、やり取りしていた学者の一覧も多岐に渡るとのことで、まとめるのに時間が欲しいと言われた。

そのために自分たちはいったん宿に戻ることにしたのだが、それまでおとなしかったミューリが不意に、ひよっこ救出の件で話があるから青の瓢亭に残ると言い出した。

まだ気が早い、と言うには、もうずいぶん待ての姿勢を強いられてきた。それにカナンがきてくれたおかげで、様々な問題が一気に解決の道を見そうなのだから、一刻も早く大暴れの計画を立てたいのだろう。

「無茶を言ってルティアさんを困らせてはダメですよ」

念を押すと、ふくれっ面でそっぽを向かれたが、こちらもカナンとは公会議や俗語の聖典のことで話しておきたいことが山ほどあるのでちょうどいい。ミューリの入れない話題で自分とカナンが盛り上がれば、きっと不機嫌になるだろうから。

もう一度ルティアを困らせないように釘を刺してから青の瓢亭から出ると、すっかり昇りきった太陽の光が目に眩しいし、カナンの顔はそれ以上に晴れ晴れとしたものだった。

「コル様、今日も良い天気を神に感謝しなければなりませんね！」

前向きな感情が溢れんばかりの笑顔を目の前にし、カナンが女の子でなくてよかったと、ちょっとだけ思う。

そうこうして宿の部屋に戻り、延々とカナンと聖典の話をし、新たに得た着想やより良い翻訳の提案などをハイランドへの手紙に追加する頃には、街の市場が閉まる夕課の鐘も鳴り終わっていた。太陽はすっかり赤く熟し、地面に落ちるのを待つばかり。

手紙を送る件もあったので、一度ル・ロワの様子を見にいくと、三度寝をした後のミューリみたいにぼんやりした書籍商は、面目なさそうな顔をしていた。

ひとまず酒も抜けたようなので加筆した手紙を渡し、まだ話し足りなそうなカナンを交えて食事でもと思ったのだが、ミューリが帰ってこない。

カナンと話し込んでいるのを邪魔しないように、なんて気遣いをする少女ではないので、部屋の前まできたが踵を返したということもないだろう。まだルティアのところにいて軍師ごっこに興じているのなら、食事ついでに引きはがしてきたほうがいいかもしれない。

そんなことを思いながらカナンと階下に下りたところ、来客と話していた宿の主人がこちらを見た。

「ちょうどよいところに。伝言だそうですよ」

「私に？」

主人が話していたのはいかにもなひよっこで、緊張した面持ちで駆け寄ってくると、よく知っている人たちの名前を挙げたので驚いた。

「ミューリとルティアさんから、言伝ですか？」

わざわざなんだろうか、とカナンを振り向いてしまう。

「け、計画があるから、廃礼拝堂にきて欲しいと」

その言葉で、なんとなく見えてきた。

自分の足で知らせにくるのがまだるっこしいくらい、ひよっこ救出の話に夢中になっているのだろう。へたをすれば、今晩にでも実行したいとか言って、ルティアを困らせている可能性があった。

カナンを見返すと、すぐにうなずかれる。

「わかりました。すぐに向かいます」

ひよっこの少年はほっとしたように表情を緩め、慌ただしく夕暮れの街に駆けていった。

「まったく……おてんば娘の短気さにも困ったものですよ」

ため息と共にそう言えば、カナンはミューリの肩を持つように微笑んだ。

「囚われの少年たちと聞いて、ミューリさんはコル様が攫われた時のことを思い出しているのかもしれません」

そう言われるとそうなのかもしれないと思えるものの、ひよっこの件については半分くらい、狼としての本能を刺激されてのことではないかと思う。もともと狩りが大好きなのだから。

「私としては、危ないことをして欲しくないのですけれど」

肩を落とすと、カナンは気遣うように微笑んでから、自身の護衛を振り向いていた。

「ル・ロワさんについていてもらえませんか。街が大騒ぎになるかもしれません」

寡黙な護衛はカナンと天井の向こうのル・ロワを見比べ、しょうがない、と肩をすくめていた。本調子なら戦場のど真ん中に置いてきても飄々と生き残りそうな書籍商だが、酒が抜けたばかりなのでちょっと心配だ。

けれど、カナンが護衛をル・ロワにあてがったのには、別の理由もあるのでは、と思ったりもした。カナンもだんだん地を見せてくれるようになり、ミューリに似たところが多々あるとわかっている。なので護衛にべったりくっつかれるのが、男としてちょっと不満なのかもしれない。

そうして自分たちは、今夜も酔いどれ学生の街になろうとしているアケントの道を、そこらの学生よりも学生らしく、学問の話をしながら進み、ルティアの隠れ家である廃礼拝堂へと到着した。の、だが。

「あれ？」

だいぶ暗くなってきた路地を進み、廃礼拝堂にたどり着くと、鍵がかかったままだった。ルティアから鍵を預かっているので困りはしないが、呼びつけた本人がまだきていないというのが妙だった。救出作戦に夢中になって、まだ青の瓢亭で駆け回っているのだろうか。

今夜はお説教だなと思いながら鍵を開けて、中に入る。

「古い様式の礼拝堂ですね」

カナンは祭壇のあった場所に立ち、壁にかつてかけられていた教会の紋章の、日焼け跡に向かって目を細めていた。

「元々はこの教区の小さな教会だったそうです。今は廃されて久しいそうですが」

「教皇庁の書庫を思い出します。なんとなく、書物の匂いもしますし」

懐かしそうに深呼吸するカナンに、ちょっと驚いてしまう。

「さすがですね……。実は、隠された書庫なんですよ」

「え」

カナンは目をぱちくりさせ、それから数瞬迷って、こちらを見る。催促するような、上目遣いだ。その様がまるっきり、いくぶんおしとやかなミューリみたいで苦笑してしまう。

「そこの床板に、くぼみがあるのがわかりますか？」

食糧庫に忍び込み、こっそり蜂蜜の壺を舐めるミューリをあんまり怒れないと思いながら、二人で床板を剝がしにかかる。ル・ロワからは金銭的な価値なしと評された書物だが、カナンにとってはそんなことも関係ないらしい。本が現れると、たちまち床に座り込んで読み始めてしまう。

刻々と日が落ちていくので、礼拝堂の中はすっかり暗くなり、せめて灯りをつけるのを待てばいいのにと笑いながら、礼拝堂の隅に置かれた蠟燭を見つけた。

けれど火を点けようとしたところ、道具がない。それに蠟燭は安物の獣脂の蠟燭だったので、木窓を閉じたまま火をつけると独特な臭いのする煤が書物についてしまいかねない。

木窓を開けたらいくらか月明かりも入るだろうかと手をかけて、ふと止まった。

「ミューリ？」

ではない。路地の奥で動く見慣れない輪郭の影は、ひとつ、ふたつ……。

わずかに開けた木窓をそのままに、足音を消してカナンの下に戻る。

ル・ロワがほとんど価値もないと評価した本を次から次に引っ張り出してはめくり、なにか良い一節を見つけたのか、カナンが明るい顔を向けてこちらに声をかけようとする。

その口に指を当て、廃礼拝堂を見回した。

広い建物ではなく、続きの小さな間がひとつあるだけ。この手の建物によくあるように天井は高く、天窓があるが到底手の届くものではない。日はほぼ没し、路地には闇が落ち、自分は狼ではない。

カナンの護衛を宿に置いてきたことを後悔するのは後回しにして、高鳴りそうな心の臓を懸命に抑え込み、頭を働かせる。

「コル様？」

戸惑うカナンにうなずいて、小さく指を差し向けた。

「おとなしくしろ！」

扉が蹴破られるようにして開き、人がなだれ込んできた。

「異端者の通報があった！　神の名の許に——」

踏み込んできた者の口上は、そこで飲み込まれるように途切れた。

「……どこに行った？」

立てつけの悪い礼拝堂の、ややたわんだ床板が踏まれるたびに、がたがたと音が鳴る。

三人、いや、四人だろうか。硬いもので椅子を突いたり、なにか床を引きずるような音がするので、槍を持っている者もいるとわかる。

教会か、街の衛兵だろうかと思うが、ずいぶん声が若い気がした。

蠟燭の赤い光が動くたび、彼らの影も大きく動く。

「いない……が」

「鍵は開いていただろ？　奥の木窓から逃げたのか？」

「いや、木窓からは誰も出てきていないと」

そんなやり取りが聞こえた直後、隊長格と思しき者が、足をドンと踏み鳴らす。

悲鳴を上げかけたカナンの口を押さえ、じっと待つ。

「くそっ。担がれたか？」

「いや、ひとまず近くの道を確認しに戻ろう。どこかから逃げたにしても、日は落ちてる。遠くには行っていないはずだ」

押し入ってきた者たちは足早に礼拝堂から出ていき、足音が遠のいていく。

完全になにも聞こえなくなってから、さらにたっぷり三百は数え、その場にとどまった。ミユーリが毎晩書き記している騎士道物語に、そんな場面があったからだ。

「……大丈夫そうですね」

カナンに囁き、ゆっくりと床板を押し上げる。

床下の収納部分に横たえていた体を起こしてから、自分たちが無事だったこともそうだが、礼拝堂の隅に積み上げておいた書物が無事なことも確認できて、ほっとする。苛立ち紛れに彼らが蹴り飛ばしたらどうしようかとひやひやしていたが、そこはさすが学問の都市というところだろうか。

やれやれと穴から這い出れば、カナンは本の隠してあった床下の穴の中で、まだ呆然としたように横たわっている。

「カナンさん」

名を呼ぶと、目を開けたまま放心していたカナンが、ぎゅっと目を瞑ってから薄目でこちらを見た。

「神に祈ることすら忘れていました……」

ほんの数か月前までなら、穴の中で丸まっていたのは自分であり、呆れるように引っ張り起こそうとするのはミューリだっただろう。

カナンに手を貸して起こし、体を払ってやる。

「慣れですよ」

なんなら燃え盛る部屋の中で同じことをした経験があったから、すぐに動くことができた。

カナンは恐怖と尊敬の混じったような、奇妙な表情を見せている。

「それより、異端と言ってましたね」

彼らの格好はよく見えなかったが、だれかしらの通報を受けて張り込んでいたようだ。

「……コル様の正体がばれていた、とか？」

まっさきに思いつくのはそれだ。アケントの教会が腐敗しているのなら、薄明の枢機卿は招かれざる客以外の何物でもないし、見事捕らえれば大金星となる。

けれどそれにしては手勢が手薄に感じたし、どこか非公式な感じがした。声が若かった気がしたのも引っかかる。

「いずれにせよ、この分だと宿や青の瓢亭も見張られていそうですね。いったん街の外を目指しましょうか」

「で、ですが、ミューリさんたちは？」

ミューリが捕まるような時は、どうあがいても自分も捕まる時だ。幸いというべきか、二日酔いで弱っていたル・ロワの側には腕利きの護衛がいるので、彼らも心配ないはず。

「本をこのままにしておけば、私たちがどうやって難を切り抜けたかは、ミューリたちなら気がつくはずです」

匂いをたどってここにきたとなれば、そのまま追いかけてくれるはず。

いざとなったら、こっそり自分たちをどこかから見ているはずの、シャロンの仲間である鳥に伝言を託せばいい。

「とりあえず、礼拝堂から出ましょう。彼らが戻ってくるかもしれません」

暗闇でもわかる青ざめた顔でうなずくカナンと共に、手早く書物を床下に隠し直してから、礼拝堂を後にした。

自分の手がどうにか見える程度の暗闇の中、左手はカナンの手を摑み、右手で闇を搔き分けるようにして進んでいく。

カナンは何度もしゃっくりを飲み込むように緊張を飲み込み、足取りもおぼつかないし、こちらの手を痛いくらいに握り締めてくる。君の前ではずいぶん猫を被っているんだよ、とハイランドが言っていたのをまた思い出す。

今の自分はその逆で、責任が人を育てるというように、カナンのおかげで冷静さを保てているところがある。そしてそれと同じくらい、少し先の暗闇の中に、白くぼんやりとした小さな騎士が歩いている姿を容易に想像できるおかげで、弱気を振り払えたのだろう。

想像上のミューリに笑われないよう、しっかりと足で地面を踏みしめながら路地を進み、この騒ぎはなんなのかとずっと頭を働かせていた。

まず、ミューリとルティアの伝言を持ってきたというあのひよっこは、誰かの差し金だったわけだ。薄明の枢機卿と気がついた教会組織というのが素直な推測だが、教会の腐敗を暴かれて困る一派にしては、もう少しやりようがある気がする。

そこまで考えたところで、路地奥にある井戸端に差しかかった。ちょっとした広場になっていて、日中は水を汲みにきた女たちや、日向ぼっこをしている老人がいるような場所だ。やや開けた場所なので、見張りがいるかもしれないと思い、物陰から様子を探る。そうしていると、ふとひとつの可能性が思い浮かんだ。

これは、南の鷲たちの策略かもしれないと。

ルティアの仲間の誰かが裏切って、南の鷲たちの既得権益を崩そうとする者がいるぞと、内通したのではないか。それを受けた南の鷲たちが、異端だとか因縁をつけ、自分たちが街にいられないように仕向けたのでは。

となれば、中途半端な寡兵で礼拝堂に踏み込み、どこの窓からも逃げられないよう取り囲むようなこともせず、対象が床下に隠れているかもなどとは夢にも思っていなかった様子の彼らの経験不足も、しっくりくる気がした。

だとすると、案外ミューリたちはこの陰謀を知らず、今も青の瓢亭で作戦会議に勤しんでいるのかもしれない。ならばいったん様子を見に、そちらに行くべきだろうか？　ミューリとルティアに事情を知らせれば、戦況は簡単にひっくり返せるだろう。

物陰に隠れたまま黙考していたところ、カナンに肩を突かれた。不安そうな目で、どうしたのかと尋ねてくる。大丈夫だと微笑み返し、首を伸ばして広場を見やってから、行きましょうと手ぶりで示す。月が出ていないのも幸いして、ぶらぶら道を歩いている者もいない。

さて青の瓢亭はどちらだったかと思えば、急に背後から足音がして総毛立つ。

追手だ、とカナンの手を引いて走り出そうとしたところ、その足音がひとつであり、またどこか聞き慣れたものであると気がついた直後、声も聞こえてきた。

「兄様っ」

自分たちの匂いを追ってきたのだろう、ミューリだった。

「ミューリ」

その名を呼ぶのと、銀色の小さな姿が闇の中から現れて、胸に飛び込んでくるのは同時だった。

「まさか、兄様たちだけで逃げ出してるなんて」

胸に顔を押しつけながら、そんなことを言ってくる。

思わず耳と尻尾が出ていないか確かめてしまうし、カナンの手前ちょっと恥ずかしい。

「私もそれなりに旅をしてきたんですよ」

しがみついてくるミューリを抱きしめ返そうとして、左手がカナンの手を握ったままなことに気がついた。

そしていつまで経っても抱きしめ返してこない兄を不審に思ったのか、ミューリが顔を上げると、こちらとカナンの手を見て、目を細めていた。

「それより、ルティアさんのほうはどうなのですか？　あなたたちのところにも、襲撃が？」

尋ねると、ミューリははっと我に返ったようになる。

「それは、ううん……あ、いや、今はわからないけど」

ミューリは自分から離れ、言葉を整理していた。

「宿に戻ったら、兄様たちのところに私たちから伝言があったって聞いて」

敏いミューリは、それだけですぐに誰かの陰謀を嗅ぎつけた。

「宿は見張られていた感じですか？」

ミューリは、首を横に振る。

大規模な奇襲とはとても思えない、人員の不足感。

「それでしたら、青の瓢亭にいるルティアさんに、事情を伝えにいきましょう。これは間違いなく、南の鷲の人たちの企みです。残念ですが……ルティアさんの仲間に、裏切り者がいるのだと思います」

ミューリは目を見開いていた。

「ひよっこ救出のための作戦も、筒抜けでしょうね」

ルティアが指揮を執っていれば、安易な待ち伏せで返り討ちに会うこともなさそうだが、ひよっこは場所を移され、空振りに終わるだろう。

「ル……ルティアのところに、裏切り者なんて……」

なにか言い訳のようにうめくミューリの頭をぽんと撫で、それ以上は言わなくてもいいと伝えた。この少女は、ルティアがどれだけ仲間を大事にし、心を砕いているか知っているのだ。

「ル・ロワさんたちはまだ宿に？」

南の学生たちがどこまで無茶をするか予測できないので、宿にとどまってもらっていたほうが安全なのか、それとも場所を移したほうがいいのかは、自分には判断しかねた。ただ、できれば彼らと合流したかったのは、よく知った護衛が側にいれば、昼間に見せていた明るさの消し飛んだカナンも、いくらか安心できるはずだからだ。

ただ、自分の問いに、ミューリはなにか必死に頭を巡らせている感じだった。

「ミューリ？」

「え？　あ、あ、うん」

これまで出くわしてきたような危機と比べたらずいぶん呑気なものなのに、どこかミューリらしくもなく、落ち着きが欠けているような気もした。けれどほどなく調子を取り戻し、こう言った。

「ややこしいのがくる前に、宿を出たほうがいいっていうのは教えておいた。カナン君の護衛もいたし、ル・ロワのおじさんなら切り抜けられそうだから」

うなずくと、左手を引かれた。不安でいっぱいのカナンだが、いくらか目に力が戻っている。

「そ、それでしたら、いざという時のために決めてある場所で、会えると思います。西の街道へと、出たところです」

このあたりの用意周到さは、異端審問官たちと同じ屋根の下で働いていたおかげかもしれない。ミューリを見やれば、頭の中の天秤がかたかたと動いて、鐘を鳴らすように口を開く。

「じゃあ、兄様たちのことを、カナン君の護衛とル・ロワのおじさんたちのところまで連れてけばいい？」

「ルティアさんへの連絡を先にしたほうがよくありませんか」

自分の言葉に、ミューリは肩をすくめてみせる。

「ルティアはちゃんと、街中の野良犬を手なずけてるよ」

それから、不格好に片目を瞑っていた。宿に赴き、ひよっこからの偽の呼び出しがあったとわかった時点で、野良犬に伝言を託してあるということだろう。

組み立てた状況を再度俯瞰して、見落としはなさそうかと判断する。

「わかりました。案内、お願いします」

「任せてよ」

こういう場面ではなにより張りきるミューリは、実際に頼りになる。

ちょっと悪ぶっているだけの学生たちの追撃など、物の数ではないだろう。

「カナンさん、もうしばし、冒険を楽しみましょう」

うまく笑って見せられたかどうかは定かではないが、カナンは懸命に強張った笑顔を返してくる。安心させるよう、繋いでいる左手により力を籠めた。

「私がいるから大丈夫だって！」

ミューリはたちまち不満そうに言ったし、自分とカナンの手を見やると、市場の露店に残った最後の品物を手にするかのように、こちらの右手をカナンよりも強く握ってきたのだった。

一晩中学生たちが騒いでいるようなアケントでも、ひっそり静まり返っている道はたくさんある。ミューリは巧みにそういうところを選んで、もはや方向など完全に見失っている羊を二頭連れて、進んでいく。

思ったほど恐怖感がなかったのは、自力で襲撃をかわした自信からか、もう何度もこの手のことを経験してきたからか、それとも、頼れる騎士がいてくれるからか。

おそらくそのすべてだろうし、緊張感の上に生まれた余裕というものを自覚して初めて、ミューリがこういうことに夢中になる理由がわかった気がした。こんな緊張と高揚感は、ニョッヒラの山奥では決して味わえないのだから。

自分たちを導くミューリを追いかけ、闇の落ちる路地を歩き、広々とした畑に出た時の解放感だって、こんなにも心地よい。

砂漠の国に行きたいと喚いたミューリを、決して笑えないなと思った。こんな程度でもわくわくするのだから、地平線の向こうにまったく知らない土地が広がる光景は、輪をかけた感動をもたらすに違いないはずなのだ。

「はい、到着」

それまで丸めがちだった背中を伸ばし、ミューリがこともなげに言った。昼間は旅人や近隣の農夫たち、それに学生たちでごった返しているのだろう西の街道に続く道には、ふたつの人影があった。

どちらも特徴的な輪郭で、もちろんカナンの護衛と、ル・ロワだった。

「ご無事ですか」

護衛が駆け寄り、カナンを持ち上げんばかりにその両肩を掴んでいる。怪我はないかとあちこち調べているのだろうが、心配されるほうのカナンは、やっぱりミューリみたいに少し鬱陶しそうにしていたのがおかしかった。

「コル様も、慣れたものですな」

ル・ロワは腹を揺すって笑っていた。

「慣れたくありませんよ。皆様も無事で良かったです」

「私たちのほうはなにもありませんでしたとも。コル様だけを不格好に狙ったことからして、まあ南の学生たちの仕業でしょう」

ル・ロワの結論は同じらしいし、この状況も夜の散歩といった感じだ。心胆寒からしめる異端審問官たちの襲撃も、こんなふうに飄々とかいくぐってきたのだろう。

「今晩の寝床はいかがしましょうかね。南の学生たちの仕業であれば、我々を街から追い出すのが目的でしょうから、市門の外の適当な居酒屋か旅籠なら、問題ないと思いますが」

「そうですね……」

自分もそんな気はするが、油断するとまた痛い目を見かねない。

それにまずは正確な状況を摑んだほうがいいだろう。

そう思ってミューリを目で探すと、少し離れた場所にぽつんと立っていた。

「?」

周囲を警戒しているのだろうが、なんだかその様子が妙に寂しげに見えた。

それにミューリの立ち姿には、なにか欠けているような気がしたのだ。

一体なんだろうかと思ったが、ルティアのことを心配していて心ここにあらず、ということなのかもしれない。なにせ、群れを維持するために心を砕いていたルティアの足元に、裏切り者がいるかもしれないと判明した。

その事実に、優しいミューリは心を痛めているのだろう。

「ミューリ」

その名を呼ぶと、今は隠している狼の耳が、ぴんと立つのが見えたような気がした。

「私たちは大丈夫そうですから、ルティアさんのところに行ってください」

ひよっこ救出の作戦で大忙しだったら、野良犬からの伝言も行き違いになっている可能性だってある。

「それとも、私が？」

付け加えたのは、偽の伝言と襲撃のことを伝える役目を引き受けようかというもの。それはルティアの仲間に裏切り者がいることを伝えることにもなり、嫌な仕事になるはずだから。

けれどミューリはかぶりを振り、小さく深呼吸をして、こう言った。

「私が行ってくるよ。兄様じゃ道に迷って摑まっちゃうでしょ」

憎まれ口を叩くものの、やはり口調にあまり覇気がない。

いっそ無理にでも自分が、と思ったが、ミューリは誇り高き狼だ。

優しくするだけが愛ではない。

「ルティアさんの抱えている問題は、私たちが街にいなくても解決の手伝いができるはずです。私たちが街を後にしても、あなたのことを決して忘れないと、そのことも伝えてきてください」

たとえ裏切り者が潜んでいても、自分たちはルティアのために力になれる。ミューリがそうであるように、ルティアもそう簡単には折れない狼の娘のはず。

すると、どこか陰のあったミューリはちょっと驚いたように目を見開いてこちらを見る。

護衛がカナンにするように、また過保護なことを言われると思っていたのかもしれない。

あなたのことを信じています、とばかりに笑顔でうなずけば、ミューリもほっとするように微笑んだ。

ミューリが不安そうにしていたのは、教会との戦いが公会議という最大の山場を迎えようとしているため、自分たちが街から離れたら、遠い大学都市で戦う狼のことなど忘れてしまうのではないかというものだったのだろう。だが、自分はそんなことはしない。

ミューリを安心させるため、軽口を向けた。

「ですから、面倒だからって南の学生たちに嚙みつくようなことをしてはダメですよ」

ミューリは赤みがかった瞳でこちらを見て、小さく苦笑いを見せた。

「うん、わかってる」

そして、身をひねるように踵を返し、夜の街に駆けていった。

まだどこか本調子ではなさそうだったが、これ以上自分にできることもない。

ミューリの背中を見送っていたら、肩を叩かれた。

「コル様も、気を落とされませんように」

ル・ロワが気を使ってくれたようだ。

「ルティア様が手を出しているのは、根が深い問題なのですよ」

既得権益、弱者からの搾取、仕組みの悪用と、私利私欲。

それはアケントに限ったことではなく、そういったものの積み重ねがこびりついて離れなくなってしまったのが、今の教会ともいえるのだ。

「さ、参りましょう。まだ夜は冷えますからな」

ル・ロワに肩を叩かれ、振り向くと、カナンも護衛と並んでこちらを心配そうに見つめていた。本当ならば、敵の溢れる街中に再び戻るミューリと、彼らと戦うルティアのことこそ心配しなければならないのに、こちらが心配されていては世話がない。

どっしり構える歴戦の聖職者、という器ではないようだ。

けれどいまさらその評価が惜しいわけでもなく、各々が荷物を背負い直す中、自分はもう一度、ミューリの歩いていったほうを振り向いた。

追いかけたい気持ちがありつつ、自分が行ったところでなんの役にも立ちはしないし、ミューリの成長を思って行かせたのではないか、と自分に言い聞かせる。

心配を振りきるように向き直り、ル・ロワたちが宿から持ってきてくれた自分とミューリの荷物に手を伸ばし、奇妙なものに気がついた。

いや、それがミューリの荷物ならば奇妙でもなんでもないはずなのに、そうとしか言いようがなかった。

「なぜこれが……ここに……？」

そして不意に蘇るのは、つい先ほどの記憶。自分たちと少し離れたところで街の中心部を見つめていた、ミューリのどこか寂しげな様子だった。

そのたたずまいになにかが欠けているように感じたのは、決して、ミューリの表情のせいだけではなかった。そこには、あるべきものがなかったのだ。

「コル様？」

背嚢を背負ったカナンが声をかけてくる。

今度はそちらに微笑み返す余裕もなく、ミューリのずた袋を開けた。

すぐに目につくのは、せっせと書き足している騎士道物語。それからハイランドにもらった羽ペンやらと、文房具をしまうための革製の入れ物。その下には変装用の着替えに、これもまたハイランドから持たされた砂糖菓子の詰まった小さな袋など、空想と現実の冒険がごちゃ混ぜになったような、少女の頭の中そのままの荷物がいっぱいに詰まっている。

その中の一番奥。なにかから隠すように押し込まれていたそれを見つけた時、頭皮に汗が浮かぶくらいの疑念が湧いた。

ミューリがこんなことをするなんて、必ずなにかあるからだ。

吐き気に似た嫌な予感を飲み下しながら、これがなにを意味するのか必死に考えた。

そして引っかかったのは、以前にもミューリが同じようなことをしていたという記憶だった。

それは公会議の話が持ち上がり、アケントに向かうとか向かわないとかの話をミューリとしていた夜のこと。少年時代の辛い経験から、アケントに赴くのを渋っていた間抜けな兄が、ミューリの説得でようやく決心した直後のこと。

大学都市に向かうという、新たな冒険に心躍らせたミューリは、子供っぽく兄と同じ毛布の下に潜り込んできた。ここしばらく控えていた分を取り戻すかのように、ぎゅうぎゅうとしがみついてきた。

あの時ミューリは、どうしたのだったか？

ミューリは毛布に入るその直前、さりげなく壁に立てかけられた剣に手を伸ばし、その裏表をひっくり返していたのではなかったか。

なぜ、そんなことをしたのかといえば。

騎士らしくない振る舞いを、狼の紋章に見られたくなかったからだ。

「だと、したら？」

荷物の山には長剣が残され、ずた袋の底には、狼の紋章があしらわれた腰帯がしまわれていた。偽の伝言で釣り出され、再び兄が危地に陥ろうとしていたというのに、ミューリはそのふたつを身に着けず、自分たちを探しに礼拝堂にやってきたということになる。

自分は世界の半分の、さらにその半分しか見ていないらしい。

なぜなら、間抜けな兄は女性が苦手で、人の悪意というものにも鈍感だから。

それゆえに、妹が兄から隠したいものがあるのなら、まさにその領域にそっと置いておけば、きっと見つかるはずもない。

ルティアの下に向かおうとするミューリの様子が、一瞬一瞬、切り取ったように思い出される。その一挙手一投足に、新しい意味が加わっていく。

「カナン、さん」

その名を呼ぶと、怪訝そうにしていたカナンが背筋を伸ばしていた。

「ミューリが私たちに追いついた時、あの子は私たちの後ろからきましたよね？」

「えっ……と……」

意外な質問だったのだろう。

カナンは戸惑いつつ、うなずいた。

「そう、だったかと。いきなり足音が後ろから聞こえて、びっくりしましたから」

いきなり足音が聞こえた。

相手はあの狼だ。なんならその吐息が首筋に当たるまで、音もなく近づくことだってできたはず。驚かせないように、という意味もあったのかもと思ったが、それも妙だった。

ミューリはいつから、そんな落ち着きと気遣いを手に入れたのだろう？

兄がまた誘拐されたらかなわないと、真剣な顔で紐で繋いでいたような少女なのだ。

それが偽の情報でおびき出され、廃礼拝堂で間一髪襲撃をまぬがれたと知ったのであれば、あんな様子では済まないはず。

自分たちの安全を確認した瞬間に我を忘れて飛びついたら、燃えるような目で襲撃者の後を追いかけるだろう。

「ル・ロワさん」

歴戦の書籍商は、静かにそこにたたずんでいた。

「宿にミューリがきて、ひよっこの偽の伝言に気がついた時、どんな様子でした？」

目をぱちぱちとさせたル・ロワは、ふむ、と顎に手を当てる。

「さすが場数を踏んでいるという感じはしましたな。てきぱきと指示を出して、一目散に宿から駆け出していきましたよ。前回はそれはもう取り乱していましたから、糧としたのでしょう」

そして落ち着いて振る舞うミューリは、部屋に、狼の紋章の入った剣を置いていった。腰帯などは、ご丁寧に、ずた袋の奥の奥に押し込んで。

そんな性格ではないことくらい、確信を持って言える。絶対におかしい。

ミューリは、狼の紋章に見られたくないようなことをしていたのだ。

それがなんなのかは、あの広場の手前で自分たちに追いついたミューリの様子と合わせて考えれば、自然に答えが導かれる。

ミューリは襲撃のことを事前に知っていた。それどころか、そこに危険がないことも知っていた。つまりあの偽の伝言と襲撃には、ミューリも関わっていたとしか解釈ができない。

わからないのは、動機だった。

冒険の演出、ということを真っ先に思いついた。ノードストンとの大騒ぎで、もっと盛り上がる展開があったはずだと、羽ペンを手に物語を記していたような少女なのだ。そしてついこのあいだには、まんまと敵に兄を誘拐されてしまったので、そのやり直しをしたいと考えたのではなかろうか。紙の上ではなく、現実の中で。

だから廃礼拝堂におびき出されたところで捕まった兄が、敵に連行されるところを颯爽と助け出すつもりだったのではないか。

そう思えば、踏み込んできた者たちの奇妙な手薄感や、彼らが礼拝堂で交わしていた言葉も簡単に読み解くことができないだろうか。

――担がれたんじゃないのか？

ミューリと共謀した南の鷲たちも、ルティアに協力しているらしいよそ者を、ちょっと驚かす茶番だと理解していたのではないか。そのついでに年若い少女が騎士ごっこに興じるのに協力するくらい、毎日の酒盛りにちょっとした花を添えるようなものだろう。

理屈は、怖いくらいに素直にとおる。ただ、この発想は、また別の意味で馬鹿げていた。

ミューリがそんなことをするとは、到底思えなかったのだ。

なぜなら、そうなると裏切り者は、ミューリ自身ということになるのだから。

ルティアの境遇を我がことのように嘆き、南の鷲たちの傲慢さを憎み、尻に嚙みついてやりたいと息巻いていたあの感情が、嘘だとは思えなかった。

そのミューリが、自分たちがルティアの問題の解決を途中で放り出し、街から出ていくことになるような今回の流れを演出するというのは、どうしたって考えにくい。だとすると、危機そのものを演出したかったのだろうか？

たとえば、南の鷲たちが偽の伝言を使って誘拐を企てるという汚い手段に出たから、こちらも狼の力を使って思いきりやり返せるという、大義名分を得るために。

ミューリは牙と爪を使えないことに歯噛みしていた。大義名分さえそろえば、傲慢な南の鷲たちの尻に喜んで噛みつくだろう。

悪知恵の働くおてんば娘ならば、こちらのほうがありえそうだ。

ただ、この理屈には、但し書きがつく。

ミューリが陰謀を巡らせ、狼の力を使う理由を生み出そうとしたという理屈が成立するには、人の世で生きようというルティアの決意を踏みにじることが必要になる。怒り狂ったミューリならば、時には悪を悪と知ったうえで牙を剝くこともあろうが、今回はそんな感じがなかった。ミューリは終始、冷静だった。

いや、あれは冷静だったのではなく、狼の紋章に顔向けできないことを自覚して、後ろめたかったのではないか。

だからそんなミューリが、ルティアの決意をないがしろにするようなことをするのは、余計にありえない。その垣根を超えるのならば、逆上ともいえるような熱意が必要のはずだ。

なぜ、騎士道にもとるような行為を、剣と腰帯にあしらわれた狼に見られないようにしてまでやったのか？

それに、自分はどうしても信じたくないことがあった。

ミューリは悪戯好きでわがままでおてんばだが、善と悪とをきちんと弁えているはずなのだから。

「……ミューリの、案じゃない？」

呟いて、すべてが繋がった。

「ああ、そうか！」

思わず声を上げてしまい、カナンがびくりと体をすくませていた。

「ル・ロワさん、ルティアさんのことなのですが」

「はいはい」

自分の世界に浸りがちな、奇矯な客の相手には慣れているとばかりの書籍商は、どこか楽しげだ。

「彼女が何年くらいこの街で戦っているか、ご存知ですか」

カナンはきょとんとして、日々街を駆け回って様々なことを調べていた書籍商は、昔話でも語るかのようにこう言った。

「ずいぶん長いことだそうですよ。南の鷲たちと戦い始めて、すでに四年とか五年だそうですから……」

やはり、という言葉を飲み込んだ。

「なにぶん入れ替わりの激しい街のことゆえ、正確なところはわからないそうですが、アケントにきたのはそれよりももっと前ではという話でした。風変わりな領主様に拾われたと聞きましたから、孤児の類でしょう。手に職をつけさせてやろうと大学都市に送り出され、恩返しのために学びを得ようとしたものの、街でひどい目に遭ってしまう……。よくある話ですし、その恨みで富裕な学生たちと戦っているのだと思いますよ。いわば、勉学を放り出してでも」

ル・ロワの目は、自分やミューリがルティアを見るのとは違う、もっと距離のある、冷静なものだった。

「だから私は、ほどほどで手を引くべきだと進言したのですよ。この街の問題は根が深く、あのルティア女史が長年戦っても解決しないことなのですから」

ル・ロワの判断を冷たいものだと感じたのは、彼があまりに冷ややかな判断を下したからではない。自分とル・ロワの間には、認識に違いがあったからなのだ。

ル・ロワは、ルティアが勝ち目の薄い戦いに長年身を投じていることを知っていた。いや、もっと言えば、この世事に長けた書籍商は、今の今まで自分が考えてもみなかったルティアの事情に、かなり初期から気がついていたのではなかろうか。

「ひとつ、お聞きしたいのですが」

「なんなりと」

「ルティアさんはとある領主の相続権のため、教会法学を学んで簒奪者と対抗しようとしていたと聞きました」

あの話慣れた様子から、ルティアは別にそのことを隠していないようだし、当然、ル・ロワは知っていた。だから鷹揚にうなずく。

「その領主、というのは？」

その問いに、カナンが不思議そうな顔をしていた。

白いものが交じった坊主頭を、ル・ロワがぞりぞりと撫でる。

「なるほど。ご存じなかったんですな」

予想は当たっていた。

「何年も前に途絶え、領地はとっくに別の誰かの手に渡ったとか。なのでルティア女史は――あ、コル様！」

それだけ聞けば十分で、自分はミューリの後を追いかけて走り出していた。

ルティアが自身の勉学を放り出してでも、貧しい学生たちのために戦っているその理由だ。

ルティアは、森で風変わりな領主と出会い、暖炉の前で髪を梳られる生活を知ってしまい、孤独という言葉の意味をも理解してしまったと言っていた。

群れ、と何度も口にして、群れのためならばどれだけ口惜しくても、牙と爪を隠し、人の振りをするのだと誓っていた。

だから、貧しい学生たちをめぐる問題を、自分たちがばっさばっさと切り捨てていく様にルティアが目を見開いていたのは、決して薄明の枢機卿とやらの手際に驚いていたからではなかった。

あれは、見たくない現実から目を背けさせてくれていた障壁を、無邪気に取り除こうとするその行為に呆気に取られていたのだ。

薄明の枢機卿が現れなければ、この街の問題は永遠に解かれることはなかった。

けれどその問題こそが、帰る場所のなくなった狼の居場所を、このアケントに作ってくれていたのだから。

「つまり、自分は」

救世主などではない。

まったくの、招かれざる客。

そしてミューリは、どこかの時点でルティアの事情に気がついて、手を貸した。

それで多くのことが、見通せる。

「まったくもう！」

その悪態が誰に向けたものなのかは、自分自身にもわからなかった。

街の中心部に近づくと、夜も更けて久しいというのに、肩を組んで歌いながら歩く青年やたむろする少年、彼らを目当てに商いする露店商や吟遊詩人などで賑やかになっていく。けれどもそんな騒ぎの灯りを頼りに、隅っこでは本を読み、文字を書いている少年たちもいる。ほかのどこにもない、大学都市という空間。大人と子供の世界が入り混じったような、世間の流れからは隔離されたような、不思議な街だ。

彼らはここで、子供でも大人でもない時間を過ごし、一時の悪い夢にまどろんで暮らす。

そのアケントの大通りを、とぼとぼと歩く姿が視界に入る。

見間違えるはずもない、ミューリだ。

「ミ」

とまで口にした瞬間、自分の迂闊さを悔やんだ。

狼の娘は雑踏の中でもすぐに気配を感じ取り、弾かれたようにこちらを振り向いた。

そして驚きの顔はほんの一瞬のことで、すぐに事態を悟ったのは、この手のことをニョッヒラでも飽きるほど繰り返してきたからだ。

悪戯の結果に後悔して、尻尾を丸めているおてんば娘。

しかも今は騎士の証を身に着けていないので、往生際の悪さを責めるものもない。

狼なのに脱兎のごとく逃げ出したミューリを呼び止める。

「待ちなさ——待ってください！」

ミューリは声を無視して路地に飛び込み、自分も走って追いかけるが、姿がない。

そう思った矢先、濃い闇を泳いで渡ったかのように、路地を抜けた先の少し明るい場所に、ミューリの後ろ姿がポンと現れる。

「ああ、もうっ」

暗闇に目を凝らし、木箱を乗り越え、積み残しの煉瓦をまたぎ、修理途中らしいどこかの家の扉が立てかけてある下を潜って、ミューリを追いかける。

足の速さにあまりにも差があって、あっという間に見失うが、自分もミューリのことはよく理解している。こういう時、おてんば娘は必ず、右、左と交互に角を曲がって逃げるのだ。

路地の曲がり角だけを見落とさないように、右、左と慎重に曲がっていく。

そしていい加減、肺の奥に血の味を感じ始めた頃、行き止まりに行き当たった。

けれど、ミューリの姿がない。

相手が山の熊なら、自らの足跡を慎重に踏みながら後ろに戻り、どこかの藪に隠れて追跡者の背後に回る、という戻り足を警戒するところだが、冷静な時のミューリならばいざ知らず、悪戯が発覚して逃げ出す時にそんな策謀を巡らせる余裕を見せたことは、未だかつてない。

息を整え、額の汗を拭いながら暗闇に目が慣れるのを待っていれば、行き止まりの奥にある木箱の隅から、白い尻尾の先が見えていた。

呆れるような、叱り飛ばしたくなるような、笑いたくさえなるようなその光景からは、本気取れた。

で逃げてきたものの見つけてもらえないのもまた嫌だ、というミューリの気持ちの欠片が見て

「ミューリ」

思ったより優しい声になったのは、疲れきっていたせいもあるだろうし、ミューリ自身が計画に後悔していたのがありありとわかったからでもある。

「襲撃は、あなたが仕組んだことだったんですね」

尻尾の毛先が跳ねて、木箱の隅に隠れてしまう。

「剣と腰帯を身に着けていなかったのは、悪いことをしていると自覚があったからですよね」

ミューリは無言。

ため息をついてから歩を進め、木箱を回り込むと、ニョッヒラで飽きるほどに見てきた、小さくうずくまる仔狼の姿があった。

「まったく……」

神でさえも数えるのを嫌がりそうなくらい、何度も繰り返してきたため息をつく。

「もしもこれが、あなただけの計画なら、尻尾を縛って逆さ吊りにするところですが」

銀色の尻尾が総毛立ち、逃げるように体の前に回される。

「いくらあなたが向こう見ずでも、ルティアさんの気持ちは踏みにじらないはずです。ということは、この襲撃はルティアさんも知っていることになります。そう思えば、ルティアさん

には動機があるとわかります。彼女の敬愛していた領主二人は、すでに神の許に召されていたというのですからね」

ミューリからは反論がなく、丸められた背中にも覇気がない。

論理の道筋は合っている。

走ってきた息も整いつつあり、深呼吸をして、思考を巡らせる。

「わからないのは、あなたが悪事に手を貸した動機です」

謎なのは、そこだった。

ルティアから話を持ちかけたにせよ、ミューリがどこかの時点でルティアの思惑に気がついたにせよ、ミューリは素直にルティアの事情を自分に伝えれば良かっただけなのではないか。ルティアがずっとまどろみの中にいられるようにしたければ、わざわざ事情を隠し、騎士道に反すると思いながら襲撃を企図するような理由はどこにもない。間抜けな兄も大概お人好しなのだから、説得の余地は十分にあるはずだし、無邪気に問題を解決しようとしている兄に向け、事情を説明して手を引かせるのが最も確実で堅実な方法だったろう。

しかしミューリはその方法を取らず、あの礼拝堂の一件をでっちあげた。おそらくは、ルティアと共謀のうえで。

だから論理でその尻尾の軌跡を追いかけてきたものの、最後の一手に届かない。答えがありそうな場所は、自分の手も見えないような、暗闇に沈んでいる。

そして大体こういう時、そのままうっかり道を進めば、とんでもない穴に嵌まってきた。

正しい行き先を見極めるためには、すべてを知る必要があった。

「ミューリ」

暗がりにうずくまっている少女を見下ろし、言った。

「教えてください。あなたは」

騎士でしょう？

その言葉まで言わせたら、ミューリは二度と騎士を名乗れないと思ったのではないか。

へこたれた狼の耳が震えるように動き、弱々しい狼の声がこちらの言葉を遮った。

「……ルティアの、手紙」

「え？」

「ルティアの、手紙で、わかったの」

ルティアからいつ手紙など受け取ったのか……と思って、ルティアがやり取りしていたという、協力者の教授たちとの手紙だと気がつく。

「金髪からの手紙には、旅の匂いがあった。でも、ルティアの手紙にはそれがなかった。だから、遠くの偉い人たちとやり取りしているっていうのは嘘なんだって、わかったの」

話しているうちにいくらか落ち着いて、腹も決まったのかもしれない。それでもミューリはばつの悪さのせいか、体を起こしてもこちらを見ず、横を向いていた。

「私がわからなかったのは、なんでルティアが私たちに嘘なんてつくのかっていうこと。あんなに大変な思いをして牙と爪を隠して、皆のために戦ってるのに、どうしてって」

その疑問を解決するには、ルティアの領主の話が必要だった。ル・ロワがそこまで調べていたのは、ルティアに余計な思い入れがなかったからだろうが、自分とミューリはルティアが狼ということあり、ルティアの発言をまったく疑わなかった。

嘘をついているかどうかという意味ではなく、すべての真実を話しているかどうかという意味で。

そしてルティアは、嘘をつかず、けれど巧妙に自らの足跡を上手に隠していた。

「ただ、ルティアの妙なところにはもっと早くから気がついてた。だから、なにか隠しているはずだって」

「妙なところ？」

尋ね返すと、ミューリは鈍い兄に呆れるようなため息をつく。

「なんで兄様が問題を解決しても、嬉しそうな顔をしないのかって」

「……」

間抜けな兄は、難しい問題を一気に解決されるところを目の当たりにして、単に驚いているだけなのだろうと思っていた。その時にはすでに、ミューリは目を光らせていたことになる。

「そうしたら、手紙のことをきっかけに、一気にいろんなことが頭に湧いてきたの」

それで、ルティアが本当はこの街の問題の解決を望んでいないのだと気がついた。

「……私がカナンさんを連れていった時には、すでに話が通じていたわけですね」

ひよっこ救出の話があるからこの場に残ると、ミューリは言った。若干の不自然さは感じたものの、救出作戦に夢中だったこともあって、そんなものかと思っていた。

けれど、街の問題を解決しようと善意で強力な解決法を振り回す羊たちを明後日の方向に導くには、もう時間が残されていなかった。

ルティアとミューリは、粗削りながら作戦を実行に移すほかなかった。

「そう。ルティアは問題の解決なんて望んでない。帰る場所がないんだもの。この街でずっと問題と戦っていれば、時間が止まるからって言ってた」

ルティアがアケントにきた時にすでに、領主夫人が死の床にあったかまではわからない。けれど教会法学を修め、恩返しに領地の保全のために戦おうとすることは、到底間に合わなかったのだ。

今更学位を修めてもなんの意味もないし、かといって、送り出してくれた夫人のために学位を修めずに街を去るのも、期待を裏切ったようにしか思えない。

だから眠れば明日がきてしまうと、必死に夜を繋ぎ止めるように酒に手を伸ばす少年たちのごとく、ルティアは自ら大きな問題を自分の前に拵えた。

「あなたが共感してしまったのは、なんとなくわかります。でも……」

ルティアのためだけならば、自分に事情を話し、この街での解決を諦めて次の街に行けば良かったはず。わざわざ襲撃を演出までして、しかも騎士道に背く罪悪感に耐えながらルティアの事情を隠そうとした理由がわからない。

すると、ミューリはようやくこちらを見た。自分が悪いと理解しているけれど、それでも抑えきれない苛立ちのようなものを、涙の形で目に浮かべながら。

「兄様は、お人好し、だもの」

表情と言葉の内容が、そぐわなかった。

「だから、ルティアの問題が未解決なら、きっとルティアのために、あの手この手で解決しようとし続けるでしょう？　私は……そうして欲しかったの……」

「え……？」

自分の頭が混乱したとして、神も責められないはずだと思った。

ミューリがなにを言っているのかわからなかった。

ルティアとミューリは、ルティアの問題が解決されないままにしておけるように、共謀したのではなかったか。

なのにミューリは、自分が問題の解決を続けるようにしたかったと言っている。

自らの尾を食べる蛇は満腹になるのかならないのか、という古の論理学の問題のようだ。

「それは、どういう……」

聞き返すと、ミューリは苛立ったように頭を振った。

「そういうことだよ。兄様は、お人好しだもの。この街を後にしてもずっとルティアのことを気にして、律義に問題を解決しようとあれこれ手を焼くはず。でしょう？」

そのとおりだった。礼拝堂の騒ぎの後、ル・ロワたちと合流して、ミューリが再び街中に戻ろうかという時、不安げだったミューリを安心させるために、まさにそのことを口にして、ルティアへの伝言とした。

「だから、兄様が思惑どおりに私にルティアへの伝言を託した時、もう少しで尻尾が出ちゃいそうだった」

あの時の不安げな様子と、ルティアを見捨てないと口にした時の、ほっとしたような顔。

自分の見ていた世界の輪郭が、ぼやけていく。

「でも、兄様たちがこの街にいなければ、この街の悪い男の子たちがルティアの一枚上手を行き続けるようにすることは、難しくない。だから」

ミューリがこちらを見る目で、鈍い自分もようやく気がついた。

ミューリは、ルティアと同じだったのだ。

「解決しないルティアの問題に関わり続ければ、兄様との旅も長くできるでしょ？」

珠のような涙が、ミューリの目から零れ落ちる。母親譲りの赤い瞳はいつになく真っ赤なのに、涙は透明なのだなと、そんなことを思ったりした。

「カナン君の話が本当なら、公会議とかいうのが終わったら、兄様との旅も終わっちゃうもの。だから、私はルティアがなにをしているかわかったら、そんな道があるんだって、心臓を直接摑まれたみたいになった」

二人が共に狼というだけではない。

ミューリはその気持ちを心の底から理解できるという意味で、ルティアの仲間なのだ。

「でも、兄様のことを騙す……わけだし、この先もずっと、兄様の邪魔をし続けないといけないんだって気がついて……」

ミューリは右手で服の裾を摑み、左手でぼろぼろ零れる涙を拭っている。

「でも、ルティアを助け、られるし……兄様との、旅がずっと続く、なら……それでもって思って、それで……」

それで、騎士の紋章が記された剣を外し、腰帯を荷物の底にしまい込み、喧騒に満ちたアケントの夜の街を、計画が巧くいっているにもかかわらず、とぼとぼと歩いていたのだ。

頭が良くて、色々なことに目配りでき、遠くも見通せるのに、この体たらく。

罪の告白を終えて泣きじゃくるミューリを見下ろし、ふと、まだこの少女がそのふさふさの尻尾と同じくらいの大きさだった頃のことを思い出した。

あの頃は体と変わらない大きさの尻尾の勢いに、体のほうが振り回されていた。そこから体はいくらか大きくなったが、まだまだ振り回されがちなのは変わらない。理性は確かにそこにあるが、いついかなる時でも耳と尻尾を押さえつけられるほどではない。

それに、ミューリの告白は呆れるほど、完璧に理屈が通っていた。自分に理解できないところはなにもなく、いかにもミューリらしいとしか言いようがなかった。

拍子抜けさえしたのは、悪意などどこにもなかったからだ。

それゆえに、どうしてもため息を我慢できなかったのは、ミューリが兄を騙そうとしたことそのものではない。

その小さな黒い雪玉を山の上から転がり落とそうとした、そもそもの思い込みの部分だった。

「あのですね、ミューリ」

ミューリがびくりと体をすくませ、泣くのをやめる。

こちらを見た顔が心底怯えきっているので怯んでしまうが、どうにか頑張って、怒っている顔を維持した。

「公会議の件については、説明しましたよね？」

一度は怯えで止まった涙が、当然止まりきれずにまた滲んでくる。

情にほだされないよう、腹に力を込めて言葉を続けた。

「カナン君のお話から、教会は追い詰められて、公会議の開催を決意しているようです。ですから、万全の態勢で臨めば、確かに教会に私たちの要求を呑ませることは不可能ではない、つまり王国と教会の戦いに終止符を打つことは可能である、と思いました」

それはつまり、自分がニョッヒラの村を出てきたきっかけとなった、夢が叶うということでもある。

「ですがそれも、簡単にはいかないはずです。聖典をたくさん印刷して世の中にばら撒き、世の中の人々の意見を私たちのほうに傾けることもそのひとつです。そして、それだけでも、こんな街にまでやってきて、あれこれ走り回らなければならないのです。ですから越えなければならない困難がこれからもたくさんあると、あなたには言いましたよね？」

そしてそう説明した時、ミューリはそんなことよりも砂漠の国には行かないのかと言って喚きたてていた。自分はそのことを、文字どおり砂漠の国だと解釈したのだったが、ミューリにとってはもっと深い意味のある問いだったのだ。

砂漠には行かないのか。砂漠のような、身近にいた人間は誰も行ったことのないような、本の中にしか存在しない場所に行くつもりはないのか。新大陸という途方もない夢は、もう用しなのか。それこそいつ果てるともしれない旅路は、いつか終わる旅だったということなのか。

ミューリがそう思ったらしい、ということに自分は気づいていたはず。

けれどそれが、すぐにでも解決する必要のあった大事なことだとは思わなかった。ミューリのいつもの無邪気な夢物語に付き合う必要はない、とまで思ったわけではないが、明らかにすれ違いはそこから起こっていた。

だからこそ、ミューリは自分のお説教を聞きながら、徐々に怒りをため込んでいたのだろう。

未だに涙を零しながらではあるが、顔を上げてこちらを見た。その目には、自分にも言い分があるのだという感情がみなぎっていた。

ならば聞こうではないかと、その目を見返した。

旅を終わらせないためにといって、騎士道にもとることだと思いながらルティアと結託したその理由は、いかなるものなのか。

「兄様、は」

口を開いたミューリの耳がばたばたと振られ、尻尾の毛が逆立っている。膝を立て、腰を浮かし、その尖った犬歯が濡れた唇の下で光っている。思わず、その首元で揺れている、母から譲り受けたという麦の詰まった袋を見やってしまうほどに。

「兄様は、教会を倒したら」

「倒したら？」

兄としての威厳を保ったまま、聞き返したつもりだった。

「金髪のところで、働くんでしょう？」

「……」

不意打ちとしてなら、効果覿面だった。

「え？　ハ、ハイランド様、ですか？」

怒っているという姿勢を維持することも忘れ、間抜けに聞き返してしまった。

するとミューリはその反応そのものが不愉快だったようで、牙を剝いて唸り出している。

その剣幕にも怯むし、ハイランドの名前も唐突すぎる。まさかハイランドへの嫉妬が原因なのかと思ったものの、それはそれであまりに変だ。最近のハイランドへの態度の軟化を思えば、ミューリがいまさらそんなことを怒りの動機にするとは思えなかった。

だから、ハイランドのところで働くとかいう話は、別の話の鍵なのではないか。

そう気がついて、ようやくどうにか記憶の中から引っ張り出せたことがある。

「それは、もしかして……私が、聖職者になるかどうか、の話ですか？」

この街に流れ着く学者たちと同じように、自分もまた、ニョッヒラから勇ましく旅に出た時にはその想いが胸の奥にあった。決してそれが第一の目的ではないが、ハイランドに協力し、教会の悪弊を糺した暁には、聖職禄を得たいと思っていた。

元は自分の住んでいた村を、教会の権力によって守ろうという不純な動機ではあったが、学んだ神の教えは自分の性格にとてもしっくりきた。それを素晴らしいものだと心の底から感じていた。

だからいつか聖職に就き、悩める人々を導き、ろくでもないこの世の苦痛を少しでも減らすことができたら素晴らしいことだと思っていた。それゆえに、聖職を目指しているからミューリとは結婚できないと、方便に使うこともあった。

けれどそんなことは目まぐるしい冒険の中で、すっかり忘れ去っていた。

あるいはと思いあたったのは、ミューリは兄が聖職者になるということを、人ならざる者の敵になることだ、と思ったのではなかろうかというものだった。

しかしミューリ自身、聖女の格好をして、なんだかんだまんざらではなさそうだったくらいなのだから、本音と建前の区別くらい簡単につく賢さは持ち合わせているはず。

だとするとミューリは、自分が聖職者になるかもしれないという言葉の奥に、なにを思っているのだろうか。

その赤い瞳を見つめ返して固唾を呑むと、銀の狼はこう言った。

「冒険もない、お嫁さんにもしてくれない、なのに兄様が金髪の建てた教会で働くってなったら、私のやることがないじゃない！　兄様は、兄様は――」

腰を浮かしたミューリは、まさに狼の前傾姿勢になる。

「兄様は、絶対、私のことをおうちに帰そうとするはずじゃない！」

「え、あの、ミュ――」

その名をすべて呼ぶ間もなく、こちらの腹にミューリの頭が突き刺さる。

それくらいの勢いで、飛びつかれた。

もちろん噛みつくわけでも、突き飛ばして逃げるためでもない。

その細い腕で、この獲物を逃がしてなるものかとしがみつく幼子そのままに、あの頃となんにも変わっていないのだと、兄にわからせるかのように。

「そんなの嫌！　私だけ村に帰るなんて絶対に嫌だもの！」

そう叫んだかと思うと再びぐずり始め、ほどなく声を上げて泣き始めてしまった。

それはさっきまでと似ても似つかない、子供っぽい泣き方だった。

ニョッヒラの湯屋ではしょっちゅう見かけていたものなのに、ずいぶん久しぶりに感じられて、いっそ新鮮なほどだった。それと同時に、それくらいミューリは旅の間、本当の意味では子供っぽさを隠していたのだと気がついた。

しがみついて泣きじゃくるミューリを見下ろし、拍子抜けしたように大きく息を吐く。それからその華奢な背中に手を回せば、引きはがされるのかと思ったのか、ミューリがますますしがみついてくる。

あけっぴろげなようでいて、取り繕うところは取り繕っていた。なんなら騎士だとかどうとか言い出してしまった手前、余計に妙な背伸びをする羽目になっていたのかもしれない。

その積もりに積もった藁に火を点けたのが、旅が終わるかもしれないという事実と、そういえば兄には聖職者になるという夢があったという事実のぶつかりによって舞い散った、火花だ。

そして燃え上がる火に怯えた狼は、泡を食って混乱し、偽の襲撃をでっちあげた。

けれど腕の下で泣きじゃくるミューリに対し、自分は呆れることも、もちろん怒るような気持ちも湧き起こらなかった。むしろ、ほっとしたくらいだった。

幼さに振り回されることはあるとはいえ、ミューリは用心深く冷徹な狼であって、間抜けな自分とはどこか違うのだろうと、この旅では感じることが多かった。泣いたり怒ったりわがままに忙しくても、大事な時にはいつだって、獲物に一直線に飛びかかる狼そのままに、理屈も筋も一直線に通してきた。

それが、どうだ。

ミューリがルティアの秘密に気がつき、共感し、後ろ暗い目的のために結託し、計画を実行に移し、挙句にそのことを後悔する。

一連の流れとしては理屈が通っているのだが、まったく筋が通っていない。このミューリにも、そういう間抜けなところがきちんとあるのだとわかって、嬉しかったと言ったら言いすぎだろうか。

ただ、泣き喚くミューリのことをすっかり完全に許せてしまう、というわけでもなかったのは、ミューリが後ろめたさを感じつつ、結局のところ兄を騙そうと悪だくみをしたから……というわけでもない。もっと単純に、この一連のミューリの行動の大前提に、あまりにあんまりな見落としがあるからだ。

ここしばらくすっかりなりを潜めていた兄としての役割を、果たす時だった。

「あのですね、ミューリ」

ひとしきり泣かせた後、その背中をさすって両の肩に手を置いて、ゆっくりと引きはがす。

再び血が出てこないように慎重にかさぶたを剥くようにして、銀色の少女から距離を取ると、少女は今にも火が点きそうな赤子の顔でこちらを見ていた。

「ものすごく単純に、考えてみてください」

温泉みたいな涙を零してしゃくりあげるミューリに、こう言った。

「ニョッヒラに帰りなさいと言われて、おとなしく帰るんですか？」

多分、自分の顔はちょっと嫌そうな表情をしていただろうと思う。

なぜなら、なんらかの事情でミューリをニョッヒラに送り返さなければならなくなった時のことを想像して、そのあまりの大変さが容易に想像できたからだ。

「どんな理由づけをしたところで、あなたはおとなしく帰らないですよね？」

石にかじりついてでも、という表現があるのだが、ミューリは自分が旅の準備を進めていたら、旅についていくのだと言い張って、文字どおり腕や足に噛みついてきた。挙句に空き樽に身を潜め、くっついてきた。そんなミューリがおとなしくニョッヒラに帰るなどと、どうしたら想像できるというのだろうか。

神に誓ったっていい。

ミューリはいかなる理由があろうとも、絶対に、側から離れまいと抵抗するはずだった。

「あなたはちょっと、空想の物語を書きすぎのようですね」

兄の言うことをおとなしく聞き、悲哀のうちに故郷に戻る、か弱き少女。

だが、それはミューリの想像する、あるいは詩人の歌い上げる、物語上の女の子の姿でしかない。きっとルティアの孤独の話に引き込まれて、自分も悲劇の物語の登場人物だと思い込んだのだ。

なにせ、多感なことにかけては折り紙つきの、年頃の女の子なのだから。

「どうですか？」

重ねて聞くと、ミューリはぽかんとこちらを見上げていた。

「帰れと言われて、おとなしく帰りますか？　どんな理由なら、おとなしく帰るんです？」

「……」

鼻を啜ったミューリは、ふるふると首を横に振る。

林檎は空に向かって落ちないし、太陽は西からは昇らない。

このおてんば娘は、帰れと言われて帰るはずがない。

「……えっ……と、あれ……。じ、じゃあ……？」

ミューリの狼の耳が道に迷ったように右往左往し、尻尾が力なく垂れる。

ほどなくその表情が追いついて、気まずそうにうつむいた。

「あなたの、間抜けな、先走りです」

こんこんと頭をこづくと、杭が地面に打たれるように、首をすくめて背中を丸めていた。

「まあ、ルティアさんの境遇に同情しすぎていたのでしょう」

いたたまれず両手の指を絡ませていたミューリは、その一言で、大切なことを思い出したように顔を上げた。

「あ、に、兄様！」

「なんですか」

「ル、ルティアのこと……どう、しよう……」

またぞろ泣きそうな顔をしているので、若干の緊張が走る。

「あなたたちは、結局のところ、なにを計画していたんですか？」

ニョッヒラにいる時に胃痛が絶えなかったのは、悪戯好きのミューリが大人以上に悪知恵が働くからだ。

そのうえ、今回の話では、ルティアと共に暗い動機で結ばれている。

「その……に、兄様たちが簡単に全部の問題を解決しそうだったから、ルティアに、もっとはっきりと、南の鷲と、結託したほうがいいって……」

薄明の枢機卿や、希代の書籍商、さらには教会の中枢部で働く神童の少年という布陣に立ち向かうには、そうするほかないという判断だったのかもしれない。

南の鷲たちにとっても、ルティアと手を組む動機は十分すぎるほどにある。

「その話し合いは、まだ？」

間に合うのかどうか聞けば、ミューリはおろおろと視線を泳がせてから、こちらを見た。

「た、多分……」

礼拝堂に襲撃にきた南の学生たちは、ミューリたちのことを疑っているようだった。

だからまだ決定的なことには至っていないのだろうと思っていたら、ミューリはこう言った。

「ル、ルティアは向こうに信用してもらうために、ひよっこ救出の作戦をわざと、それも無残なくらいに、大失敗させてみせるって……それを手土産にって……」

牙と爪を隠そうと決意したルティアは、自らの良心さえも売り渡そうとしている。

そうまでしても、まどろみから覚めるよりはましだと思って。

大きなため息をつくと、ミューリがびくりと肩をすくませた。

「ルティアさんの胸に、そんな烙印を押させるわけにはいきません」

迷える子羊ならぬ、迷える狼だ。

水は低きに流れ、弱った者は闇の底に惹かれてしまう。

騎士の剣と腰帯を置いてきているミューリは、自分の不始末にいてもたってもいられなくなったのか、立ち上がろうとしたが、そこに釘を刺した。

「あなたの出番はありませんよ」

「で、でも！」

「でもじゃありません。悪事で結託したはずのあなたが態度を翻したら、ルティアさんは誰を信じればいいんですか？」

「あっ……う……」

ミューリの耳がへこたれる。このややこしく絡まった毛玉を、毛糸をちぎらないままにほぐすには、一計を案じる必要がある。

「いいですか？　あなたは、私に、計画を見抜かれたのです。そして薄明の枢機卿たる兄に喝破され、首根っこを掴まれ、怒鳴りつけられ、泣きながらすべてを白状させられたのです。わかりますね？」

「え？　そ……れって……」

頭を押さえつけられるように首をすくめながらも、ミューリがなにか言いたげに口をもごもごさせている。

「ですから、ルティアさんを元の道に戻せるのは私だけです」

これならミューリは、手を組んだ仲間との密約を安易に漏らすような裏切り者とならなくて済むし、一方のルティアは、広い世界でようやく巡り合えた狼の仲間から裏切られたという経験をせずに済む。

ミューリが口を割ったのは、狼として群れの序列は絶対であり、兄に首根っこを掴まれたらきゃんと鳴くしかないからだ、と。

「その間、あなたはそうですね……ル・ロワさんたちと合流して、おとなしくしていてください」

結託していたはずのミューリが側にいたら、ルティアがこちらの言葉を信用してくれなくなるかもしれないし、もうひとつ別の意味もあった。

「え……み、皆のところに……？」

その様子を想像したのか、ミューリは気まずさに今から尻尾を総毛立たせていた。

縋りつかんばかりの目は、せめてここで一人待たせてくれ、という訴えだ。

「騎士の剣と、腰帯もそこにあります。騎士の誓いの意味をたっぷりと学びなさい」

ミューリは今にも泣きそうな顔になり、結局、がっくりとうなだれていた。

「まったく……」

そんなミューリの頭をぐしぐしと撫でたのは、ルティアと結託したのが完全な私利私欲、というわけではないとわかるから。ルティアの孤独に共感し、帰る場所のない狼の境遇を見捨てておけなかった感情は、本物のはず。ミューリは兄のことをしょっちゅうお人好しと罵るが、ミューリも十分にお人好しなのだから。

しかし自分と違うところがあるとすれば、ミューリはお人好しだが、目ざとくもあるところだろう。

ルティアを助けるついでに、自身のまどろみもまた永続させられるのではないかと気がついて、ルティアと手を組んだはずなのだから。

「あなたの悪だくみは悪だくみとして、見過ごせません。これとは別に、お仕置きもきっちりしますからね」

ミューリはニョッヒラの湯屋で散々叱られてきたことを思い出したのか、顔を上げて魚のように口をぱくぱくさせている。

「そんな顔をしてもダメです。ほら、耳と尻尾をしまって、ル・ロワさんたちのところに向かってください」

ぱんぱんと手を叩けば、絶望にうちひしがれたミューリは、のそのそ立ち上がる。

それからもう一度哀れみを乞う視線を向けてきたが、今度はさしたる苦労もなく無表情に見つめ返せた。そこには、なんとなく予感があったから。

案の定、怯んだミューリは視線を泳がせた挙句、べーっと舌を出してから逃げるように駆け出した。大人なのか子供なのか、まったくわからない。

そして、少し離れた路地の入口で立ち止まり、こちらを振り向いた。

「兄様、ルティアを助けてあげて」

そう言い残し、ミューリは路地の暗がりに消えた。

大人になどなりきらず、ミューリにはずっとこんな感じでいて欲しいかもとも思ってしまう。

「さて」

迷える狼は、もう一頭いる。

足を踏み出し、歩き出したのだが、暗闇の道が心許ない。

青の瓢亭までミューリに案内してもらおうかと自然に思ってしまい、自分もまたミューリに頼りっぱなしのようだと、苦笑いしたのだった。

途中で少し道に迷ったものの、どうにか青の瓢亭にたどり着くことができた。通りから見上げた彼らの定宿は、一見すると普段と変わらないが、よくよく見ればあちこちの木窓の隙間から蠟燭の灯りが漏れ出ていて、忙しなく人の影が行き来しているのがわかる。

どうやらひよっこ救出の作戦が開始される前にたどり着けたようだ。

ルティアは南の鷲たちと手を組むため、この作戦をわざと失敗させることで彼らの信用を得ようとしているという。

うまくやれば仲間の学生たちには密約を知られず、今までどおり南の鷲たちとの戦いを演じ続けられるが、真実を知るルティアの誇りは硫黄に晒されたように腐食していくだろう。

その暗い覚悟を招いてしまったのは、決してルティアの心の弱さではない。どちらかといえば、問題はすべて解決できるのであり、また解決すべきだと無邪気に信じていた自分の甘さゆえだ。問題こそが必要だったという者の気持ちを、まったく想像できていなかった。

それはまさに、この世に戦などないほうがいいに決まっているのに、戦がないためにこの世に希望を持てなくなる騎士団や貴族の子弟たちがいる、ということと同じでもあった。

だからルティアのことを嘘つきだと一方的に責めるのは、明らかに間違っている。

けれどルティアのやろうとしていることが正しいかというと、そんなこともないはずだ。暖炉の前で髪を、あるいはその毛皮を梳られていた思い出に囚われたまま、天と地の狭間に浮かぶがごとくのこの街でまどろみ続けようとするのは、とても健全なこととは思えない。ましてやそのために南の学生と手を組んで、貧しい学生たちを巻き添えにしようとしているのならなおのこと。

ルティアからしたら大きなお世話だと罵られるかもしれないが、聖職を志している自分がここで手を差し出さなければ、ミューリよろしく聖典を絨毯の下に隠す必要がある。

傷つき苦しんでいる者がいるのなら、手を摑んで暗闇から引っ張り出さねばならない。

そして自分には、互いの傷を舐め合う方法しか思いつかなかったミューリとは違う、別の解決方法があった。

「ルティアさんはいらっしゃいますか」

青の瓢亭の扉を開けると、酒場部分は静かな喧騒に満ちていた。

磨いた鍋や釜の取っ手に革紐を括りつけ、顎に引っかけ兜としている者がいる。パンをこねる木の麺棒を素振りしている者もいれば、羊や馬を追い立てる革の鞭の具合を確かめている者もいた。

そのいずれもがまだ若干の幼さを残した顔立ちの少年たちで、蠟燭の灯りに照らされたその姿は、ミューリが想像する子供だけの冒険譚の一幕のよう。

その中で数少ない大人である宿の主人が、やや気圧されたように教えてくれた。

「ルティアなら、階上に、いるが……」

「ありがとうございます」

戦いの準備をしている少年たちの視線を振りきるようにして、階段を上っていく。

二階部分でも少年たちが慌ただしく襲撃の準備に追われ、雑然としている。ざっと見たところルティアの姿はなく、三階に上ると、こちらは逆に人の気配がない。視線を天井に向けたのは、神に武運を祈る意味もあった。

ルティアを説得する秘策はある。しかし余計なお世話である感は拭いきれない。

その隙間を埋めるには、思いきりが必要だ。

それこそ、神の御加護が必要なほどに。

そうして四階に上がれば、知の武器庫は開かれ、中から灯りが漏れ出ていた。

「ルティアさん」

戸口に立ち、その名を呼ぶ。おそらくは建物に入る前から、自分のことには気がついていただろうルティアは、どこかあきらめたような顔で、手にしていた本を閉じた。分厚さから、教会文字で書かれた聖典のようだった。

「銀の狼の代わりに、薄明の枢機卿がきたのなら、良い報せではなさそうだ」

「良い報せですよ」

ルティアがこちらを見る。

「あなたを悪い夢から引っ張り出すためにきたのですから」

うずく傷を隠し、身を潜めていた狼が、顔の片側だけで唇を持ち上げる。人の顔なら笑顔だが、それは血の跡を狩人に追いかけられ、いよいよ追い詰められた狼が見せる表情でもある。

「大きなお世話だ」

「もちろん、言われると思っていました」

大きく一歩を踏み出せば、聖典を投げつけられるかもと思った。

けれどルティアは動かずに、その代わり狼の耳と尻尾を出してみせた。

それ以上近づけば、次は爪と牙を出すぞとばかりに。

「あなたはそんなことをしないはずです」

しかし怯まずに、平然とその距離を詰める。ルティアが目を見開いて、たじろいだ。

「ルティアさん、あなたは誇り高き狼のはずです。もうやめませんか」

知った風な口をと、ルティアの目についに炎が宿る。それはかつて覚えてしまった暖炉の火であり、死んだ領主を弔うための蠟燭の火だったかもしれない。

「このまま偽りの戦いにまどろみ続け、誰が幸せになるのですか」

貧しい学生たちは絶望的な学位の授与に希望を抱き続け、ルティアは時間が止まることを願い続けることになる。野心に満ちたこの街でならば、そんな無為な願いであっても、誰も奇異には思わない。

「あなたの事情を知らず、無邪気に問題解決に動いたことは、謝ります」

薄明の枢機卿とやらは、自分でも思いもよらない力を持っていた。名声や人の繋がりという得体のしれないものは、現実で振り回すと恐ろしい威力を発揮するのだと初めて理解した。

ルティアが解決不能と見なして安心していた問題は、その力の前に呆気なく吹き飛ばされようとしていたのだから。

「そして事情を知った今、改めて問題の根源を断つべきだと思いました」

「黙れ！」

ルティアは怒鳴り、牙を剝いて飛びかかってきた。

森で狼にのしかかられ、猛烈な唸り声と共に顎を開かれた時、人は必死にその体軀を押し返して牙から逃れようとする。しかし森で暮らす狼と、屋根の下で暮らす人の力量の差は圧倒的だ。そんな浅はかな対処では、ほとんどの場合助からない。しかし、術はある。強烈な力に対抗するのに、力を用いてはならない。

するべきは、その逆だった。

「ルティアさん」

「!?」

ルティアはなにが起こったのか、しばらくわからないようだった。わかっているのは、真正面から抱きすくめられると、牙は空しく空を噛むばかりということだけだろう。

ミューリならば、こうなることを予期して自分と距離を取るかもしれないし、なんならヤツメウナギのごとくに腕の下から抜け出す方法も心得ている。なにせミューリは人に愛されることにげっぷが出るほど慣れていて、抱きすくめられることがしょっちゅうだから。

しかし、ルティアはまったくそうではない。

暖炉の前で髪を梳られ、ルティアという名前を与えられる生活は、頭が痺れるようなことだと言って、照れ臭そうにしていた。そんなルティアなので、人に正面から抱きすくめられた時の対処法など、その半生の物語のどこにも書かれていないはずだった。

「私はあなたの敵ではありません」

「うぅぅう！」

唸り、身をひねるが、こちらの右腕はルティアの左腕の下を潜って背中に回り、左腕はルティアの利き腕である右腕を押さえつけるように、上腕を押さえつけたうえで背中に回されている。この互い違いの姿勢を保ったままで、自分の右手で自分の左手の手首をがっちりつかんでしまえば、暴れん坊のミューリであっても抜け出すのは容易ではない。

ルティアは案の定力の入れ方がわからないようで、空しくもがいてばかりいた。当然、噛みつくことなどできないし、その様子は溺れているようですらある。

「ルティアさん、私は敵ではないのです」

暴れるミューリ相手ならば頭突きを覚悟するところだが、ルティアはそこまで頭が回らないのか、あるいは怒って暴れているのはふりなのか、不格好に体をひねり、唸るばかり。

狼に戻らないのは、その両方だろうと思い、不意に腕を解く。

ルティアは弾かれたように距離を空けたが、解放されたことそのものに戸惑っているように、不安そうな顔でこちらを見ていた。

「あなたは正しい道に戻るべきです」

それに、戻れるはずだった。

しかしルティアは、その言葉にはっきりと顔をゆがめていた。

余計なお世話に憤怒している、と見えたのは数舜のことで、すぐにそれは苦痛に耐えかねている少女のものだと理解した。

「……いやだ」

だから、ぽつりと出てきたその幼ささえ感じさせる言葉は、土砂崩れの直前に落ちてくる小石のようなものだった。

「いやだ……いやだ、いやだ！　いやだ！」

ルティアは髪を振り乱し、叫び、頭を掻きむしる。

「お前になにがわかる！　私は独りだ！　誰も私の遠吠えに応えてくれはしない！　森から連れ出してくれたあいつらは死んだんだ！　私を残して！　この街に置き去りにしたまま！」

ルティアはこちらを睨みつけながら言葉を投げつけてきたが、本当に見ているのは記憶の中の慕っていた領主夫妻だろう。

永遠に続くと思っていた日常の呆気ない終わりは、人ならざる者として長きを生きるルティアからしたら、裏切りに見えたのではないか。そしてそんな考えが間違っているとわかっていたからこそ、苦しみを吐き出す機会を失ってしまったのではないか。延々と続く吐き気をどうにか飲み下すために、ルティアはまどろむ必要があったのではないか。

かつて砂漠の国で王家に仕え、暗殺に従事したという一族のように、湧き上がる恐怖を抑えるため、特殊な香草の煙を吸うかのように、夢のような大学都市の退廃的な空気を胸いっぱいに吸い込んだのだ。

半笑いになったルティアは、その表情のまま、涙を零していた。

森の狼ならば、決して落涙などしない。

人の世のあたたかな暖炉の火を見た者だけが、涙を流せるのだ。

「お前に、なにが……」

そんなルティアを前に、なにごとにつけ自信のない間抜けな羊が、こう言った。

「わかりますよ。わかりますとも」

口調に疲れが滲んでいたせいでかえって現実味が増したのかもしれない。

「私の側にいる狼もまた、以前はその影に怯えていたのですから」

そしてその影を追い払うため、自分はミューリに誓ったことがある。

自分だけは、絶対にあなたの味方だと。

ただ、ルティアを説得するにあたり、その方法は使えない。自分とルティアの関係は、自分とミューリの関係とは違うからだ。それにすぐに思いつく方法である、ルティアも私たちの旅に同道しませんかと誘うこともまた、それは失礼どころか、侮辱にさえ当たると思った。

なぜなら、領主たちがいなくなって寂しいのなら、自分たちがその代わりになろうと図々しくも言うことに等しいのだから。

そして、ミューリもきっと、最初はルティアを説得しようとしたはずだった。けれどミューリには自分という存在がいて、ルティアの孤独を埋める言葉に説得力を持たせることができなかったのではないか。暗い動機で繋がろうとしたのは、それしか方法がなかったということもあるのだろう。

だからルティアを苦しめる問題を解決するには、もっと別の、ミューリにさえ成し得ないような絆を、ルティアとの間で結ぶ必要があった。

自分はその方法を、青の瓢亭に向かう間、ずっと考えていた。

単なる約束、言葉では意味をなさないのは明らかだ。

それでも誰かに自らの覚悟と言葉を信用してもらうため、時にはその身を切って血を見せるというような方法がある。たとえばルティアが長年に渡って戦ってきた南の学生たちと手を組むため、自らの良心を丸ごと南の学生たちに売り渡そうとしていたように。

だとすれば、自分にはルティアに伝える言葉を持っているはずだった。

この街にきてから知った、ルティアのことを思い出せばいい。

手掛かりは、そこにある。

自分はルティアを正面から見据えて、言った。

「詩人はこう語ります。失恋の痛みは、新しい恋で癒やすしかないと」

「は、あ？」

興奮した犬の視線を逸らすには、まずいったん意表をつくべし。

「私の側から離れようとしない狼などは、冒険の終わりが見えたら新しい冒険を無理にでも作り出すことで先送りすればいい、と思っていたようですけれど」

「……」

沈黙したルティアは、その欺瞞を手紙の匂いから文字どおり嗅ぎつけて秘密を共有しようとした、ミューリのことを思い出したようだ。

「あなたは牙と爪を持っていても、それを愛する人たちとの別れに役立てられなかった。彼らを人の世の理不尽から守ることさえできなかった。だからあなたは、人の世での力を得ようとした」

教会法学とは、文字に記された力の中では、最も強いものの部類に入る。数多の国が勃興し、法を定め、滅んでも、唯一教会の法典だけは、長い時代を生き延びてきた。

「でも、あなたの愛した領主夫妻の領地を奪うこととなった貴族もまた、その教会と結託していたと言いましたね。では、その教会の根底を揺るがしかねないものがあると言ったら、いかがですか？」

それまで圧倒されるばかりだったルティアが、初めて追いつき、身構えた。

「そ……んなものはない。人の世では教会こそが支配者だ。赤い外套を翻し王冠を被った奴らがそうだと言うのなら、私はとっくに牙と爪でものごとを制している」

剣と盾では限度がある。事実、世界中の国のどこにも、今の教会ほど世界に広まったものはない。だからへたに教会に力で噛みつけば、圧倒的な力でやり返されてしまう。

それゆえにルティアは、自分がルティアを抱きしめた時のように、教会の懐に潜り込むように、教会法学を志したはずなのだ。

「それともなにか？　薄明の枢機卿こそ、教会を倒す者だと言うつもりか」

皮肉げな笑みは強がりに見えたし、自分はもちろん、そんなことを言うつもりはない。

けれど、自分には、ミューリにさえ秘密にしていることがある。

「私は教会を倒したいのではありません。糺したいのです」

弱気な発言だと思ったのだろう。怖気づいたのかとばかりの、あざけりの顔を懸命に見せるルティアに、こう言った。

「ですが私は、聖典の正しさを根底からひっくり返すかもしれない話を見つけてしまったのです。それは砂漠の国に伝わっていた、かつての古代帝国の知識です」

ルティアのぎこちない嘲笑が、固まった。

「お前は……一体——」

はっきりと戸惑ったルティアとの距離を、一気に詰めた。逃げようとするルティアの肩を摑み、濡れたまつ毛の本数がわかるくらいに顔を近づけたのは、誰にも聞かれてはならないと、それこそ月にさえ聞かれてはならないと思ったから。

この世の誰にも聞かれないように、その狼の耳にだけ、ささやいた。

「この世界の、形に関する話です」

「……世界の、形？」

「海に果てはあるのかどうか。その先がどうなっているのか。あるいは」

と、半分開けられた木窓の外に視線を向けた。

「空に浮かぶ月が満ち欠けするのは、なぜなのか……」

ルティアの目が見開かれたのは、心当たりがあったからだ。

この娘は狼の仲間を探すべく、古代帝国に起源を持つ狼の紋章を使う家のことを調べていた。その過程で砂漠の国の言語を学んだのなら、勉学の最中にその話を聞いたことがあったはずだ。

なぜなら、文法の教科書には、物語が用いられるのが普通だから。

かつての古代帝国には、今の教会が躍起になって取り締まろうとする奇矯な話がたくさんある。その中でも極めつきが、世界は平らではなく、球形なのではないかというものだ。

あのノードストンの棲家に隠されていた、銀色の金属の球体。

まるで月が落っこちてきたような輪郭のそれには、世界地図が刻み込まれていた。

月明りが片側に当たるそれは、まさに月の満ち欠けを正確に再現していた。

「教会もまた、嘘の中でまどろもうとしている可能性があるんです」

この世界は神がお創りになられ、唯一にして世界の中心であると聖典には書かれている。

けれど、もしも海に果てがなく、西に向かったらいつか東に帰ってくるような形であって、しかもその推測が毎日の満ち欠けから月にも適用できるなら、きっと太陽もまたそうに違いなく、夜空に見える大小さまざまの星がそうでないだろうなどということもまた、考えにくい。

だとすれば、千年に渡って説いてきた、神のお創りになられた天と地と地の底という概念は、あまりにも狭すぎる話になる。天に天の国はなく、今立っている大地のようなものがたくさんあるのだとすれば、神の許に召されるとは、一体天上のどこの星に行くことにあたるのか？ またこの足元を掘り進めたら、いつか反対側から出てきてしまう球形なのだとしたら、一体地獄とはどこからどこまでを言うのだろうか？

教会には聡明な人物が何人もいて、この世界が丸いかもしれないなどという考えを認めれば、手に負えない問題が噴出するという可能性に、大昔から気がついていた。

だからそれをなかったことにしようと、躍起になって蓋をし始めたのだ。

「とある貴族様と共に暮らしていた、人ならざる錬金術師がいました。猫の化身であるらしい彼女は、この世界の模型を作った後、唐突に西の果てを目指して旅に出たといいます。彼女は古代帝国の知識に通じ、夜空を観察し、星の運航を調べ続けていたともいいます。その錬金術師は新大陸と呼ばれるものを探しにいったといわれていますが、私はそうではないのではないかと思っています。彼女は、世界の形を、確かめにいったのではないかと」

そこで言葉を切って、意図的に、唐突な物言いにした。

「私は、教会の不正を糺すべきだと思っています」

それが悪いまどろみであるのならば覚ますべきであり、たとえ辛い現実を目の当たりにする必要があるのだとしても、嘘をつき続けることよりましなはずなのだ。

「私はミューリにもこのことを話していません。あの子には……あまりにも強力な毒ですから」

どんな反応を示すのか、想像することすら難しい。

憶測の状態で伝えていいような話ではなかった。

「けれど、愛した領主夫妻を亡くし、世の理不尽に直面しても安易に牙と爪に頼らず、理性によって教会法学という新しい道を見つけ、立ち向かおうとしていたあなたならば、託せると思います」

ルティアの手を取ると、ルティアはその手の中に、なにか空恐ろしいほどの宝石を置かれたかのような顔をしていた。

「私の代わりに、この謎を追いかけてくれませんか」

もしかしたら、自分はとてつもなく残酷なことをしているのかもしれないと思った。大学都市に巣食う既得権益という問題などとは、到底比較にもならないものを代わりに押しつけようというのだから。

この世の形をどうやって確かめられるのか、自分には想像もつかない。猫の錬金術師は愚直に船に乗って、西を目指して東から帰ってこられるのではないかと旅に出た。

しかし、これはルティアの望む、永遠に解決しないかもしれない問題でもある。

さらには薄明の枢機卿が、こんな問題を依頼するという、その構図だ。

自らの倫理に従って、ルティアだけのまどろみを覚まそうというのではない。

信仰のためならば、教会が大嘘つきだと証明することすらためらわないと、ほとんど異端信仰と変わらないようなものを、ルティアの手に預けたのだから。

「かつて月を狩る熊というのがいたそうですが、今度は狼が狩る番ではありませんか？」

ルティアの知識、それに牙と爪は、世界の謎に対して薄明の枢機卿にはなしえない方法で挑戦することを可能とするだろう。

加えて、人ならざるルティアには、教会の足元をすくえるならすくってやりたいと思うだけの理由がそもそもあるはず。

「お前、は……」

半ば呆然とこちらを見るルティアに、不格好に笑ってみせた。

「私は薄明の枢機卿。夜と昼の狭間こそ、相応しいでしょう?」

男女の仲には疎いし、善悪のうつろいにもすぐ翻弄される。

けれどその代わりに、人と人ならざる者の世界を股にかけている。

そのふたつを繋ぐことができるのなら、正しき教会を愛しながらなおその根底を疑うこともまた、できるはず。

「あなたを信頼するからこそ、この鍵を渡すのです」

開いてはならないかもしれない、扉の鍵だ。

そしてこれは決して、秘密を共有して信頼を得る、というだけの方便ではなかった。

自分はハイランドやカナンと共に、教会と正面から戦わねばならないし、ミューリが望むように砂漠の国にほいほい出かけることもできない。ましてや新大陸の話以上に荒唐無稽な、しかも異端に直結しているこんな話を大っぴらに調べられるはずもない。

しかし誰かが調べなければならないことのはずであり、その誰かとして、ルティア以上に信用できる者もいないと思った。

その根拠は、あの案外人見知りするミューリが、後ろめたい計画で手を組んだという事実だけで十分だ。ミューリが信用したのなら、自分に信用できないはずがない。

「あなたの前から、あなたの愛した人は、これから先もいなくなってしまうかもしれません」

ルティアの手の中に、本当の鍵を置いた。

「けれどあなたを仲間だと思う者もまた、必ず新しく出てくるのです」

だから闇の中でまどろむのをやめ、立ち上がって歩き出して欲しい。

それは酷なことなのかもしれないし、大きなお世話なのかもしれない。

ましてや絶対だと言って約束できることではない。

けれど自分はそう信じている。

なにせ一度も見たことのない神の言葉を、信じているくらいなのだから。

ルティアはじっとこちらを見て、視線を不意に逸らす。

なにかを飲み込むように顎を引いてから、顔を上げた。

「……なぜミューリみたいなのが食らいついて離さないのか、わかる気がしたよ」

ルティアは笑い、手の甲でぐいと涙を拭いた。

「私にそんな秘密を話すなんて、馬鹿げている。まったく、馬鹿の極みだよ」

そう言われても首をすくめて微笑んだのは、馬鹿だと言われるのには慣れているからだ。

「まどろみから、覚めろ、か」

また手のひらに視線を落としたが、ルティアはその手を握りしめると、顔を上げた。

「いいだろう。だがひとつ、条件がある」

「条件？」

ルティアは狼の娘らしく、不敵に牙を見せ、けれど可愛らしく笑ったのだった。

終

幕

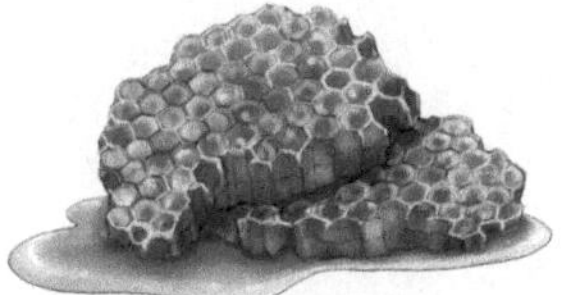

アケントの街に命からがらやってきて、右も左もわからないうちに小悪党の手先にされる。

そんなひよっこを一斉に救い出す作戦は、大成功だったらしい。

ミューリが調べたところから移動されてはいても、ひよっこたちを匿える場所は限られているし、狼として街中の野良犬を従えているルティアから隠せるものではない。

そして自分たちのために働かせていたたくさんの手下を失った南の鷲たちは、混乱と動揺のさなかに、これまでの悪弊を糺そうとする北の狼たちの猛追を受けた。

デバウ商会からも、将来有望な少年たちのために金銭の支援をするという手紙が届いたし、この街では影が薄かった代わりに、悪事にも手を染めていなかった街の教会をカナンが説得し、ルティアたちが南の鷲を糾弾する際に支援してもらうよう取り計らえたことも大きかった。

さらに南の鷲たちと蜜月を過ごしていた教授組合には、カナンとル・ロワが攻め入って、教授組合への加盟料金や、学位授与の際の贈り物の規定や、教科書選定などで大幅な譲歩を引き出した。

そもそも、ジャンの印刷術が順調に回り出せば、教科書を巡る謀略のすべては意味をなくすのだ。この先どんな貴重な書籍を教科書に指定しようとしても、ウィンフィール王国から格安で届けさせることができるのならば、どれだけ強気になってもなりすぎることはない。

こうして、堤がついに決壊するかのように、アケントの問題が解決に向かって進んでいった。

それがルティアとの話し合いを終えた、数日のうちに起こったことであり、ハイランドに書き送った、ことの顛末だ。

そして物語には、記されないこともある。

怒涛のようにアケントの問題が押し流されることになるその数日前、ルティアとの話し合いから、その足でル・ロワたちの下に戻ったあの日の夜のことなど、その最たるものだろう。

自分がル・ロワたちのいた場所に戻れば、ミューリが一人だけで、ぽつんと兄の帰りを待っていた。

「みんな、宿に戻ったよ」

荷物の上に腰掛けたミューリは、長剣を腰に佩いて、狼の紋章の染め抜かれた腰帯を巻いて、不機嫌そうな顔をしていた。ここに一人で残っていたのは、兄の言いつけを守りつつ、可能な限りル・ロワたちと距離を空けて気まずさを回避するという、屁理屈みたいなものだ。

「ルティアさんとも、和解できました」

夜の暗がりをいいことに耳と尻尾を出しているミューリは、盗人の余罪を取り調べる衛兵のような目で、こちらを見やる。

「……すっごいルティアの匂いがするんだけど……」

そう言われても、自分の服の匂いを確かめなかったのは、もちろんそのことがわかっていたからだ。

――条件がある。

そう言ったルティアの言葉が蘇り、その後のことを思えば、呆れるような、ほっとするような、なんだか不思議な気持ちになる。

「ねえ、どうやって説得したの？」

そわそわと尻尾を動かしているミューリが、訝しそうに尋ねてくる。

自分の不始末の尻拭いをしてもらったとはいえ、旅の相棒として聞く権利はあるはずだ、とでも言わんばかりだが、自分は口を開かなかった。

「ねえ、兄様、ねえってば！」

怒りというより不安そうな顔で、ミューリは言い募る。

荷物からいよいよ腰を上げそうになったところで、ようやく、返事をした。

「ルティアさんの名誉のために言えませんし、なにより」

と、ミューリとの距離を詰めれば、ミューリは視線よりも先に鼻の穴を膨らませ、尻尾の毛のみならず、狼の耳の先端の毛まで雷に打たれたように逆立てていた。

「これはあなたへのお仕置きでもあります」

「なっ、あっ、うっ……」

「それとも」

少し声量を上げて、ミューリのことを上から覗き込むように、顔を近づけた。

「あなたは私との絆を疑いますか？」

ルティアは自分とミューリとの関係を、その匂いで察して笑っていた。その様子に、夜中にどんな形でしがみつかれているのかすら嗅ぎ分けられているようで、恥ずかしかった。

そんな狼の血を引くミューリだから、夜に洞窟で光るキノコの粉を振りかけたように、こちらの服についたルティアの匂いを、指の形まで正確に把握したことだろう。

ルティアはまどろみから覚める条件に、こんなことをあげたのだ。

「胸を……貸してもらってもいいか」

顔を赤くし、ややぶっきらぼうにしながらも、それがルティアから自分に渡す秘密の鍵なのだということは、もちろんすぐに理解した。そしてきっと、領主夫妻がこの世からいなくなる前に、素直に言えなかった一言なのではなかろうかとも。

ルティアは腕の中に収まると、ほどなくまた声を上げて泣き出した。それから散々、置いていかれた恨み言を言い募っていた。

ルティアがすべてを吐き出せるように、無心に徹するよう心がけてはいたのだが、ミューリとほとんど背格好が同じなのに、抱き心地はずいぶん異なるのだなという感想だけは、消せなかった。

いったいどれほどそうしていたのか、きっとそう長くはなかろうが、ルティアはなんの前触れもなく体を離し、手近にあった下書き用の薄い紙を手に取ると、乱暴に顔を拭って、鼻をかんでいた。大丈夫か、とも、落ち着いたか、とも自分は言わなかった。

ルティアは最後に深呼吸をすると、どすどす大股に歩いてこちらの横を通り過ぎ、階段下から様子を窺っていた仲間にこう向かって叫んだのだ。

「南の鷲たちの羽をむしって丸裸にしてやるぞ！」

北の狼たちは数舜息を呑んだのち、大きな雄たけびを上げていた。

「さっきのことは、黙っているだろうね？」

ルティアの狼の目に、こちらは薄明の枢機卿の目を向ける。

「私のした話の秘密を守ってくれるならば」

ルティアは笑い、もうなにも言わず、欠片の未練も見せずに階段を下りていった。

そうして自分は静かに一人、青の瓢亭を出て、色々な事情がありつつ兄を陰謀に利用して、今はよその狼の匂いをぷんぷんさせた兄の前で泣きそうになっているミューリの前に立っているというわけだった。

「しばらく匂いはこのままで、寝床も別。手も繋ぎませんし、文字も教えてあげません」

厳罰の数々を列挙されると、ミューリの赤い目が溶けて落ちそうになる。

どうにか笑みをこらえながら、こう言った。

「狼の紋章が見ていますよ。あなたは騎士でしょう？」

簡単には泣かないし、過ちは糺すのみ。唇を噛んで頬を膨らませていたミューリは、どうにか手で目尻を拭い、荷物から勢いよく立ち上がる。

「そうだよ！　騎士だもの！」

そして恨みたっぷりの目でこちらを睨みつけ、最後にいーっと歯を剝いてみせていた。いつもの様子に笑いながら、ミューリの荷物を半分持ってやり、ル・ロワたちのいる宿に向かう。

その道すがら、北の学生たちがひよっこを助けようと、アケントに今晩も巻き起こした大騒ぎの喧騒が聞こえてきたし、やがて死人さえも目覚めるのではないかとばかりの衛兵の呼子笛が、夜空を切り裂いていた。

すべての者が悪い夢から覚め、良い眠りが訪れますように。

そして願わくば、綺麗な朝日が昇りますように。

「ねえ、兄様……」

宿も近くなった頃、ミューリが小さく言った。

「手は、繋いでいいでしょ？」

自分は厳しい群れの長になりきれないようだ。

「紐で繋がれるよりかは、ましですからね」

手を差し出すと、狼が嚙みつくように、摑んできた、
絶対に離れないように、永遠にその温かさを、忘れないように。

そんなミューリの決意が手から伝わってくる、夏の到来を予感させるような夜のことなのだった。

あとがき

お世話になっております。支倉です。このあとがきを提出するのを忘れていて、慌てて書いています。

コルとミューリの冒険ももう八冊目ですが、前から一度やってみたいなあという感じのお話ができて満足しています。あと、解決の仕方がとても気に入っています！　特に新大陸を巡る話で出さざるを得なかった、ノードストンの小屋にあった金属球についての問題をあの形で処理できたのは大変満足しています。月を狩る熊も新大陸も教会との戦いもあるのに、この問題まで出したら一体どうやって風呂敷を畳めばいいのだ!?　と思っていましたが、ひとつ肩の荷が下りました。

ただ、最初のプロットには全然そんな計画は影も形もなかったので、あんなに時間をかけてプロットを書いているのになぜ、という釈然としなさはあります。綿密な旅行の計画を立てて、準備も数日前からやってるのに、当日になにか大きな忘れ物をするタイプですね。

あと、今回はミューリがしょんぼりするシーンがいくつかあったのも好きです。コルに叱られるときが一番ミューリは可愛い……ような気がします。その後の懲りない感じも含めて。

それに今回はコルも薄明の枢機卿としてではなくて、兄としてミューリを叱る感じだったのも、書いてて楽しかったです。長編小説だとどうしてもお話のネタが大きいものになったりして、話が深刻になりがちなので、自分としてはとても良い塩梅にできたと思っています。

放浪学生と学生都市での大騒ぎについては『放浪学生プラッターの手記』という本を参考にしています。古いので図書館に行かないとないかな、とは思いますが、とても面白いのでお勧めです。

また本書をお手に取られている方々はすでにご存知かもしれませんが、念のため、『狼と香辛料』シリーズの再アニメ化が決定しています！　知らなかった方は今すぐ狼と香辛料アニメ化で検索してください！　『狼と羊皮紙』のほうも頑張って執筆してまいりますので、引き続き本編シリーズと合わせて、お付き合いいただけたらと思います。

それでは若干隙間が残ってしまいましたが、今回はこんなところで、失礼いたします。

文倉凍砂

◉支倉凍砂著作リスト

「狼と香辛料Ⅰ～XXIII」（電撃文庫）
「新説 狼と香辛料 狼と羊皮紙Ⅰ～Ⅷ」（同）
「マグダラで眠れⅠ～Ⅷ」（同）
「少女は書架の海で眠る」（同）
「WORLD END ECONOMiCA（ワールドエンドエコノミカ）Ⅰ～Ⅲ」（同）
「DVD付き限定版 狼と香辛料 狼と金の麦穂」（電撃文庫ビジュアルノベル）

本書に対するご意見、ご感想をお寄せください。

ファンレターあて先
〒102-8177　東京都千代田区富士見2-13-3
電撃文庫編集部
「支倉凍砂先生」係
「文倉 十先生」係

本書は書き下ろしです。

電撃文庫

新説（しんせつ） 狼（おおかみ）と香辛料（こうしんりょう）
狼（おおかみ）と羊皮紙（ようひし）Ⅷ

支倉凍砂（はせくらいすな）

◆◇◇

2022年8月10日　初版発行
2022年10月20日　再版発行

発行者　青柳昌行
発行　株式会社KADOKAWA
〒102-8177　東京都千代田区富士見2-13-3
0570-002-301（ナビダイヤル）
装丁者　荻窪裕司（META＋MANIERA）
印刷　株式会社KADOKAWA
製本　株式会社KADOKAWA

ISBN978-4-04-914460-4　C0193　Printed in Japan

電撃文庫　https://dengekibunko.jp/

電撃文庫創刊に際して

文庫は、我が国にとどまらず、世界の書籍の流れのなかで〝小さな巨人〟としての地位を築いてきた。古今東西の名著を、廉価で手に入りやすい形で提供してきたからこそ、人は文庫を自分の師として、また青春の想い出として、語りついできたのである。

その源を、文化的にはドイツのレクラム文庫に求めるにせよ、規模の上でイギリスのペンギンブックスに求めるにせよ、いま文庫は知識人の層の多様化に従って、ますますその意義を大きくしていると言ってよい。

文庫出版の意味するものは、激動の現代のみならず将来にわたって、大きくなることはあっても、小さくなることはないだろう。

「電撃文庫」は、そのように多様化した対象に応え、歴史に耐えうる作品を収録するのはもちろん、新しい世紀を迎えるにあたって、既成の枠をこえる新鮮で強烈なアイ・オープナーたりたい。

その特異さ故に、この存在は、かつて文庫がはじめて出版世界に登場したときと、同じ戸惑いを読書人に与えるかもしれない。

しかし、〈Changing Times,Changing Publishing〉時代は変わって、出版も変わる。時を重ねるなかで、精神の糧として、心の一隅を占めるものとして、次なる文化の担い手の若者たちに確かな評価を得られると信じて、ここに「電撃文庫」を出版する。

1993年6月10日
角川歴彦

電撃文庫DIGEST　8月の新刊　発売日2022年8月10日

魔王学院の不適合者12〈上〉
～史上最強の魔王の始祖、転生して子孫たちの学校へ通う～
著／秋　イラスト／しずまよしのり
世界の外側《銀水聖海》へ進出したアノス達。ミリティア世界を襲った一派《幻獣機関》と接触を果たすが、突然の異変がイザベラを襲う――第十二章《災淵世界》編、開幕!!

新作 **魔法史に載らない偉人**
～無益な研究だと魔法省を解雇されたため、新魔法の権利は独占だった～
著／秋　イラスト／にもし
優れた魔導師だが「学位がない」という理由で魔法省を解雇されたアイン。直後に魔法史を揺るがす新魔法を完成させた彼は、その権利を独占することに――。『魔王学院の不適合者』の秋が贈る痛快魔法学ファンタジー！

男女の友情は成立する?（いや、しないっ!!） Flag 5.じゃあ、まだ30になってないけどアタシにしとこ?
著／七菜なな　イラスト／Parum
東京で新たな仲間と出会い、クリエイターとしての現在地を知った悠宇。しかし充実した旅の代償は大きくて……。日葵と凛音への嘘と罪に向き合う覚悟を決めた悠宇だったが――１枚の写真がきっかけで予想外の展開に？

新・魔法科高校の劣等生　キグナスの乙女たち④
著／佐島 勤　イラスト／石田可奈
『九校戦』。全国の魔法科高校生が集い、熾烈な魔法勝負が繰り広げられる夢の舞台。一高の大会六連覇のために、アリサや茉莉花も練習に励んでいた。全国九つの魔法科高校が優勝という栄光を目指し、激突する！

エロマンガ先生⑬　エロマンガフェスティバル
著／伏見つかさ　イラスト／かんざきひろ
マサムネと紗霧。二人の夢が叶う日が、ついにやってきた。二人が手掛けた作品のアニメが放送される春。外に出られるようになった紗霧の生活は、公私共に変わり始める。――兄妹創作ラブコメ、ついに完結！

新説 狼と香辛料　狼と羊皮紙Ⅷ
著／支倉凍砂　イラスト／文倉 十
いがみ合う二人の王子を馬上槍試合をもって仲裁したコル。そして聖典印刷の計画を進めるために、資材と人材を求めて大学都市へと向かう。だがそこで二人は、教科書を巡る学生同士の争いに巻き込まれてしまい――!?

三角の距離は限りないゼロ8
著／岬 鷺宮　イラスト／Hiten
二重人格の終わり。それは秋玻／春珂、どちらかの人格の消滅を意味していた。「「矢野君が選んでくれた方が残ります」」彼女たちのルーツを辿る逃避行の果て、僕らが見つけた答えとは――。

この△（さんかく）ラブコメは幸せになる義務がある。2
著／榛名千紘　イラスト／てつぶた
生徒会長選挙に出馬する麗良、その応援演説に天馬は凛華を推薦する。しかし、ポンコツ凛華はやっぱり天馬を三角関係に巻き込んで……!?　もっとも幸せな三角関係ラブコメ、今度は麗良の「秘密」に迫る!?

エンド・オブ・アルカディア2
著／蒼井祐人　イラスト／GreeN
《アルカディア》の破壊から２ヶ月。秋人とフィリアたちは慣れないながらも手を取り合い、今日を生きるための食料調達や基地を襲う自律兵器の迎撃に追われていた。そんな中、原因不明の病に倒れる仲間が続出し――。

楽園ノイズ5
著／杉井 光　イラスト／春夏冬ゆう
「一年生編完結」――高校1年生の締めくくりに、ライブハウス『ムーンエコー』のライブスペースで伽耶の中学卒業を記念したこけら落とし配信を行うことに。もちろんホワイトデーのお返しに悩む真琴の話も収録！

隣のクーデレラを甘やかしたら、ウチの合鍵を渡すことになった4
著／雪仁　イラスト／かがちさく
夏臣とユイは交際を始め、季節も冬へと変わりつつあった。卒業後の進路も決める時期になり、二人は将来の姿を思い描く。そんな時、ユイの姉ソフィアが再び来日して、ユイと一緒にモデルをすると言い出して――

僕らは英雄になれるのだろうか2
著／鏡銀鉢　イラスト／motto
関東校と関西校の新入生による親善試合が今年も開催され、大和達は会場の奈良へと乗り込んだ。一同を待ち構えていたのは街中で突如襲来したアポリアと、それらを一瞬で蹴散らす実力者、関西校首席の炭黒亞墨だった。

新作 **チルドレン・オブ・リヴァイアサン　怪物が生まれた日**
著／新 八角　イラスト／白井鋭利
2022年、全ての海は怪物レヴィヤタンに支配されていた。民間の人型兵器パイロットとして働く高校生アシトは、ある日国連軍のエリート・ユアと出会う。海に囚われた少年と陸に嫌われた少女の運命が、今動き出す。

支倉凍砂

イラスト／文倉十

行商人ロレンスが旅の途中に出会ったのは、狼の耳と尻尾を有した
美しい娘ホロだった。彼女は、ロレンスに
生まれ故郷のヨイツへの道案内を頼むのだが——。

人々が新たなる技術を求め、異教徒の住む地へ領土を広げようとしていた時代。教会に背いたとして錬金術師のクースラは、戦争の前線にある工房に送られる。その工房では白い修道女フェネシスが待ち受けていて——。

彼らは安く、強く、そして決して死なない。
究極の生命再生システム《アルカディア》が生んだのは、複体再生〈リスポーン〉を駆使して戦う１０代の兵士たち。戦場で死しては復活する、無敵の少年少女たちだった──。

このラブコメ(さんかく)は幸せになる義務がある。

[著]榛名千紘
[ILL.]てつぶた

ラブコメ史上、
もっとも幸せな三角関係！
これが三角関係ラブコメの到達点！

平凡な高校生・矢代天馬はクールな美少女・皇凛華が幼馴染の椿木麗良を溺愛していることを知る。天馬は二人がより親密になれるよう手伝うことになるが、その麗良はナンパから助けてくれた彼を好きになって……!?

電撃文庫